サイキック・ドール

虞円 秋寒
Autumn Guen

文芸社

サイキック・ドール

ドール

①doll　人形。美しい表情のない女。べっぴん。

②dhole　食肉目イヌ科の哺乳類。赤褐色の毛を持つ。別名アカオオカミ。東シベリア、中央～東南アジアに分布。小群をなしてヤギ、イノシシ、スイギュウなどの大型動物を襲う。性質は荒い。

目次

1　リクエスト

惑星間紛争の調停から
迷子のペット探しまで
あなたのトラブル解決します
　チーム・アーリィバード
　サーラ・ムーンワーク

手にした電子データシートの表示を繰ってゆくと、最後にこんな文字が出てきた。ネームカードをスキャンしたのだろう。彼女は必ず依頼を引き受ける、と作戦局のヌーランドが言っていたのはこのことか。

デスクの前に立っていた情報局人事調査課のオスカーが、少し覗き込むようにして言った。

「彼女が最近使っているネームカードです。惑星間紛争の調停なんて、どこまで本気かわかりませんけど、課長のところなら案外役に立つかもしれませんよ。スカウトしてみたらどうです」

「うちの課ではそういう調停はやっていないよ。この先やることもないだろう。そして、きみのために彼女をスカウトすることもないと思うよ」

「えーっ、ぼくのためにじゃないですよ」

情報局外事課の課長アル・バークマンは椅子にかけたまま、電子データシートをオスカーにゆっくりと差し出した。

「オスカー、一応目は通したけど、できればきみの言葉で一度説明してもらえないかな。時間があればでいいのだが。どうもこのシートだと文字と数字を並べただけに見えてね、何かこう重みが感じられない。別に抵抗感があるわけじゃないが、齢のせいでかまわないよ。それにこれに載せていないことも何かあるのだろう?」

オスカーは嬉しそうな表情をしていた。この青年がサーラ・ムーンワークという女性になんらかの関心を持っているのは確かなようだ。自分の大切な恋人を紹介するときのような顔をしている。

「そのシートは、今回のために外事課から借りたものですから持っていてください。ぼくは自分のがありますから」

そう言うとオスカーは、上着の内ポケットから彼専用のだろう電子データシートを取り出した。

「時間のほうは大丈夫です。今日はもうこれだけですから。それとおっしゃるとおりその資料には風評や証明の取れていないものは載せていません。……あのう、座ってもかまいませんか？」

「もちろんかまわない、落ち着いて話してくれよ」

バークマンはデスクの横の長椅子に視線を送りながら、慌ただしかったこの数日のことを思った。

3日前――開発調査中の惑星228―2エルサから、連邦評議会の外宇宙惑星開発担当部署に連絡が入った。エルサは、ここアルスランから1100光年の距離にある。同調通信を使っていた。内容は、エルサにおいて異文明のものと思われる人工的な構造物を発見、なんらかの遺跡らしい。その内部にオリハルコンで作られたと思われる巨大な鏡のような遺物がある。調査が必要であろうから、次回の補給輸送艦で考古学関係の専門家とオリハルコンの取り扱いに習熟したサイキック要員の派遣を求める、というものだった。

評議会の一部では興奮ただならぬ様子になった。異星人そのものとのコンタクトではないにしろ、その遺跡らしきものが発見されたのだ。

アルスラン文明が、自らの属する天冠《てんかん》銀河宇宙に飛躍展開して160年ほどになる。いくつかの惑星を開発し植民星としたが、今回のような発見は初めてであった。通信文の〝思われる〟という表現に彼らを冷静にさせる効果はあまりなかった。だがやはり情報の信憑性に多少は疑問があったのか、メディアには発表されなかった。

開発担当部署は緊急に会議を開き、調査員の派遣要請にどう対応するか検討した。そして彼らは官僚らしく、この話を連邦軍に丸投げするという結論を出した。

この投げられた話が、連邦宇宙軍アルスラン中央本部情報局外事課課長のバークマンに回ってきた。局長の話を聞きながら、バークマンは困った表情を隠さなかった。

「ということで、学者とサイキックを出すことになった。考古学者のほうは他の局が用意するそうだ。用意といっても次の輸送艦で行く定期派遣メンバーを調べたら、考古学者らしいのがふたりいた。それでお茶を濁すつもりかもしれんな。残念だがサイキックらしいのは見当たらなかった。だから、うちからサイキック要員をひとり出すことになった。どうだ、出せそうか？」

「今ここで返事のできる状況ではないのは確かです」

「そうか、そう難しい顔をするな。まだ日にちはあるし、なんとかなるだろう」

「次の輸送艦の出発はいつです？」

「確か6日後、6月24日のはずだ。この話、よそに回してもかまわんぞ。それにな、異星人の遺跡とかオリハルコンの鏡とかいっても、現地に行ってみれば見間違いでした、勘違いでしたということもある。今日はもう遅い、明日から始めればいいさ」

「わかりました。明日の朝から動きましょう」

バークマンが課長を務める外事課はその任務の一部として、オリハルコンの鉱脈の探査から発見・採取・管理などに一定の責任と権限を持つ。そのため外事課にはオリハルコンを取り扱える義務役のサイキック要員が多数在籍していた。しかしその要員のほとんどは外宇宙に展開しており、アルスランに残っている要員も、全員が連邦の出先機関に仕事を持っていた。急に人を出せと言われて、出せる状況ではなかった。

連邦合同ビルを出たときにはすでに陽は落ちていた。駐車場に向かって歩く途中、ふとバークマンは夜空を仰いだ。答えのない漠然とした思いがバークマンの胸をよぎった。

(我々は、どこまでゆくのだろう)

2日前——バークマンはまずこの話をどこかに回そうと考えた。回ってきた話をまた回すだけだし、局長も認めている。余計な仕事を抱えたくなかった。

しかし結局それはうまくいかなかった。

「うちの部署と何の関係があるんですか」

「バークマン、そりゃお前さんとこの仕事だろう」

このような返事しかなかった。

(仕方がないか) バークマンは自前で処理することに決めた。

何人かの課員を集め事情を説明し、指示を出す。

「出先機関に9名いる。全員の上長に、しばらくの間こちらに戻してもらえないか聞いてくれ。

こちらが非常に困っていると相手に伝わるように、丁寧に話せよ。評議会の名前を出してもかまわない。逆効果になるかもしれんがな、その辺りは任せる。次に現地の惑星の状況を調べてくれ。うちの課から今は誰も行っていないが、初期調査で誰かが行っているはずだ。記録を見てくれ。現在の管理体制も知りたい。うまくいけば直接向こうと話をして何か情報を得ることができるかもしれん。次の輸送艦の出発日と運行課も調べろ。6月24日と聞いているが確認が必要だ。まだあるぞ。うちの研究センターと予備役、軍と協力関係にある民間のサイキック研究所、これらに登録されているサイキック要員の中でオリハルコンの取り扱いレベルがA以上のものをリストアップしてくれ。こんなものかな、何か他にやっておいたほうがいいと思うことがあれば言ってくれ。何もないようならすぐに取り掛かろう」

課員たちは手際よく案件を片付けていったが、経過の円滑さと得られる結果には元より相関関係はない。調べて出てきた結果はバークマンにとってあまり良いものではなかった。

出先機関の要員については全てことわられた。

「今、彼（彼女）に抜けられると業務に多大な支障をきたします。理解のほどよろしく」

評議会の名前はやはり役に立たなかった。

惑星エルサについては、初期の調査で有望なオリハルコンの鉱脈はないと結論され、すでに外事課の手を離れて久しかった。当時の調査報告書を見ると、外事課から12名が出向していた。今回の件に関係しそうな記述は見当たらない。

（どうして今ごろになってオリハルコンが出てきた？　初期調査といってもマニュアルに従って実施するからそれなりに限界があるのはわかる。しかしうちの調査チームに見落としがあったとすれば、何か理由付けが必要になるかもしれない。局長の言うように勘違いの可能性もある。オリハルコンの巨大な鏡か。それもこれも現地の調査次第だな）

エルサの開発調査は、評議会の委託を受けたフォルコメンという民間会社が実施していた。動物、植物、細菌などの専門家を多く抱えている会社だ。開発調査責任者はマルカスト・ルインビーという男だった。彼もまたフォルコメンから出ていた。

現地の施設警備と要員警護、調査狩猟はこれも民間軍事会社のニューグリーン・システム社だ。責任者の名はビットリオ・フォボロ。連邦軍からの正規派遣はいない。

どちらの会社にもバークマンは思いつく知り合いがいなかった。こういった会社は軍関係よりも評議会の議員のほうに知り合いがいるものだ。こういう場合、現地と直接に連絡をとっても、話は評議会を通してくれと言われるのが関の山だろう。

輸送艦の出発日は局長の言ったとおり6月24日、5日後だった。

リストアップされたオリハルコン取り扱いの候補者は38名いた。バークマンが電子データシートに表示されたリストを見ながら、この内の誰かひとりくらいは、と思っているときに天使が舞い降りてきた。

作戦局作戦2課のヌーランドだ。天使というのは、作戦局とその要員（特に破壊活動の要員）を指す陰口だった。

「バークマン課長、作戦2課のヌーランドです。話をするのはこれが初めてですね」

作戦局の情報員にしては、えらく丁寧な話し方に思えた。齢は40前後に見える。物静かな雰囲気の男だ。

「エルサに送るサイキック要員は決まりましたか？　まだでしたら、わたしのほうからひとり推薦したいと思いましてね」

「いいタイミングだね。作戦局はなんでも知っているというところかな。まあ困っているのは確かだよ。推薦してくれるのはありがたい。ついでと言ってはなんだが、できればそちらで処理してくれるともっとありがたい」

「いえ、動くのはあくまで外事課にしてもらいます。作戦局の名前は出さないでください。本人にも言う必要はありません。推薦するのは、サーラ・ムーンワークという名前の女性です。もちろんサイキックです。オリハルコンの取り扱いレベルはＡ上。義務役で外宇宙に行った経験もある。適任だと思いますよ。去年まで予備役でした。更新はしていません。だから今はフリーです。依頼をすれば彼女は必ず引き受けるでしょう。連絡先は予備役リストに載っているとおりで変わっていません」

「自信がありそうだが」

「間違いなく引き受けます。大丈夫」

「珍しく親切だね。その女性に何か興味でもあるのかな」

「評議会というところは、いつも口は出しますが人手と金はなかなか出しません。ですからせめて身内同士助け合わないと、いつもそう思っているんですよ」

「ひとつ聞きたいが、すでに派遣要員が決まっているとしたら、どうなる？」

「どうするか決めるのは課長ですけど、今は季節の変わり目です。体調を崩しやすいから気をつけないといけませんね」

「なるほどね。体調を崩したので辞退しますという方向か」

ヌーランドの表情は、どうぞご自由にと言っていた。

天使はどうしてもこのサーラ・ムーンワークという女性に、妖精の役を演じさせたいようだ。本人がそうとは気づかないように。

バークマンにとってこれはひとつの幸運だった。作戦局は軍の中でも最高の権力と権限を握っている。他の局とは違っていた。だからあまり逆らわないほうがよかった。今回の推薦というのは明らかに作戦局からの指示だ。そう思えばいい。それなら何かトラブルが起こっても作戦局にツケを回すことができる。

バークマンはすぐに、今は退役に移行されていた予備役のリストからサーラ・ムーンワークの名前を探し出すと、業務の依頼状を作成し彼女の連絡先へ電子メールで送った。依頼の文面には、外宇宙におけるオリハルコンの取り扱い業務の委託と、詳細は面談で伝えたい旨だけを記した。連絡先は本人ではなかった。エイレン・カルソルナという名前の弁護士だった。

1時間ほどして依頼を受けるという返答のメールがきた。その後何度かメールのやりとりをして、お互い準備の都合もあって3日後に本人が外事課に出頭するということで話が決まった。

派遣要員が確保できたことでバークマンはひと息ついたが、まだやっておくことがいろいろとあった。彼女の身辺調査をしておこうと人事調査課に内線をかけると、夜間専用の自動対応音声が流れてきた。部屋の壁にかけてある時計を見ると退勤時間はとうに過ぎていた。

昨日――朝、バークマンは作戦2課に顔を出した。ヌーランドに結果を伝えておこうと思っていた。しかしヌーランドは見当たらず、顔と名前だけは知っている程度のメルテンスがいた。バークマンより先にメルテンスのほうから近づいてきた。

「課長どうしました。珍しいですね、こんなところに来るなんて」

「昨日ヌーランドに貴重なアドバイスをしてもらってね、おかげで助かった。礼を言っておこうと思って来たのさ」

「あいつは健康診断でいないですよ。おれが伝えておきます。奴とは今ペアなんでね」

「じゃあそうしてもらおう。ところでサーラ・ムーンワークという女性について何か聞いているかい」

「課長、ヌーランドの口癖を知ってます？　よくわからない、って言うんです。あいつはおれより頭がいいし、おれよりたくさんのことを知っている。そんなあいつにおれが聞くんです。

おいヌーランドこれはどうなっている？　よくわからない。この後どうすればいい？　よくわからない。サーラ・ムーンワークという女は何者だ？　よくわからない。あいつがわからないことをおれがわかるわけがない」

「どうもすまなかった。よくわからない、ということがわかったよ」

バークマンは情報局に戻り人事調査課に、サーラ・ムーンワークの身辺調査と、彼女のＩＤカードの作成を依頼した。顔写真は出頭してきたときに撮ればいい。階級を付与するかどうか少し迷ったが、無いより有ったほうが便利だろうと思い中尉とした。バークマンの権限では少佐までなら無条件で付与できたが、外事課が任命する階級はある意味名誉階級であり、実戦が発生した場合での下位に対する指揮命令権はないに等しい。

自分のデスクに落ち着くと、局長に報告を入れた。作戦局の関与については言わないでおいた。装備局の個人装備担当に連絡し、惑星調査派遣員仕様の装備を一式依頼した。運輸管理局運行4課に、次のエルサ行き輸送艦に評議会からの要請で調査員1名を搭乗させる旨を連絡し、行程表を送ってもらう。

電子メールで届いた行程表には、輸送艦の運行時刻表と搭乗員名簿などが記載されていた。名簿には輸送艦の乗組員、定期派遣メンバー、臨時派遣メンバーの名前と所属が載っている。臨時の欄にふたりいた。ひとりはサーラだ。所属が情報局調査員。もうひとりの名前がライフ・ダミン、所属には委託調査員とだけあった。名前からすると男のようだ。他の局が用意するといっていた考古学者がこの人物だとすると、どこの局が動いたのかこれではわからない。

（これも作戦局の推薦というやつか、それとも作戦局が手配したか。委託調査員？　見ようによっては作戦局情報員と読めたりするな。彼らの関心の対象はいったいなんだろう？　エルサの遺跡か、サーラか、その両方か、まったく別のものか。いずれにしろ何も知らないというのは情報局の者としては失格だな、少し調べてみるか）

ひととおりできることを済ませた後、バークマンはサーラ・ムーンワークの義務役と予備役の記録を電子データシートに表示させた。

反物質の一種と見なされるオリハルコンは、膨大なエネルギー供給力を有するため、その鉱脈の探査・発見・採取・精製・保管・運用などは連邦の場合、連邦政府と連邦軍が厳重な管理の下に置いていることを原則としていた。一部の例外として保管と運用だけを、民間の電力会社や研究所などが行っている場合があった。

またオリハルコンはサイキック（超能力者またはその発現能力）にしか取り扱いができない（普通人には感知できない、また反応しない）ため、サイキックは連邦政府に登録が義務付けられていた。彼らは普通人《ノーマル》とは別の、彼ら専用の育成学校で通常教育とサイキックの専門教育を受けることになっていた。サイキックの能力は個人差が激しかった。オリハルコン取り扱い、精神感応、念動力、透視などいくつかの種類の能力についてレベルによる査定をされ、発現できない能力については不適格という表現がされた。サイキックの利用価値はオリハルコン取り扱いと軍事目的に集約される。

連邦が管理するオリハルコン取り扱い業務に就労するものは、連邦軍情報局外事課に職籍が置かれることになっていた。そのため形式上は連邦軍への入隊とされ、2年間の役務期間が設けられていた。そしてその期間を義務役と呼称した。

連邦軍に所属する場合の役務期間は、通常の入隊を本役と言い1任期3年、義務役が1任期2年、臨時の役務となる予備役で1任期3年となっていた。いずれも任意の志願制であり、任期の継続も本人の意思で自由にできる。

サーラ・ムーンワークの記録には、特に見るべきものがあるとは思えなかった。特記事項にはオリハルコンの取り扱いレベルA上、それと近距離用の宇宙艇操縦免許の取得が記されている。予備役の召集歴もない。

バークマンが今のポストに就いたのが2年ほど前。予備役の召集があれば顔を合わせる機会があったかもしれないが、今のところ彼女との接点は何もなかった。

今日――人事調査課にサーラ・ムーンワークの調査結果を午後に報告してくれるよう伝えた。そしてオスカーがやってきた。オスカーは長椅子にゆったりと腰をおろし、説明を始めた。

「たいした女性だと思いますよ、まだ若いのに。名前はサーラ・アーリィバード・ムーンワーク、23歳。父親はアーリィバード・ムーンワーク、母親はサーラ・マインズワール。両親共にサイキックです。母親は彼女を出産してすぐ死亡しています。原因は心不全としか記録には書いてありません。父親がひとりで育てていたようですが、その父親も家に強盗が入って、そのときに殺害されています。記録では強盗殺人、犯人はまだ見つかっていません。彼女が2歳と少しのときですね」

「ずいぶんかわいそうな話だが、それで賞金稼ぎになったのか？　普通なら警察官だろう」

「そんなことぼくにはわかりませんよ、でもなんとなく気になりますね。……そして彼女は、父親と親交のあったケルセイ・カルソルナという弁護士の家に引き取られます。現在も弁護士事務所をやっていますね。彼女を含めて子供は4人。今では義姉のエイレンという人も弁護士になって父親の事務所に入っています。この義姉が彼女の連絡先ですね。賞金首の情報なんかもこの人から得ているようです。では子供のころの続きです。8歳のときサイキックに認定、登録されています。10歳でサイキック育成学校に入学、寄宿舎に入っています。学校はアルスラン・ミケール記念学校。学内の成績ですが、一般の教養課程は優秀。サイキックはオリハルコンの取り扱いがAで他の項目はCか不適格ばかりです。でもこのサイキックの成績というのは彼女に限らずアテになりません。本人が能力を隠していたり、本人が自覚していない能力を持っていたりしますから。あっ、話がそれました。彼女、1年飛び級で17歳のときに卒業しています。卒業してすぐ義務役に入隊、2年間ずっと外宇宙でオリハルコンの採取、精製に従事。……義務役期間中の記録は課長のほうがオリジナルでしょう、もう読んでいると思ってぼくのほうではくわしく見ていません。時間がなくて」

「確かにそれはこちらが専門だからね。記録は見たよ。オリハルコンの取り扱いレベルA上、第2種宙航船監理操船資格取得、これが特記事項だった」

「宇宙船の操縦免許を持っているんですか、やっぱり頭いいんですね。……義務役終了後ですけど、予備役に登録をしています。予備役の召集歴はありません、期限はもう切れました。仕事のほうはうちの研究センターと、これは民間ですがサイキッククリエートというところから引き合いがあって、どちらもいい話だと思うんですけど、両方ともみごとに肘鉄です。それで賞金稼ぎですよ。でも今じゃその賞金稼ぎもトラブルバスターの営業メニューのひとつにすぎないようです」

「賞金稼ぎというのはそれほど簡単になれるのかい？」

「賞金稼ぎですか？　ちょっと待ってください。……えーっと、これかな。正確には公的報奨金制度に基づく法定刑事権の限定代理執行人と言います。これになるために必要な条件は、まず検事か弁護士の推薦状、その後筆記試験に合格してから半日ほどの講習を受けること。これだけです。これならぼくもいけそうですよ。彼女の場合、先ほどのエイレンが推薦状を書いています。あと銃器の携帯、使用についても講習だけでＯＫです」

「銃器といっても今では警察だってほとんど麻酔銃かショック銃だろう？」

「多分そうです。軍とは違いますから。余程の凶悪犯相手じゃないと実包は使わないでしょう。

でもそのせいで、犯人側が実包使っているのに警察が麻酔銃だけで応戦するという、話にならないようなことも起こるそうです。ところがですね、彼女は自動拳銃を使っていて実包を撃ちまくるそうです。なかなかカッコいいと思いません？」

「カッコいいと思うのはきみの自由だからかまわないが、そうすると彼女は人を撃ったことがある、ということになるな」

「当然あるでしょうね。賞金のかかった犯罪人で生死不問というのがあります。彼女が関わった犯罪人逮捕の記録、アルスランの一部の警察だけですが、他の国や惑星にも行っているので全部当たってられなかったんですよ。その記録にも、避難防衛による追補死亡、というのがあります」

「何かね、その追補死亡というのは」

「犯人を逮捕しようとしたら先に相手に攻撃されて、防衛のためやむなく撃ち返したら相手を殺してしまった、という意味らしいです。……課長に渡したデータシートに載せてあるのはだいたいここまで、後は現在に至るとしてあります。実際のところ彼女が19歳で義務役を終えた後、賞金稼ぎをやっていた4年間の活動についてはよくわかっていません。警察に問い合わせをして、まだ返事をもらっていないのが何件かあります。もう少し早く処理してほしいのですが、何か嫌われているような感じもします。風評はいろいろありますが、どれも証明が取れていません。ここ最近、４カ月ほどですがアルスランに落ち着いている様子で、ぼくから見るとですが少し変わった行動をとっています。ここら辺りはまだ資料が整理されていません。整理が済み次第お渡しするつもりです」

「整理が終わってなくてもかまわないよ。そういう風評や最近の変わった行動のほうが私には面白いと思えるけどね」

「そうですか。じゃあ風評ですが、彼女、裏社会ではそれなりに有名なようです。一部でサイキックの女王と言われています。あんな女に二度と関わりたくない、という話もあります。化け物と呼ばれることもあるようです。何をやらかしたんでしょうね。いちばん有名なのはこれです。惑星メルベイユはご存じですね。連邦の植民星です。そこの司政都市ベルメイユの裏社会の話ですが、1年ほど前までは5つの組織が共存していました。それで今はどうなっているかというと、その内のひとつの組織が全てを支配しています。組織の名は蔵龍社、隠れた龍という意味らしいです。ボスはマルセロ・ジョロキュア・キングというやつです。なんらかの力による争いがあったのは確実でしょう。話し合いだけでひとつにまとまったなんて誰も思いません。これに彼女が関係しているようです。後で出てきますが状況証拠もあります。……まあ、風評はこんなところですね」

「女王と化け物か、どちらかが本当というより、どちらも本当のことかもしれないな。後は最近のことか。変わった行動と言っていたが」

「そうなんです。方向性がよくわからないというか。資料の整理がまだですから少し飛び飛びになりますよ。まず4カ月ほど前に、アルスラン郊外のハミルトン地区にある小さな教会の代表になっています。ここは協調派の教会で、以前はビーケナという名前のシスターが代表でした。そしてこのシスターと教会にいた他の人が全員、別の教会に移っています。それで、教会の土地、建物の所有者が彼女の名義に変更されているんですよ。この辺りどういう経緯があったのかはわかりません」

「なるほど、営業メニューに教会のシスターが追加されたということか」

「さあ、よくわかりません。でも修道女の服を着た彼女の姿を近所の人が見かけていますから、可能性がないわけでもないでしょう」

「そうすると今は教会にひとり暮らしか？　まだ続きがありますか？」

「いいえ、そうじゃありません。まだ続きがあります。この後、彼女が代表になってからですが、2カ月くらいのあいだにいろいろやっています。エイレン弁護士を通じてと思いますが、サイキック管理法違反で勾留されていた女性4人の身元引受人になって教会に引き取っています。4人を一度にではありません、時間的にはバラバラです。この4人は全員がサイキックで、その内ふたりが不起訴ですが観察処分付き、後のふたりが執行猶予付きの有罪が確定していますす。それでですね、教会の裏にある中古の2階建てアパートメントを買い取って、これ8部屋ありますが、ここで共同生活をしているんですよ」

「今の話だと、まるでその4人の女性を引き取るために、教会の代表になったようにも聞こえるね」

「そうですね、そういう見方もありだと思います。そして教会ですけど、協調派から分かれて独立した宗教法人として認可を取りました。新しい名称は心柱《しんちゅう》派教会だそうです。その教会で、引き取った内のふたりがサイキック治療を始めました。評判はまあいいようです。とりあえずこの状況が今日まで続いています」

「ずいぶん金が掛かっているように思えるが」

「課長もそう思うでしょう？　ぼくもそう思って彼女の口座を調べてみました。けれど、義務役のときの口座は解約されていたので銀行探しから始めて、賞金の振込があると思って警察にも聞きましたが教えてくれません。なんとか銀行がわかったところで時間切れです。ここに来る少し前です。アパートメントだけで安く見てもひと部屋1000万として8000万ライズ。車も中古ですけど3台買っています。おまけに警備会社と契約して、教会のほうにですが警備員がひとり常駐しています。教会だってタダで譲ってもらったかどうかわかりませんし、賞金稼ぎってそんなに儲かるんですかね。それと口座ですけど、教会の名義で近くの銀行にひとつ作っているんですよ。これは割と簡単に調べることができました。口座番号を明記して寄付を募っていたんです。警備会社への支払いはこの口座を使っています。金のことで忘れてはいけないのが、先ほどのベルメイユのキングってやつです。こいつ、彼女が教会の代表になってから毎月1000万ライズを寄付しているんです。状況証拠というのはこのことです。毎月10

00万ですよ、絶対何かありますよ」
「まあ、金の話はそれくらいでいいとして、彼女が引き取った4人の女性については何かわかっているのか?」
「うーん、少しだけですけど。これも時間がありませんでした。裁判記録や裁判専門チャンネルを調べたら詳しくわかると思うんですが、ほんとわかっている範囲ですよ。
シエラサルト・レダ・ムーア　36歳　傷害罪で執行猶予付きの有罪
テレカ・ドミニク・サンダ　21歳　殺人罪ですが正当防衛で不起訴
マペール・ロベルジョン　20歳　傷害罪で執行猶予付きの有罪
オレカ・アーリィバード・ムーンソルト　21歳　殺人罪、正当防衛で不起訴
この内、テレカとマペールのふたりがサイキック治療をやっているようです。後のふたりは何をやっているかわかりません。これだけですが、何かわかりますか」
「残念だが、それだけでは私にもさっぱりだよ。学校とか義務役のことは?」
「そこまで調べていません。だけど最後のこのオレカという人、彼女と名前がよく似ていますね。何か関係あるんでしょうか、遠い親戚とか」
「名前が似ているだけじゃあ、なんとも言えんよ。まあ、4人についてはそれでいいよ。それとこの4年間で、彼女がオリハルコンの取り扱いに関係したことはあるかな」
「さあ、わからないんです。申し訳ありません」

「いいよ、直接本人に聞いてみよう。他に聞いておくことは？」

「いいえ、以上ですね。もうありません。今日はこれでネタ切れです。それとどうします、調査を続けますか？」

「いや、やめておこう。今のところはこれでいいよ。どうもありがとう」

「いいえ、どういたしまして。ではこれで失礼します」

長椅子から立ち上がりドアへ向かうオスカーを見て、バークマンはふと思った。他課の係員に少しいい顔を見せておいても損はない。それをオスカーがどう受け取るかはわからないが。

「オスカー、あとひとついいかな」

「えっ、なんでしょう、まだ何か？」

オスカーは足を止めて、振り向いた。

「明日の朝10時に彼女が、サーラ・ムーンワークがここにくる。私が仕事の説明をした後できみに連絡するから、ＩＤカードやスケジュール調整や支給する装備なんかの世話をしてほしいのだよ。どうかな、やってもらえるか？」

オスカーの返事を聞くまでもなく、その笑顔に「はい、喜んで」という文字が浮かんでいるようにバークマンには見えた。

（今夜はいい夢を見ておけよオスカー。明日見る夢は悪夢になるかもしれないからな）

夢を見ていた。これが夢だというのはわかっていた。

荒野を歩いていた。焼け野原のようでもあった。アサルトライフルを抱え、兵士の装備をしていた。

霧雨が風で舞っている。飛ばされまいとする雫が頬にしがみつく。冷たさは感じない。色彩のないモノトーンの世界。

足の動きが異様に遅かった。足にも躰にも重たさはない。むしろふわふわと浮くような軽さだ。しかし自分では普通に歩いているつもりが、足の動きだけがスローモーションのように遅かった。

前方に人影が現れた。身長とシルエットからそれが少年兵だとわかる。顔はわからない。首から上は顔の輪郭がかろうじてわかる程度に黒い霞がかかっていた。

少年兵がアサルトライフルをかまえる。銃口が自分のほうを向いていた。私はいつもの習慣で反射的にアサルトライフルをかまえ、引き金を絞る。銃弾が連射される。銃声は聞こえず、銃火も見えなかった。連続して腕にかかる反動と陽炎のように立ち昇る黒い硝煙だけが、間違いなく銃弾が発射された証しだった。少年兵の首から上がはじけ飛び、その躰が地面に崩れ落ちる。

どうしてこんなに遅いんだ。足の動きの遅さに苛立ちながら少年兵のいた辺りまで来たが、そこには何もなかった。

今度は前方に建物が見えた。古びたコンクリート、3階か4階建て。かなりの距離がありそうだ。

私はあそこへ行かねばならない。なんの迷いもなくそう思う。しかしこの足の遅さはどうだ、あの建物まで行きつけるのだろうか。

そのとき、立っている状態のまま躰が少し浮いた。そのまま地面の上を滑るように躰が前へ進む。動きが止まると目の前に建物の入口があった。

スライドドアを横に引くと、そこは学校の教室だった。整然と机と椅子が並んでいる。誰もいない静まり返った教室の窓から、淡い陽光が差し込んでいた。

誰もいない？　視線を動かすと、教室の真ん中辺りの椅子に少女がひとり座っていた。袖のない明るい色をしたワンピースを着ていた。色のない世界で少女の着ているワンピースだけが色彩を持っていた。少年兵のときと同じように顔はわからない。でも私はこの少女を知っている。忘れることなどなかった。それがわかると躰と服装が少年の頃の私に変わっていた。懐かしさと愛おしさで涙が出そうになる。初恋というのなら、そうなのだろう。少年よりひとつ年上の少女。

少女が椅子から立ち上がる。ワンピースの腹部が大きく膨らんでいた。

(ああ、このひとはもうすぐ子供が生まれるのだ)

何の違和感もなく、何の疑問もなく、見たままを受け入れた。

「さあ、行きましょう」

少女が片方の手を差しのべて、私のほうに声をかける。

その声は耳からは聞こえず、頭の中へ直接聞こえた。そして私もまた手を差し出す。少女の細い指にふれたかった、その手を握りたかった。歩み寄ろうとする気持ちをノロマな足が邪魔をする。机の間に割り込み、あと一歩踏み出せば指と指がふれ合うというところで、少女の後ろに扉が現れた。

私に差し向けられた手はそのままに、もう片方の手で少女は扉を開けた。扉の向こうは光があふれていた。まばゆい閃光のような白い光。その光の中へ少女の姿が吸い込まれてゆく。私は少女の名前を呼んだ。しかしその声は私にも誰にも聞こえなかった。口だけが動いていた。そして別れの切なさと、白い光のあまりのまぶしさに私は目を閉じた。

次に目を開けたとき、私は暗闇の中に横臥していた。右の耳と躰の下になった右の腕が床の冷たさと硬さを感じていた。躰は大人に戻っていたが、しかし顔も躰も動かすことができなかった。顔の周りだけが明るく、目だけを動かすことができた。

ここはどこだろう？　ぼんやりした頭で思っていると、上になっている左耳の少し頭頂部寄り、こめかみの後ろ辺りに髪の毛の上から何かが当てられたのを感じた。目を動かしてみると、そこには弓型をした金鋸《かなのこ》があった。金鋸の歯の輝きが、まだ出逢ったことのない小さな肉食獣の牙のように見えた。そして金鋸が前後に動き出す。皮ふの切り裂かれる感触があった。頭を動かして金鋸を避けようとするが頭が動かない。痛みはなかった。血の流れ出る様子もない。金鋸はやがて側頭骨を削り始めた。ガリゴリガリゴリ。金鋸の骨を削る音が鼓膜に直接響いた。ガリゴリガリゴリ。誰だ、やめてくれ。誰か、助けてくれ。削り取られた骨粉が目の前を漂ってゆく。ガリゴリガリゴリ。肉体への痛みは感じないが、精神への痛みが増幅されてゆく。底知れぬ恐怖が破裂した。

声にならない声、言葉にならない唸りを発してビットリオ・フォボロはベッドから上半身を飛び起こし、目を覚ました。額と手にうっすらと汗、背筋がぞくぞくする。

(なんだこれは、どうしてこんな夢を見たんだろう)

室内の冷えた空気が汗と共に躰の熱気を取り除いてゆく。

夢と現実は関係ない、という思いはあった。脳は起きているあいだに仕入れた情報を、寝ているあいだに整理する。辻褄が合わずに整理しきれない何かが残ったとき、その何かを忘れ去ろうとする過程で脳が幻覚のようなものを発信する。夢とはそんなものだろうと認識していた。だから夢は辻褄が合わない。

(サイキックには予知夢を見るものがいるというが本当だろうか。いずれにしろ私はノーマルだ、気にすることもあるまい)

ベッド脇のスモールランプをONにする。窓には夜明けのほのかな明かりが映っていた。ベッドを出てデスクの引き出しを開ける。紙巻き煙草と葉巻が入っていた。少しのあいだそれらを比べるように見つめてから、フォボロは葉巻を1本手に取ると火をつけた。

（まったく、生きているあいだはいつも何かを選ばないといけない）

紙巻き煙草は貴重品だった。アルスランからの補給でしか手に入らない。煙草に使える葉はここでも調達できたが、紙がない。だから澱粉質の糊で固めて葉巻を作った。

葉巻の紫煙を透かしてデスクの上にある置時計を見る。時計は2種類の日付と時刻を表示していた。ひとつはこの惑星エルサでフォボロたちが居住しているベースコロニー地域の時間、10月2日6時12分。もうひとつがアルスラン標準時、6月21日7時8分。

（今年は女房の誕生日をいっしょに祝ってやれそうだ）

フォボロがエルサに着任して2年近くが過ぎていた。ニューグリーン・システム社との契約が切れるまであと1カ月もない。次の補給輸送艦でアルスランに帰る予定になっていた。

エルサの黎明の風景を見ることができるのもあと何日か。フォボロは葉巻をくわえたままコンテナハウスを出た。朝の大気が日毎に冷たさを増すようだ。菜園に向かって歩いていると、前方に誰かがいた。草の上に腰をおろし太陽の昇りくる方角を見ているようだ。フォボロの近づく気配を感じたのだろう、振り向いたその顔はアッシュだった。

「あっ、隊長。おはようございます」

「おはよう。えらく早いな、何かあったのか」

「いえ、特に何も。隊長だってえらく早い、じゃないですか」

「齢を取ると朝が早くなるのさ」

そう言うとフォボロはアッシュの隣に座りこんだ。アッシュはフォボロより20ほど若い。ニューグリーン・システム社のエルサにおける現地責任者がフォボロであり、副責任者をアッシュが務めていた。

「隊長、今日神殿に行くじゃないですか。子供の頃ハイキングに行くとか遊園地に連れて行ってもらえる朝なんか、いつもより早く起きるでしょう。あれと同じような感じで目が覚めたんですよ」

「うーん、気持ちはわかるが今日は準備して向こうへ行くだけで、洞穴に入るのは明日の予定だ。それにこの前入っただろ」

「わかってますよ。でもこのあいだは真っ暗で何か出るんじゃないかとひやひやものでした。なんだかよくわからなくて、あまり憶えてないんです」

「なるほど、それは私も同じようなものかもしれないな。明日はゆっくり見学させてもらおう」

フォボロは葉巻を草に溜まった夜露で消すと、ポケットに入れた。ポイ捨ては規則違反になる。太陽が顔を出し始め、よりいっそうの明るさとゆるやかな暖かさをふたりに投げかけた。

「足はもう馴染んだか?」

「ええ、もう2年以上ですからね。前よりいいかもしれません。片足ジャンプならみんなより高く跳べますよ」

「それはすごい。能力アップしたサイボーグみたいなものだな」

「でも金属探知機のあるところなんかすぐに鳴りますからね。その都度足を見せて説明しないといけないのはけっこう面倒ですよ」

アッシュの右足は膝の下から先が義足になっていた。戦場の森林地帯を徒歩で移動中に、地雷を踏んだ。地雷が敷設されているという情報はなかった。アッシュにとって幸運だったのは、それが敵を殺すことより負傷させることを目的としたらしい小型の地雷だったことだ。敵の戦力を減らしたいとき、殺すより負傷させたほうが有効な場合がある。アッシュを仮設の軍病院へ運ぶため何人かの兵士が戦場を離れた。地雷はその目的を充分に果たした。

アッシュはこの負傷が原因で除隊した。義足を着けたのは、まともな職を見つけることができなかったからだ。どうせならと最新の技術で作られた義足を装着した。軽く丈夫な金属の骨格。神経を伝導する活動電位を検出し即応する人工筋肉。動作補助のための小型モーターとバネ。被覆する人工皮ふには感覚センサーがついていた。全てが手作りの特注品であり、重量感や動作など生きている足と変わりなく、間近でよく見ないと義足とはわからない。それだけに多額の費用を必要とした。

「どうだ、ここの稼ぎでそいつの借金は返せそうか?」

「まだ少し足りませんね。それに表面がけっこう傷だらけになって、今度帰ったら交換しようと思ってるんです。でもそれでまたお金がかかります」

「そうか、たいへんだな。今更だが契約を延長しても良かったのに。今いる連中の半分は延長して残るんだから」

「いえ、ぼくは帰ります。他に用事もありますし」

「そうだな、それはお前の自由だし、思うようにすればいい。それよりもういい時間だ、飯を食いに行こう」

二人は立ち上がり、食堂へと歩き出した。

「アッシュ、ひとつ頼みがある」

「何です？　頼みなんて隊長らしくない言い方して」

「らしくないか、まあいい。今日持って行く装備の点検をやってもらえないか。私は報告書があってな、そろそろ記録の整理を始めないといけない」

「わかりました。やっておきますよ」

「すまないな。出発は車2台が10時目標、ヘリは途中で連絡するが13時目標だ。先生たちはヘリのほうがいいだろう」

朝食の後コンテナハウスに戻ったフォボロは、どの記録から取りかかろうかと思案しながら、2年前ニューグリーン・システム社の契約社員になったころから書き溜めてきた備忘録を見返しだした。

電子データシートに表示された備忘録は、ニューグリーン・システム社が実施した惑星エルサにおける委託業務についての説明会から始まっていた。エルサへの派遣が決まっていた、フォボロを含めた20名が出席していた。

あなたに我が社の現地責任者をやってもらいます、と言われて事前にもらった派遣員名簿には目を通していたが、実際アッシュに会ったのも他のメンバーの顔を見たのもそのときが初めてだった。20名全員が契約社員だった。なぜ正規社員をひとりも出さないのか、その理由がわかったときには内心あきれたのと胸くそ悪さで苦笑いをしたものだ。

最初に大型のモニターで、初期調査隊が撮影したエルサの映像を10分ほど見ている。その後にバーネットという中年男、ニューグリーン・システム社の惑星開発調査担当でフォボロたちの直接の雇い主が訓辞を垂れていた。

「諸君、人が住むことのできる惑星が見つかるのは偶然と幸運の賜物だ。今回のエルサのように何等の惑星改造を必要としない星となれば尚更のこと。エルサの発見も50年ぶりとか言われている。宇宙に展開し始めたころは10年にひとつくらいの割合で見つかったそうだがな。まずひとつ言っておく。他の惑星に対して我々がどのような権利を持っているのか、そういった話は無しだ。そういう議論は政治家や学者に任せておけばいい。私と諸君らにとって最も重要なのは、依頼された業務を無事に遂行することだ」

フォボロが聞いた風評では、このときのバーネットは次期重役が間違いなく、将来は社長までもという位置にいたらしい。バーネット、お前さんの言葉どおりここの業務は無事に遂行中だ、よその仕事は知らないがな。あれから2年、少しは出世したか？

次からは資料を見ながらの説明。モニターの表示が惑星エルサの地図に変わる。大きな大陸がふたつ、それ以外は海。大小の島々が無数に散在。説明はバーネットではなく若い男が担当した。

資料1は、4カ月かけて行われた初期調査の概要。

大気の組成と重力、最適。文明の痕跡、認めず。意思の疎通が可能な知的生命体の存在、認めず。自然放射線、許容範囲。自然水、飲料可。そして衛星がふたつ。

調査はまず軌道上からと大気圏内飛行により自然環境の観測が行われる。陸地・海洋・大気などの観測データを収集するために磁力探査、重力探査、3次元レーザー測量、サイキックによる地質断層透視とテレパシー広域同報通信などなど人と機械を総動員だ。

次に調査結果から、地表の岩盤の状況（大陸プレートと海洋プレートと活断層）、火山帯、気象条件、水源の確保と耕作に適した土地という要件を満足する地形、動植物の分布などを考慮して、ベースコロニーを設営する場所を決定する。地震、津波、河川の氾濫、台風、火山の噴火といった自然災害のリスクはできるだけ少ないほうが良い。

ベースコロニーの設営場所が決まると、最後にその場所へ地表探査ロボットを送り込む。ロボットは近郊の生活環境を測定し、その情報を調査隊に送る。周辺地形の映像、大気・表層土・自然水の分析結果などの情報を調査隊が受け取ると、初期調査が終了する。

原則として、初期調査において人が直接地表に降り立つことはない。そういう規則になっていた。大型の鳥や猛獣に襲われる、自然災害に遭遇する、そういった事故は回避する必要があった。それに調査隊もそうだが連邦や評議会は、人に有害な結果をもたらす病原体が存在する可能性を恐れていた。その存在の可能性を調べるのは初期調査隊の仕事ではなく、開発調査隊の仕事だった。

地表探査ロボットは惑星に残され、開発調査隊が到着するまで生活環境の測定を続け、記録する。資料には載っていなかった、フォボロも誰から聞いたか忘れたが、ロボットにはチャーリィという名前がついていた。チャーリィは今もここにいる。ただし名前は変わっていた。そのロボットにチャーリィという名前がついていることを知らない誰かが新しく名前をつけて呼んでいた。プリエールといった。『祈り』という意味だ。

資料2は、ニューグリーン・システム社が評議会から請け負った業務の内容。

ベースコロニーの設営と維持管理の助勢、という一文が最初にあった。フォボロも他のメンバーも、この文章が意味する内容を軽く考えていた。ボーイスカウトがキャンプでテントを張るようなものさ。あのときはその程度の認識だったかもしれない。しかし現実の作業は厳しかった。今ではいい経験をしたものだという思いが強い。

そしてこちらが本業だが、ベースコロニーの施設警備と要員の警護、調査狩猟。これを24時間体制で対応することになっていた。たった20人でやるのか？　これだけは本当に不安を感じたが、なんとか2年間無事にやってきた。

要員というのは主に学術調査員を指す。調査狩猟は、麻酔銃を使っての捕獲か実弾による射殺。どちらにしても野生動物の狩りを行う。目標の動物はどれか、麻酔銃か実弾か、それは学術調査員が指示することになっていた。そして夜行性動物の観察と狩猟のための24時間体制だった。

資料3は、フォボロたちを除いた開発調査隊の派遣メンバー表。

開発調査隊の主役が彼らだった。32名いた。全員がフォルコメンという民間会社からの派遣だった。民間会社といっても何かしら評議会と繋がりがあるのだろう。

責任者はマルカスト・ルインビーという男。かれは開発調査隊全体の責任者も兼ねていた。だから形の上ではフォボロたちは彼の指揮下に入ることになる。齢はフォボロと同じだ。仲良くとは言わないが、気まずい関係にさえならなければという思いは杞憂だった。

ルインビーを含む動物、鳥、昆虫、植物、細菌などの学者で構成される学術調査員が15名、残りが農業、工業に関する技術者と医師、料理人。後で知ったが寄生虫の専門家もいたそうだ。

彼らはフォルコメンという名が示す通りの、『完璧』を目指していた。

資料4は、惑星エルサまでの航行スケジュールと積み込まれた資機材リスト。

それまで惑星エルサへの航行は片道12日を必要としていたが、新しい航路が開発された今では軍の輸送艦で片道6日の旅程だ。高速艦ならなお短縮が可能だろう。

人を含めた資機材は、大陸間を海洋クルージングする旅客船ほどの巨体を持つ、定地据置型モジュール複合体に積み込まれる。外観は巨大な直方体のため、見た目通りにボックスと呼ばれた。ボックスは、専用に製作された輸送艦で運ばれる。動物の有袋類は親が子を育児嚢という袋に入れるが、その腹にボックスを抱えた輸送艦は子の袋に親が入っているかのように見えた。快適なクルージングは望まないほうがいい。

資料5は、現地における活動要領とその他注意事項。

資料の中では最も量が多かった。アルスランに存在する法律を全部合わせたより多いだろう。仕事の要領から日常生活の注意事項まで、生存のためのルールから大きなお世話まで。これらを考え出し文章にした多分複数の分担作業だろう、表敬に値する。

たとえば。コロニーの外ではゴーグル・マスク・手袋を着用し、できるだけ肌を露出させない服装をすること。特に小動物や昆虫類の観察・捕獲の場合、対象となる動物が威嚇または攻撃行動として人体に有害な毒物やガス、高温の化学物質を噴射することがある。

たとえば。室内に侵入した蠅や蚊の駆除のために、それらを捕獲し餌とするカメレオンのような小型爬虫類を飼育してはいけない。防虫スプレーか殺虫剤を使用すること。これは、こういう方法もあるのかと逆効果だろう。

たとえば。シャワーは共用ですので1回の所要時間は5分以内にしましょう。大きなお世話だ。

内容に雑学知識的な面白味がありフォボロはけっこう気に入っていた。

最後に何か質問があれば、となってフォボロが手を挙げた。答えたのはバーネットだ。

「評議会からはだれも行かないんですか」

評議会という言葉の中に、ニューグリーン・システム社の正規社員は？　という意味を含ませたつもりだった。

「あの人たちは、軍の防疫局が安全宣言を出すまでは、エルサに行くことはない。そして、安全宣言を出すためのデータを収集するのが開発調査、つまり諸君らの仕事というわけだ」

「それじゃあ我々は実験用マウスの代わりみたいなものですか」

気を悪くさせるかもしれない、そう思いながらもフォボロは質問を続けたが、バーネットは意外と笑顔のままだった。

「いいや、代わりじゃない。実験用のマウスは本物を積んでゆく。猿も連れて行くそうだ」

猿と同列にはなったわけだ。フォボロは苦笑いをして口を閉じた。仕事はやらねばならない、危険が伴うことも承知していた。何かをやろうとするとき、余計な口をきかずに黙ってやるか、どうせならと言いたいことを言ってからやるか、これは個人の資質によるのだろう。自分はどちらのタイプだろうか？

他にも誰かが何か質問をしたはずだが記録には載っていなかった。書き残すほどのことではなかったのだろう。男たちの質問は、たいていの男たちが考えること。報酬と、あとは酒と女か。

2　プリエール

そしてフォボロたちはエルサにやってきた。輸送艦は軌道上から調査隊を乗せたままのボックスを落下させる。着地目標地点には地表探査ロボットのチャーリィがいた。チャーリィが送ってくる信号に向かってボックスは輸送艦から遠隔操縦されていた。

ボックスは大気圏内を滑空降下し、目的の場所へ安全に着地するために必要な最低限の機能を備えていた。格納式スタビライザー、姿勢制御噴射、パラシュート、垂直降下用噴射エンジン。着地したボックスは二度と飛翔することはない。

輸送艦はボックスが無事に着地し、複合モジュールと調査隊に異常のないことを確認すると、アルスランへと帰還する。激励の言葉、そして通信と気象観測のための小衛星4基が置き土産だ。

ボックスはエルサ標準時の9時7分に地表へと着地した。天候は快晴。地表の砂埃が収まると、固定窓のシャッターが開かれた。目の前に拡がるエルサの光景は大自然そのものだった。

その光景の中をボックスに向かって動いてくるものがあった。身長1メートルと少し、2本の腕、4足歩行ロボットのチャーリィだった。歩き方に円滑さがなかった。

「足がどこかイカれているな。他にもおかしいところがあるようだ」

フォボロがつぶやくように言うのを、横にいたアッシュが心配顔で聞いていた。

「そうですね。何か野生動物か大きな鳥に獲物と間違われて襲われたかな。回収したら修理してやりますよ」

地表探査ロボットのテクニカルについてフォボロはさっぱりだったが、アッシュは詳しかった。

ボックスの間近まできてチャーリィは立ち止まった。そして、そこに自分を見おろしている人間たちがいるのを知っているかのようにフォボロたちを見上げると、敬礼をした。

ユーモアのつもりか？　いや違う、ロボットはユーモアを理解しない。任務を遂行した兵士が傷ついた躰で帰還した、そういうことだ。フォボロは姿勢を正すと敬礼を返した。幾人かが同じように敬礼をした。

「あいつは自分の自由意思で動いているのか？」

フォボロがアッシュに聞いた。

「今はそのはずです。コントローラーでも動かせますよ。自動と手動が兼用ですから。あいつに入っている3次元認識ソフトは安物で手動のほうがいいときもあるんです」

「そのコントローラーはあるのか」

「ぼくの部屋にありますよ。船の中でもらったんです、何かの役に立つかもしれないからって。あいつはもう書類上では廃棄になっているそうです。動かしてみますか？　持ってきますよ」

「いいや、違うんだ。さっきの敬礼が誰かの演出じゃなくて良かった、そう思っているだけだよ」

地表に降りてから最初の４日間は、責任者のルインビーの指示でボックスから外へ出ることが禁止された。環境の観察と測定のためだった。

アッシュはこの４日間を利用して、地表探査ロボットの回収と修理をやってみたいと思い、同僚でサイキックのヴェーダたちと話し合った。相談を受けたフォボロがルインビーと交渉し許可をもらった。

ボックスの気密室に入ったロボットの洗浄と消毒を済ませると、環境測定記録のメモリーを取り出しルインビーに引き渡す。そしてアッシュたちは修理に取り掛かった。

「そいつにはチャーリィという名前がついている」

このひと言をフォボロが言っておかなかったせいだろう、修理が終わったロボットはプリエールと呼ばれていた。

ボックスからの外出禁止令が解除されるとベースコロニーの設営が始まった。多くのことが並行して進められたため、フォボロたちは対応に忙しかった。３名１チームで６チームを編成し、その内の3チームを交代制でコロニーの警備に当たらせた。後の3チームが要員警護と調査狩猟で、これはアッシュに管理を任せた。フォボロとメカニックのヴェーダはフリーにした。そして手の空いている時間はコロニー設営の助勢だった。

水源の確認と、水を汲み上げるポンプを設置する小屋の整地のために、幾人かが出かける。アッシュのチームが警護と助勢を兼ねて同行した。水源はコロニーの北西4キロにある湖だ。プリエールが道案内をした。

フォボロの仕事は杭打ちから始まった。建物の配置が記された図面をもとに測地し、目印のため四隅に小さな杭を打ち地面にロープを張って区画する。住居用コンテナハウスは中央に仕切りがあり1棟で2人用だ。これが今回の人数分26棟。他にも食堂、シャワー室、トイレ、洗濯設備、電源設備、管理事務所、倉庫棟、研究所、焼却炉、浄化槽など。

そして区画が終わると次は整地だ。地面の傾斜や凹凸を、土を削りまた埋めてできるだけ水平にする。整地が始まると学術調査員という名目の学者たちがやってきて、土を採取してゆく。土の中にいる細菌を調べるためだ。

上下水道の汚水を処理する浄化槽は地面に埋設するため、切削機と手作業で大きな穴を掘ることになるが、少し掘ると学者たちが土を採取し、検査でOKがでるとまた少し掘るということを繰り返した。

機械類の組み立てと整備はヴェーダたちの仕事だった。戦闘にも輸送にも使用できる多目的ヘリコプターが2機。巡航速度時速270キロ、外部吊り下げ最大積載量9トン。ただし武装はしていなかった。オフロード用に改造したワンボックス車3台。他にトラッククレーン、切削機、耕耘機など。

ボックスは切断そして分解される。切断は電動カッター、ガス切断、レーザーカッターを状況に応じて使い分けた。研究室モジュールや配管類のように、そのまま使用できる設備は流用する。鋼材は加工されて貯水タンクや浄水タンク、焼却炉などの材料となる。

コロニーで使用される機械類や家屋の動力源はすべて電力だった。評議会が充分な量のオリハルコンを拠出してくれたおかげで、電力に不自由することはなかった。

フォボロや技術者たちがベースコロニーの設営に汗を流しているあいだにも、学者たちは各自の調査活動に余念がなかった。ルインビーは一応のコロニー設営が終わるまで、その活動範囲を半径5キロ圏内に限定していたが、いくら近郊とはいえ学者たちがコロニーを離れるときは警護をつける必要があった。

学者たちは野生動物や鳥の糞、そして土を採取してくる。電子顕微鏡で覗き生きている細菌がいれば培養し、実験用マウスに植え込む。これを繰り返し、繰り返す。調査狩猟が本格的に始まると、これに解剖という過程が加わり体内からもサンプルを採取する。

「長年こうして顕微鏡を覗いているとね、ひと目見たときにこいつはヤバイかな？　なんてわかるようになるんだよ」

本当か嘘か、それとも冗談のつもりかフォボロには窺い知れなかったが、そんなことを言う学者もいた。

調査狩猟で射殺された動物たちは不幸だったが、検査の後にその肉はステーキとなって調査隊員たちにささやかな幸福をもたらした。

何よりも出逢いが大事、という言葉があるらしいが出逢いたくない相手もいる。戦場における敵もそうだったが、ここでは凶悪な細菌やウイルスという病原体だ。抗生物質の効かない、致死率が高く空気感染するようなヤバイやつに出くわしたら、コロニーの全滅を覚悟しなければならない。何かの折にルインビーと話をしたとき、彼が言っていた。

「ビトー、危険な細菌やウイルスは必ずいるよ。どこかに潜んでじっと出番を待っているのさ。今のところはまだ出逢っていないが、たまたま調査したエリアにいなかっただけじゃないか？もしかしたらすれ違いはあったかもしれん。だけどいずれ対面することになる、いつになるかはわからんがね。できれば我々が帰った後にしてもらいたいな」

2カ月ほどの時間を費やして、ベースコロニーが生活の場としての機能をようやく整えたころに、エルサの暦で新しい年を迎えた。全員が食堂に集まり新年を祝って乾杯した。

酒は、人がこういう生活環境にある場合、必ず誰かが作るものだ。時と場所は問わない、どんなに仕事が忙しくてもだ、そう決まっていた。

このときに撮影した、フォボロとルインビーがグラスを持って笑顔で並んでいる画像を電子データシートが表示した。続いて同じようにふたりが写っているが、ふたりのあいだに女性がひとり入っている画像が表示される。表示が切り替わるのに要する時間はほんの一瞬だが、2枚の画像が撮影されたあいだにはおよそ1年半という時間が流れていた。ふたりが女性といっしょに写っている画像はつい何日か前、秋の収穫祭のときに撮影したものだ。画像は撮影した年月の順に取り込んでいるつもりだったが、どこで紛れ込んだだか。

女性の名は、タチアナ・ロマノス。彼女は2カ月前に第4陣の定期派遣メンバーのひとりとしてエルサにやってきた。フォルコメンからの派遣ではなく、軍の防疫局に職籍を置く細菌学者だった。防疫局が直接に人を送ってくるということは、フォボロたちの仕事がもう終わりに近いことを意味した。

収穫祭はコロニーの祭日になっていた。コロニーの中央には広場が設けられており、みんなが集まっていた。このころ居住者はすでに100名を超えていた。

フォボロがルインビーと話しているところへ、アッシュがプリエールを連れてやってきた。その後ろにロマノスがいた。せっかくコロニーの責任者がふたり揃っているのだから記念に1枚いいかしら、というロマノスの希望でアッシュがシャッターを押した。

プリエールはそのとき、花柄模様の布を仕立てたのだろうワンピースを着ていた。

「今日はずいぶんオシャレだな。なかなか似合ってるじゃないか」

フォボロの言葉にアッシュが答える。

「この服いいでしょう。ロマノスさんが作ってくれたんですよ」

ほう、という顔をしてからフォボロはロマノスに礼を言う。

「気に入ってもらえてよかったわ。裁縫なんて久しぶりだったから、お祭りに間に合うようにと思って頑張ったのよ」

「隊長、ついでに2本の足にローラーを付けてスケートができるようにしたんです。見ていてください」

アッシュはそう言うとコントローラーの操作を始めた。

拡げた両腕と空中に伸ばした2本の足でバランスを取りながら、ローラーの取り付けられた2足で走行するプリエールがそこにいた。ゆるやかな円を描きながら走るプリエールの姿に、みんなが拍手をした。この調子だとそのうち女の子のような髪の毛まで用意するかもしれない。


窓の外を通り過ぎる人影に気づいて、フォボロは電子データシートから顔を上げた。デスクの上の時計は9時50分。もう出発の時間だ。

ドアがノックされる。アッシュが呼びに来たのだろう、そう思ってドアを開けるとタチアナ・ロマノスがいた。

「アッシュが呼びに行くというから代わりに来たの。お願いしたいことがあって」

「なんです？　先生のお願いだったらなんでも聞きますよ」

ロマノスは、若い男から見ればもう相手にしないような年齢だろうが、フォボロから見ればまだ充分若く、そして充分に魅力的だった。

ふたりは連れ立って、倉庫棟の裏にあるヘリポートへ歩き出す。

「わたしたち4人はヘリで行くって聞いて。車で行くものとばかり思っていたの。迷惑でなかったらわたしだけ車に乗せてくれない?」

「ええ、それはかまいませんよ。先生とごいっしょできるなんて光栄なことだ。それよりヘリに何かありましたか」

「何年か前にね、目の前でヘリが墜落したの。乗員は全員死亡、軍のヘリポートだったわ。それ以来ダメなのよ。これまではなんとか乗らないで済むように誤魔化してきたけど」

「気持ちはよくわかります。空を飛ぶ乗り物なんて、本当はどういう理屈で飛んでいるのかよくわかっていないと聞いたことがありますよ」

ヘリポートには資機材の積み込みを終えた車2台とコンテナハウス1棟、それと隊員たちがいた。出動するのはコロニーの警備を担当する9名を除く11名。調査狩猟は臨時休業にした。コンテナハウスはヘリで吊り下げて運ぶ。ヘリの操縦はアッシュとヴェーダのふたり。それに4名の学者たちを乗せる予定だったがロマノスが抜けた。これで10名が車に分乗することになった。

フォボロはみんなを集めて手順を再確認すると、最後にアッシュに言う。

「アッシュ、予定を変更してロマノス先生は車で行くことになった。だからルインビーさんに、ヘリに欠員ができたので希望者がいれば乗せて行きますと伝えてくれ。それとな、コンテナハウスの吊り下げには充分注意しろよ。最悪コンテナは落としてもかまわんがヘリは絶対に落とすなよ、いいか」

「わかりました。間違いなくやりますよ」

「アッシュ、ごめんなさいね。あなたたちを信用していないわけじゃないの」

「いや、わかっていますロマノス先生。気を遣わないでください。ぼくだって自分の操縦するヘリに乗るのが怖くて、いつもヴェーダに任せているんです」

2台の車が走り出す。前車に6名が乗った。後車にはドライバーがエバンス、ナビにイーサン、フォボロとロマノスは中座席に乗った。後部座席は取り外され、その空間は資機材が占拠していた。

車列はコロニーを出ると西へ向かう。葉高の低い草原が一面に広がり、ゆるやかな波を立てていた。

「素晴らしい景色ね。遠出するのは初めてだから楽しみにしていたの。どれくらいかかるかしら?」

「そうですね、4時間くらいかな。何もなければね」

「何かあったりするわけ?」

「いろいろありますよ。餌だと思っているのか爪を立てて飛びかかってくるやつ。筋になった疵が車体にあるでしょう、あれです。何かで機嫌が悪いのか、他に理由があるのか、車に体当たりしてくるやつもいる。ぶつかってくる相手の大きさや体重にもよるけど、それで今までに3台スクラップです。他にもエンジントラブルで立ち往生、川には落ちる、崖から落ちる、もうなんでもありだ」

「走ってるときにハンドルが取れたこともありましたよ」

顔だけ振り向けたイーサンが言った。

「楽しいなんて言って悪かったみたいね」

「いや、そんなことはありません。先生がいるだけで楽しいですよ」

前方右手に雑木林が見えてくる。フォボロは電子データシートを取り出すと、コロニーを中心とした航空写真を表示させ、ロマノスにも見えるように持った。

「あの林を過ぎると右へ曲がって、林の外側を迂回するように北上します。まっすぐ北へ2時間ほど行くと左へ、西に進路を変えて」

窓の外の雑木林を指さし、表示させた画像の上から車の進路を指でなぞる。次に画像の左上の隅近くにある赤い点を指さす。

「そしてここが目的地ですよ」

「ふーん、こうして見るとけっこうな距離ね」

「およそ直線で240キロ、調査狩猟の北方限界エリアです。ヘリなら普通で1時間の距離だが、今日はコンテナを吊るして来るのでもっとかかるでしょう」

「それなら隊長、向こうに着くまでの時間つぶしに、遺跡を見つけた経緯とかこのあいだ入ったときの様子なんか教えてくれない？　わたし何も聞いてないの」

「ええ、いいですよ。じゃあ調査狩猟の簡単な説明からしましょう。調査狩猟はコロニーから半径300キロ程度の範囲が対象ですが、海洋と山岳地帯は除くのでほとんどが平野部、あっても小高い丘のようなものです」

シートの画像を調査狩猟の範囲が色分けされたものにし、その上に格子状の線をかぶせる。

「コロニーから東へ20キロで海、南は海まで170キロ、西へは270キロで山、北も240キロで山。これに線を引いてエリアに分け、ひとつずつクリアしていく。現状はひと通りエリアを回り終えて、先生たちの希望でエリア別の重複調査をやっているところです。それでここのエリアですが」

画像をスクロールさせて赤い点を中央に移し、その部分を拡大した。指先で透明な円弧を描く。赤い点がその線上にあった。

「この円が山裾です。この山は、昔は活火山でしたが今は休火山の扱いです。そこでウォルトンのチームが、初めて見る鹿に似たやつを追っていたそうです。少し樹海のようなところに入って、それを抜けると開けた草原がある。そこで洞穴を見つけました」

「その鹿みたいなのはどうしたか言ってた？」

「逃げられました。そのときいっしょだった先生の指示が、射殺じゃなく捕獲ということで。走って逃げる動物には麻酔銃はなかなか当たらない。当たっても針が刺さらずに跳ね返されることもある。毛皮のコートを撃つようなものだから」

「そう、それは残念だったわね。それで、そのとき洞穴に入ったの？」

「いいえ、外からライトで照らして中の様子を見ただけです。こういう場合むやみに中へ入ることはありません、規則で決まっていますから。酸欠の恐れがある、有毒ガスがあるかもしれない、人間を餌と思うような猛獣の住み家ということもある。とりあえずその日は中の様子から、その洞穴が人工的に作られたものだと確認しただけです。奥行きはわからないが、壁と天井が石か岩を加工したブロックでできていた。それもアーチ状にね。それが収穫祭の翌日のことです」

「石を加工する技術があるということね。先住民はいないのでしょう」

「初期調査では確認されず、開発調査でも発見されていない。可能性はいくつかあるでしょう。先住民がいたとして、過去に何かの理由で滅びた。まだ発見されていないだけ。この星も広いですからね、何処かにいるかもしれない。それと我々みたいに」

「わたしたちみたいに外からやってきた？　それにしては文明のレベルが低いわね、石器時代なんて」

「我々だって道具なしで知らない惑星に残されたら、石の斧を作ることから始めないといけませんよ。まあ、そのあたりは専門の学者たちが調べるでしょう。それでともかく一度入ってみようとなって、発見した次の日に人数を増やして行ったんです。ウォルトンとアッシュのチーム、それと私とヴェーダの８名で。あとプリエールも連れてね。生活環境の測定ができますから。もちろん服は脱がせましたよ」

「プリエールは元が地表探査ロボットだったわね」

「元、じゃない。今でも一応は現役です。ただ最近は故障が多くなって、今日も調子が悪いから置いてきたんですよ」

「それはかわいそうなことだわ。じゃあ環境測定は？」

「旧式の測定器を使います。ホークアイがあればそのほうが良かったのですが、今は２機共使えない状態でしてね」

「そのホークアイってなに？　名前だけは聞いたことがあるような気がするけど」

「ホークアイというのは通称で、軍での正式名称は確か近距離地上偵察用飛行球と言ったはずです。球形をした超小型のヘリコプターだと思えばいい。大きさはスイカ《サマーボール》くらいで、中には主翼と補助翼、それにジャイロパイロットが数個入っている。リモコンで操作しますが、運動性能が優れているんです。ホバリングができて、そこから急加速・急停止ができる。垂直に上昇と下降もできるから、もう動きは自由自在だ。速度は最高で時速60キロだせる。そいつにカメラとか測定器を乗せるんです」

「それは便利そうね。2機あるって言ってたけど2機共壊れたの？」

「1機は故障で交換用の部品待ち。もう1機はこいつが行方不明にしたんですよ」

そう言ってフォボロは電子データシートをイーサンのほうへ軽く振った。自分のことだと気づいたイーサンは、躰ごと後ろの席に振り向くと、今が弁明のチャンスと思ったのか勢いよく話しだした。

「隊長、あれはクラウド先生のせいですよ。隊長に怒られたときは詳しく説明させてもらえなかったけど、確かにコントローラーを持っていたのはおれですから。でもあのときクラウド先生が、海岸から少し先の小島に海鳥の巣が絶対あるはずだから見てみたいと言って、アッシュも最初は反対したんですけど結局押し切られてホークアイを飛ばしたんです。そしたら、いつもは浜辺に巣を作っているトカゲなんかを狙っている大きな鳥がバサバサッて飛び立つとホークアイを捕まえやがって。アッシュがライフルで撃って、当たらなかったけどそいつホークアイを放したからラッキーと思いましたよ。海に落ちる寸前になんとか体勢を立て直して水平飛行させせたら、今度は海からサメかクジラみたいなでかいのが、ガバッと口を開けて飛び出してホークアイを丸呑みしたんですよ。きっと鳥と間違えたんでしょう。だから」

「わかったよ、イーサン。お前の言いたいことはよくわかった。コロニーに戻ったら私からクラウド先生にひとこと言っておく。それでいいだろう？」

「ええ、隊長。わかってもらえれば、もうそれでＯＫです」

イーサンの調子の良さに負けてしまったか、そんなことを思うフォボロの横で、ロマノスは明るい声で笑っていた。

「続けますか？　先生」

「あら、ごめんなさい。ほんと可笑しくって。どうぞ続けて」

フォボロは洞穴周辺の画像をさらに拡大させ、いくつかの白く写っているところを指さした。

「洞穴の前の広場に、四角い大きな石がたくさんあって、この白いところがそうです。明らかに加工された石ですが、ほとんどが土に埋もれているからこの画像では判別できないでしょう。実際に見ないとわからない。洞穴にはプリエールが最初に入りました」

シートを操作して画像を変えると動画になった。

「これからプリエールに付いているカメラの映像を見せます。編集して短くしたやつですけど。これが洞穴の入口。見つけたときは入口付近に１メートル近い土砂が堆積していましたが、取り除きました。中に入ります。中は本当の暗闇です。プリエールにはライトが３個付いていますが、それでも充分な明るさとはいえない」

映像からは、プリエールが上下左右にカメラの向きを変えながら、奥に歩いてゆく様子が窺える。映像の下方には温度・湿度・酸素濃度などの数値が表示されていた。

「ここは『回廊』です。高さが３メートル、横幅が２メートルくらいのまっすぐな通路ですけどね。呼び方を決めておかないと都合が悪いのでそう呼んでます。回廊の奥の広くなったところが『神殿』です。つまり洞穴の入口が回廊の入口、回廊の出口が神殿の入口です」

「そうすると外に出るときは回廊の出口から入口に向かうわけね」

「そういうことです。ご覧のとおり回廊は壁と天井が石のブロック、地面は土を整地しただけの状態です」

ロマノスは真剣な表情で映像に見入っていた。少しすると映像の動きが止まる。

「ここで回廊は終わり。プリエールの歩行速度と時間から、回廊の長さは20メートル前後。神殿の中もそうですが、いろいろな距離や寸法は明日測るつもりでいますよ。では神殿に入ります」

映像が再び動き出したときに、聞きなれないメロディが流れた。フォボロとロマノスがシートから顔を上げると、イーサンがハンドフォンを取り出したところだった。何か話をすると通話状態のままフォボロに言う。

「前の車がタイヤに石か何か噛んだようです。それとふたりほどもう我慢できないって言ってます」

フォボロはシートの映像を止めると、腕時計を見た。12時28分。休憩してもいい時間だった。

フォボロが頷くとイーサンはハンドフォンに「OKだ」と言った。

前の車が止まり、ふたりの男が飛び出すと走るように車から離れた。エバンスは前車と5メートルほどの間隔を空けて横に並べて止める。車に突進してくるような動物がいて、それを避けることができないのは、右手の雑木林から出てきたときだけだろう。他は見通しの良い草原だった。こうして停めておけば必ず1台は助かる。

　全員が車から降りた。念のために3名にライフルを持たせる。イーサンが軽食と飲み物を配った。フォボロはアルミシートで作られた軽量のブランケットを取り出して、車の屋根に乗せた。

「先生、林に入るのは危険だから、必要ならこれを使ってください。頭から被るんです」

　ロマノスにそう言ってから、ハンドフォンを取り出しアッシュに連絡を入れる。

　しばらくの休憩を取ると、車列は再び走り出した。コロニーではコンテナハウスを吊り下げたヘリが飛び立った。

「神殿の入口から、でしたね。疲れているようでしたら少し眠ってもかまいませんよ」

「とんでもない、すごくわくわくしてるの。新種のウイルスを初めて顕微鏡で見るときのような気分よ。続けてちょうだい」

　フォボロは「では」と言うと電子データシートの映像を、神殿の入口になるよう調整する。

「神殿は上から見ると四角い形をしている、ほぼ正方形です。そして今のところわかっている神殿への出入口は回廊だけ」

　プリエールが歩き出し、映像も動き出す。3条の光が照らしだす空間はそれほど広くなく、その光をも拒むように暗闇が覆い被さっていた。

「ここから神殿です。とりあえず回廊からまっすぐ進みます。左側が壁。回廊の左側の壁がそのまま連続して続いている。右側は広い空間、柱が見えるでしょう。四角い柱です。壁から柱までの距離は約4メートル。この柱は壁と平行に、奥に突き当たるまでに4本、ほぼ等間隔のようです。上方を見ます。天井までの高さは回廊の倍くらいはあるでしょう。奥の壁に当たります。ここまでが四角の一辺で神殿の入口から20メートルほど。右に向きを変えます。先ほどの一辺と同じで左側が壁、右側が空間と柱が4本。進んで行って壁に当たります。ここでこの一辺は終わり。長さは同じく20メートルほどです。また右に向きを変えます。次の一辺は、最初に見た一辺と平行にある対面です。進みますからよく見ていてください。何かあるでしょう。これが『鏡』です」

ライトの向きを調節したのだろう、3条の光がひとつの方向に向けられ、その光の中に直立した大きな板状のものを照らし出していた。

「これが鏡なの？　何も映ってないわね。まあ、埃だらけだから仕方ないと思うけど」

「鏡というのは便宜上そう呼んでいるだけです。鏡の位置はこの一辺の中央、2本目と3本目の柱の真ん中。鏡のことは少し後にして、プリエールを進ませます。鏡を抜きにすると、この一辺から見えるのも同じように壁と4本の柱。壁に当たって、右を向いて、これが最後の一辺。進んでゆくと同じく壁と柱、そして神殿の入口に到着。これで1周したことになります。映像はこれで終わり。プリエールには続けて柱のあいだを歩かせましたが特に何もなかった」

ロマノスはシートから目を放し、軽いため息をついた。

「すごい映像ね、大発見になるわよ。だけど神殿という名前をつけた割には作りがシンプルというか何か貧相ね」

「私もそう思います。先生も気づいているでしょう、普通こういう建造物には壁や柱に文字が刻まれていたり彫刻が施されたりしている。これにはそんなものがない。だから余計にさびしく感じるんですよ。結局のところ、この神殿にあるのは壁と天井と16本の均等に並んだ柱、それと鏡でした。その鏡ですが」

フォボロはシートに鏡の画像を表示させた。プリエールのカメラの映像よりも鮮明に写っている。鏡の両側にフォボロとヴェーダが立っていた。次はフォボロだけ、そして鏡だけが写った画像に替わった。フォボロは少しはにかむような笑顔を見せた。

「最初の何枚かは記念撮影です。プリエールで環境に異常がないのを確認して、我々が中に入りました。照明はヘルメットに付いているヘッドランプだけでした。鏡の大きさは高さが3メートル、幅が2メートル、厚さは10センチくらいでしょうか。埃がひどいでしょう。この下に異星人の文字でも刻まれているのかと思って部分的に少し埃を落としましたが、何もありません。私にとってはただのモノリスにしか見えなかったんですが、ヴェーダがさわってみてオリハルコンの反応があると言ったんです。念を押したら間違いないと。ただし反応があるというだけで、それ以上のことはよくわからんそうです。それでルインビーさんに状況を報告して、専門のサイキックを要請しました。次の輸送艦でやってくるでしょう」

話をしながらフォボロはシートの画像を替える。拡大された山裾の航空写真。山の形に沿った円と、回廊と神殿が直交した線で描かれていた。

「これは山裾の画像に回廊と神殿の平面図を重ねたものです。この円は山頂を中心にした円。こうして見ると」

フォボロは回廊の入口に指先を置くと、神殿の奥までゆっくり動かした。

「まず山裾の円と平行に、回廊の入口から40メートル掘り進み、そしてその半分の幅20メートルを今度は山の中心に向かって20メートル掘り拡げた。そんな感じですね。ですから鏡は山の中心に向いています。何か理由があるのかもしれません」

「なるほどね。それでこの鏡はなんの目的でここに置いてあると思ってるの?」

「さあ、何かの記念碑ですかね。でも、誰も口には出しませんが、みんな思っていることは多分同じです。この鏡がオリハルコンで作られているとして、この大きさと形、それは同調移動の装置だろうと」

「同調移動ねぇ。開発はしているみたいだけど成功したという話はまだ聞かないわ。本当だとしたらこれは夢の鏡ね」

洞穴の前の広場に車列が到着した。フォボロたちが車から降りると、すでに南の方角からへリのロータ音が聞こえていた。コンテナハウスを降ろす位置とヘリの着陸場所を決めると、エバンスに誘導するように言う。コンテナハウスが降ろされ、ヘリが着陸する。ヴェーダの操縦技術はいつ見てもたいしたものだ、フォボロは改めて感心した。

ヘリから降りたアッシュがフォボロに走り寄ってきた。

「隊長、先生たちは3名で追加はなしです。他のみなさんは忙しいらしく、またの機会にしたいそうです。それとルインビーさんから伝言があるんですが」

「伝言？　いい話にしてくれよ」

「悪い話ではないのは確かですよ。そろそろこの星に正式な名前をつけるそうです。いくつか候補を出して、最後は評議会が決めるそうですが、隊長にも考えておいて欲しいと。明日の午後、ルインビーさんがヘリでこっちに来ますから、そのときに教えてくれればと言ってました」

「そうか、この星の名前か。わかった、それでは、やることをやって落ち着いてから考えることにしよう」

コンテナハウスと車から資機材を降ろすと、４人用テント４張りと仮設トイレ２基の設営、薪の採取、水汲みなどを手分けした。

太陽がその色を赤く変えて夕陽になるころには、予定していた作業は終わった。夕食の支度をする隊員たちを、少し離れたところでフォボロは見ていた。

今日も無事に一日が終わることだろう、そう思いながらポケットを探るが目当てのものは見つからなかった。

すぐ近くをイーサンが通り過ぎようとしていた。フォボロは呼び止め、手を出すと指で（寄こせ）と合図する。イーサンが指を1本立てると、また合図を送る。（全部）。仕方がないなあという顔をしながら、イーサンは紙巻き煙草の箱をフォボロに放り投げると過ぎて行った。

煙草を吸いながらひと息ついているとアッシュがやってくる。

「隊長、やることはひと通り終わりました」

「そうだな、きれいに片付いたみたいだ。割り振りは？」

「やりました。ロマノス先生はコンテナで休んでもらいます。それから学者の先生たちでテントひとつ。あとみっつをぼくたちが。交替で歩哨をふたり立てますから余裕です。ヴェーダはヘリの中があいつの寝室ですから。ふかふかのベッドをいつも用意してます」

「じゃあ問題ないな」

「星の名前、何か考えました？　ぼくは」

アッシュが言いかけたとき、ロマノスがこちらに歩いてくる姿が見えて、声がした。

「きれいな夕陽ね。ふたり揃って何を相談してるの？」

「名前ですよ、先生。この星に正式な名前をつけるそうで、それを考えている。アッシュがもう思いついたみたいですよ」

フォボロに振られたアッシュがあわてて、いえとんでもないですと否定する。

「そうなの、じゃあうまくいくとこの星の名付け親というわけね」

「そういうことです。先生も何かいい名前を考えてみませんか」

「わたしはダメよ。星なんかより、新種のウイルスか細菌に、わたしの名前を残したいほうだから。隊長は何か考えついたの？」

「考えたというほどのことはないけど。私は、プリエールがいいと思う」

「プリエールって、あのロボットのプリエールですか？」

「そうだよ、アッシュ。あのロボットのプリエールだ。先生はどう思う」

「プリエールね。改めて聞くと言葉の響きがやさしくて、いい名前だと思うわ」

フォボロは二度三度軽く頷くと、優しそうな笑顔を見せた。

「先生にそう言ってもらえるとうれしいよ。私はね、先生。人に銃口を向けるのがイヤになって軍をやめた。ここに来たのはその必要がないと思ったからです。それに、私は今まで自分のためにしか祈ったことがない。戦場にいるときは、自分だけは助かりたい無事に帰りたい、そんなことばかりだ。それでこの齢になって思うんですよ。自分以外の、誰かのために祈ってもいいんじゃないか、そんなふうにね」

3 サーラ

デスクの前に立つ若い女性をバークマンは見た。彼女はバークマンへ、両手を胸の前に合わせて軽くお辞儀をするという挨拶をした。バークマンはつり込まれて頭をさげた。

「初めまして、サーラ・ムーンワークです」落ち着いた声がした。

長い黒髪、深紅が混じっている。薄紅で化粧したような肌の色。中肉で中背。切れ長の目に茶色の瞳。面影に翳りは見られない。上着の丈が普通より少し長く見えるのは、ウエストかヒップにホルスターを着ける習慣、それを隠すためか。それとも思い過ごし。

「よく来てくれた。私がバークマンだ。サーラと呼んでいいかな。どうぞ座ってもらってかまわないよ」

「ありがとう、では失礼して」

サーラは応じて長椅子に座った。

「早速ですが、仕事の内容はどんなことでしょう」

余計な世間話は抜きにしましょう、ということだ。バークマンもそのほうが良かった。事務的に事を処理するだけのほうが。

「説明を始める前にひとつ聞いておきたい。なに、単なる確認だよ。義務役が終わってから今日までに、オリハルコンの取り扱いをやっていたことはあるのかな。こういう技術的なことは継続してやっていないと腕が鈍るからね」

「それは問題ないと思うわ。オリハルコンは毎日さわっているから」

「毎日さわっている？」

バークマンは言葉の意味を理解しかねた。

サーラは胸元から首飾りのペンダントを取り出して、バークマンに見えるように手の平に乗せた。淡い黒青色、水晶の結晶のような六角柱のペンダントだ。

（この娘は私を試しているのか？）

バークマンは少し動揺したが顔には出さなかった。

連邦法ではオリハルコンの個人所有を認めていない。その質、量に関係なく。サーラの手の平に乗っているペンダントがオリハルコンで作られていて、彼女がその所有を主張すれば、それは連邦法違反になる。

「きれいなペンダントだ。きみのかい？」

「ええ、母の形見なんです」

「そうか、それなら大切にしないとね」

母親の形見というのは多分嘘だろう、バークマンはそんな気がした。オリハルコンの取り扱いレベルA上だ、連邦法は知っているはず。バークマンはその法を遵守させる立場にある。しかしバークマンはこの問題にふれないことにした。

（とりあえずは先送りだ。今はそのほうがいい）

ただし、ひとこと釘を刺しておきたいと思った。

「オリハルコンについてはきみを信じることにする。それとこの部屋の中でのことは軍の機密事項になるから、他の人に話すことは禁止されている。これから話すことはメディアにもまだ発表されていない。わかってもらえるね」

サーラはペンダントを胸元に仕舞うと、神妙な面持ちで言った。

「わかりました。守秘義務ですね」

この小娘、生意気な真似をするんじゃない、今日は問題にしないでやるから二度と余計なことはするなよ。このような意味のことをバークマンは伝えたつもりだった。そして正しく伝わったという気がした。ふと女王と化け物という言葉が頭の中に浮かんだ。

「では仕事の話をしよう。連邦が今開発調査中のエルサという惑星がある。ここから１１００光年の距離だ。エルサというのは仮の名称で、本格的な植民が始まれば正式な名称がつくことになる。４日前にそのエルサから連絡が入った」

バークマンはサーラが今日この部屋へ来ることになった数日前からの情勢を、言葉を選んで伝える必要のあることだけを話した。彼女は途中で口をはさむこともなく、穏やかな表情で聞いていた。

「異文明、異星人ということで評議会では騒いでいる人もいるようだが、我々のほうでは否定的な見方が多い。何かの間違いじゃないか、ということだ。遺跡については別に考古学の調査員がひとり行くことになっている。だからきみは鏡の調査だけやってもらえればいい。できれば初期調査でオリハルコンの反応を捉えきれなかった理由が何かあるのなら、それも知りたいと思っている。ということで、出発は２日後だ。後で行程表を渡すからよく見ておくといい。それと他にも少し手続きがある。急がせて悪いと思うが理解してもらいたい。それで報酬のことだが何か希望があれば言ってほしい」

「報酬はそちらの規定どおりでかまいません」

「そうかね、ではそうさせてもらおう。私からは以上だが、他に何か聞いておきたいことは？」

サーラは少し小首をかしげるようにした。

「なぜわたしなんです？　仕事の内容からするとわたしでなくてもいいように思えるわ」

「どうも恥ずかしい話だが、人がいない。いろいろ探してみた、本当だ。どうにも困っていたときに、これは誰とは言えないが、きみを推薦してくれた人がいてね。すぐに飛びついたわけだ。これでわかってほしい」

「大人の事情というやつですね、わかりました。それで船は冷凍睡眠で行くの？」

「いいや違う。きみも知っていると思うが冷凍睡眠の装置は準備に時間がかかる。万が一のことがあってはいけないからね。今回準備した装置は以前から搭乗を予定していた定期派遣メンバーの数だけだ。きみともうひとりの調査員は臨時メンバー、予定外ということで通常航行になる」

「それは良かったわ、わたし冷凍睡眠は苦手なの。それと現地で回避できない万が一のことがあったときはどうすればいいの？」

「回避できない万が一のこと？　きみらしい質問だね。多分危険なことはないと思う。現地には要員警護のために民間軍事会社の派遣員もいる。それでもそういうときがあれば、臨機応変に対応してかまわないよ」

「あとひとつ。アシスタントをひとり連れて行きたいと言ったら、だめかしら」

「残念だがそれは無理だね。枠はひとり分しかない。アシスタントが必要なら、現地の責任者に言えばひとりくらいつけてくれると思う。でもどうしてもと言うなら交渉してみるがね」

「いいえ、わかりました。もう忘れてください」

「よし、ではこれでいいかな。少し待っていてくれ、この後の世話をしてくれる係の者を呼ぶから」

バークマンは内線でオスカーを呼び出し、すぐ来るように言った。内線をかけ終わったときに、サーラが長椅子から立ち上がった。

「課長、仕事に関係ないかもしれない質問ですけど、いいですか?」

「ああ、かまわないさ。どんなことかね」

「課長も昔は張り込みとか尾行とかやっていたんですか」

バークマンはサーラの質問を、その言葉通りに受け取れなかった。また何か試されているような気がした。どうも謎謎が好きらしい。自分は今誰かの尾行の対象になっている。それを指示したのはバークマン、あなたなのか。そんな問いかけのように思えた。確かに人事調査課に身辺調査を依頼したが、それは素行調査を含まないはず。

「昔は外事課もそんなことをやっていたかもしれないが、今は見てのとおり事務仕事ばかりだ。仮に今そういうことをやる必要があっても、それをできる人員がもういないのじゃないかと思うよ」

「なるほど、そんなものですか」

バークマンはやんわり否定したが、彼女は信じただろうか。こちらから何かひとつお返しをしておいたほうがいいのかもしれない。

「サーラ、私からも仕事に関係ないかもしれない質問をひとついいかな」

「なんでしょう?」

今すぐ笑えないにしても、後で思い出して少しは笑えるくらいの面白いことを言ってちょうだいね。バークマンにはサーラの表情が、そんな期待を込めているように見えた。

「きみは、ここの作戦局に誰か知り合いがいるかね」

作戦局の名称を出してしまったことに、バークマンは少し後悔を覚えたがもう遅い。サーラが答える前に、ドアにノック音がした。バークマンはひと呼吸おいて、サーラの唇が動く様子のないことを確認してから、ドアの開スイッチを押した。

オスカーが入ってきてサーラの横に並ぶ。

「彼の名前はオスカー。この後きみがどんな手続きをすればいいか教えてくれる。それが済めば今日の予定は終了。帰ってもらってかまわないよ」

オスカーは好奇の目でサーラの横顔を見ていたが、彼女はそれを無視していた。

「オスカーです、よろしく。では行きましょうか」

サーラはドアに向かおうとした足を止め、振り返った。

「バークマン課長、わたしは今までに何度か死神には会ったような気はするけど、天使にはまだ一度も会ったことはないわ」

そう言うとサーラは最初にしたのと同じ挨拶をした。

「サーラ、怪我や病気をしないよう躰に気をつけて、無事に帰ってきてくれ」

お気遣い、ありがとうございます。サーラは礼を言うと、オスカーに続いて部屋を出て行った。オスカーの「失礼しました」という声が小さく聞こえた。

作戦局の者には一度も会ったことがない、と彼女は言ったが本当だろうか。死神とは何かを意味するのか。なぜ彼女は持って回った言い方をしたのだろう。初対面で何かしら警戒心を持たせたのか、それとも裏社会で身に着けた習慣か。こういう言葉のやり取りは気を遣う。直接的な表現をしないから、相手が何を伝えたいのか考えなければならない。こちらも言葉を選ぶ必要がある。昔、現場にいたころはこういったやり取りがよくあった。受け取り方や言い方をひとつ間違えると、命に関わるときもあった。

言葉を使ったゲームだ。サーラ・ムーンワークと今後どういうつき合いになるかはわからないが、彼女との会話はこれからも今日のような言葉のゲームになるのだろうか。

何かがこれから始まるのは確実なことに思えた。作戦局のあやつり人形になるのはある程度は仕方ないが、何も知らないまま終わりたくはなかった。傍観者でいるか、参加の意思表示をするか、近い将来選択をしなければならない。天使と女王か、参加するなら私は何になるのだろう。バークマンは自身を何にたとえようか考えてみることにした。

サーラはオスカーの後について、オスカーが選定したのであろうルートに従って順序よく手続きを済ませていった。

人事調査課でＩＤカード用の写真を撮る。

「最初にカードを作っておかないと。カードがないと入れないところもあるし、装備の受け取りの確認なんかはカードでやるんだ」

オスカーが親切に説明する。カードはすぐにできた。

「クレジットかプリペイドはついていないの？」

サーラはカードを渡してくれた女性係員に聞いてみた。軍のＩＤカードだ。そんなものついているはずがないのはわかっていた。サーラはこういった言葉遊びが好きだった。

「残念ですが何もついていないんですよ。でも頑張れば勲章がついてくるかもしれませんね」

けっこうわかってくれたようだ。サーラは笑顔で礼を言った。

次に総務課。支度金として現金で10万ライズをもらい、報酬の内訳と支払方法について説明を受けた。振込のためにサーラが銀行と口座番号を女性係員に告げる。すぐ横でこのやり取りを聞いていたオスカーは、サーラの口座番号を憶えようとしていた。後で口座の金の動きを覗いてみるつもりでいた。

そんなオスカーの悪計に気がつくはずもなく、サーラは女性係員に聞いてみた。

「支度金は余ったら返すの？」

「いいえ、支度金は余っても返す必要はないのよ。現地には化粧品を売っているお店も美容院も薬局もコンビニも何もないでしょう。女性の場合、あなたみたいに可愛くてきれいな人には関係ないかもしれないけど、持って行くものがたくさんあるのよ。わかるでしょう。これでも多分足りないくらいよ」

褒められたようでうれしかった。可愛い+きれい、なんていい人なんでしょう、この人。化け物+出て行けまたは二度と来るな、というのは言われたことがあった。気にはしていない。言われても仕方のないことをやったのは、わたしだもの。

ふたりは装備局へ向かった。装備局は地下にあるようだった。途中で何度か立ち入り規制のため、IDカードをカードリーダーにとおす必要があった。

歩きながら、サーラはオスカーに聞いてみた。

「この道順でリハーサルしたの?」

「あっ、やはりわかります? 間違えるといけないので2回ほど順番通り回ってみたんだ」

もう少し気の利いた返答ができないの? 聞くんじゃなかった。

しかしオスカーにとっては、バークマンの部屋で顔を合わせて以来初めてサーラのほうから声をかけたことが話をするきっかけになったようだ。

「ぼくのことはオスカーでいいよ。バークマン課長の依頼でぼくがきみの経歴を調べたんだ。それから——」

オスカーが話し始めたが、サーラは聞いていなかった。

サーラにとってこんな男はどうでもよかった。太っていて締りのなさそうな躰。頭の中身は食欲と性欲だけ。趣味は個人情報の覗き見だろうか。偏見かもしれないが、そういう印象を持ってしまった以上は仕方がない。普通の市民ならよくいるタイプでかまうことはないが、オスカーは事務職とはいえ軍に職籍を置いている男だ。前線で活動する兵士たちのことを少しでも思うなら、常にとは言わないが適度な緊張感と曲がりなりにでも多少は動ける躰を保持するべきだろう。サーラはいつもそう思っていたし、自身そうありたいと願っている。そしてそのための努力もする。その上で冗談のひとつも口に出せるのが心の余裕というものだ。その点ではバークマンのほうが、あと数年で定年退役を迎えそうな年齢に見える彼のほうが『現役』に近いようにサーラには思えた。

装備局の個人装備担当部署では軍装上下2着ずつとブーツ、備品の入ったバックパックを支給された。確認してくれ、と係の男が装備品リストの用紙をサーラに渡す。

「女の子と聞いたから軍装とブーツは一番小さいサイズを用意した。それでもまだ大きいかもしれないな。なんならここで試着してみるか？　ブーツはインナーソールで調整してくれ。軍装はそうだな、これからすぐ出動か？　2日後か、2日あればなんとか軍装のサイズに躰のほうを合わせられるだろう、頑張ってくれ」

サーラは含み笑いをしながら、装備品リストとバックパックの中身を確認する。ブランケットにも使える保温冷アルミシート、小型の水浄化器、救急キット、ハンドフォン、発煙筒、ツールナイフ、水筒その他その他。

「調査員用だから装備はボーイ、いやガールスカウト並みだ。基本的なサバイバル用品だけ。

ヘルメットもない。ゴーグルはあるが端末もカメラも付いていない、普通のやつだ。ハンドフォンは船に乗るのに必要だから、忘れないように今から肌身離さず持っていてくれ。女の子なら胸のあいだに入れておくのがベストだ。ただし宇宙港で認可コードを入力するまでは使えないけどな。GPSは付いているが、現地に衛星が飛んでいるかどうかまではおれは知らない」

装備品の確認と受け取りの証明のためカードリーダーにIDカードを通してから、サーラは係の男に聞いてみた。

「衛星が飛んでないとしたら、連絡用の伝書鳩がいると便利だと思うのだけど」

「あいにくだったな。鳩たちは今、演習で大陸横断レースに参加していて在庫切れだ。でも心配ない。現地に行けば元気な若いツバメというやつが必ず何羽かいる。きみのような可愛い女の子が声をかけたら、すぐに鳩の代わりをやってくれるはずだ」

楽しい話を聞くことができた礼をサーラは言った。

ふたりは人事調査課にあるオスカーのデスクの前に戻った。装備局で支給されたバックパックはオスカーが運んでくれた。彼はデスクの引き出しから、電子データシートと資料を綴じたファイルを取り出しサーラに手渡した。

「このシートは自由に使っていいよ。ファイルには行程表が入っている。スケジュールとか注意事項が載っているからよく読んでおいてほしい。それとこのバックパックは輸送艦に積み込めるよう手配をするからここに置いておけばいい。あと、そうだな、きみの個人の荷物も、明日は休みだから今日中にここへ持ってくるか、ぼくが取りに行ってもいいけど、そうすればこのバックパックといっしょに送ることができるよ」

「ありがたい申し出ね、少し考えさせて。それと報告書の用紙もらえる？ 少し余分に。何か紙袋みたいなものがあればそれも。出動のときに着ていく軍装とブーツは今日持って帰りたいの」

「報告書はそのシートの中に書式が入っているからそれに記入すればいいよ。プリントは帰ってきてからここでやればいい。紙袋はちょっと待って、探してくるから」

オスカーはデスクから離れ、他の課員に聞いている。それならロッカー室にあるよ、という声がして彼はロッカー室へ向かった。サーラがふとオスカーのデスクを見ると、そこには彼の電子データシートが置かれてあった。

（あいつ、わたしの経歴を調べたと言ってた）

サーラは手に持っているシートとデスクの上のシートが一見して区別がつかないのを良いことに、さりげなく監視カメラの位置を確認してから、２枚のシートをすり替えた。

（パスワードが必要かもしれないけど、それはそのときのこと）

そして荷物をどうしようか考えた。今日そのまま出動になることも考えて、私物を入れたバックパックを車に積んであった。オスカーに預けると、あいつだったら中身を調べかねない。そんな気がした。まさかだけど下着の１枚や２枚盗られてもわからないし。結局サーラは自分で持って行くことに決めた。

オスカーがいくつかの紙袋と共に戻ってきた。紙袋だけちょうだいね。サーラにとって必要なのは紙袋であって彼ではなかった。大きさの合う紙袋に軍装上下1着ずつとブーツ、資料ファイルと電子データシート、それと忘れないようバックパックから抜き出したハンドフォンを入れた。

「わたしの荷物は、自分で持って行くことにするわ。いろいろお世話になったわね、どうもありがとう」

そう言ってサーラはお辞儀をした。

「バークマン課長も言ってたけど、躰に気をつけて行ってください」

オスカーの言葉を聞いてサーラは頷いた。

（あいつ、案外いいやつかもしれない）

玄関ホールへ続く廊下を歩きながら、サーラはオスカーに対する評価を少しだけ修正してもいいかなと思った。しかしそれは違うと、すぐに気がついた。サーラは電子データシートをすり替えたことに幾何《いくばく》かの後ろめたさを感じていた。そしてその後ろめたさを、彼に対する好感度を上げることによって打ち消そうとしているだけだった。後ろめたさと好感度は別物だ。

（わたし、心の中でバーターしようとしていた。だめよ、ちゃんと現実を見ないと）

連邦合同ビルを出て隣接する駐車場に向かう途中で、駐車場から飛び出してきた車とすれちがった。男がふたり乗っていた。サーラの目に男たちの顔が映った。男たちもこちらを見たようだ。

（あのふたり、わたしのことを知っているような顔をしていた。私の直感は当たるのよ。でも不公平じゃない、わたしのほうは知らないのに。どこの誰なの？　バークマンの言ってた作戦局の知り合い？　まあいいわ、いずれ当たるときがくるでしょう。敵としてか味方としてかはわからないけれど）

　サーラは車を発進させると高速道路に向かった。窓を開けると6月の風が流れ込む。風に当たるのは心地よかったが、舞い上がった髪の毛が顔にまとわりつくのに困った。車内の空気を入れ替えると窓を閉める。

（バークマンめ、オリハルコンのペンダントを見て、そんなものやたらと見せびらかすな、だって。母の形見なんて嘘言って同情を引こうとしたけれど、あれは失敗ね。お母さん、ごめんなさい）

　何度かバックミラーで後方を確認したが尾行されている様子はなかった。

（尾行は知らない、やっているとしたら作戦局。わたしを推薦したのも作戦局。えらくわたしに興味を持っているみたいね。いいことだわ、他にもわからないことがいろいろあるし、答えを見つける役に立ってくれるかも。そういえば作戦局の人をどうして天使というの。誰に教えてもらったか忘れたけれど、確か需要と供給の関係とか言ってたと思う。なにかしら、需要と供給の関係って。今度誰かに聞かないといけないわ）

高速道路に入ってすぐに、ハンドフォンの着信メロディが流れた。『異次元の女王』という楽曲だ。

（この曲も飽きてきたなぁ。そろそろ変えようか。何にしよう？『大宇宙の魔女』がいいかな）

表示を見るとオスカーからだった。番号は連絡が必要なときのために教えてあった。電子データシートのことだろう。ここは先手を取って、そして強気に出なければならない。

サーラはハンドフォンを手に取った。映像はＯＦＦにしておいた。

「はい、サーラ・ムーンワーク。オスカーでしょ、ちょうど良かった。わたしからかけようと思ってたの。袋の中にあなたからもらった電子データシートが見当たらないのよ。ファイルは入っていたからシートだけそちらに忘れてない？　えっ、そこにあるの、良かった。じゃあそれ、バックパックに入れておいてちょうだい、お願いね。何ですって、あなたのシート？　知らないわよ。あなたもしかしてわたしを疑ってるの？　そんなことないって、当たり前でしょ」

怒ったふりの口調のままで通話を切った。またかけてきたら無視するつもりだった。

（これでひとつ終わり。少しかわいそうな気もするけど、世の中こんなものなのよ。喰われたくなかったら喰うしかないの）

サーラは帰り道の途中にある、大型ショッピングセンターに寄ることにしていた。シエラサルトにたのまれた食料品や日用品の買い物、自分の買い物、それにもう昼を過ぎていて空腹感をなだめる必要があった。

　高速道路からショッピングセンターが見える。一般道に出て少し走り、駐車場に車を止めた。車から降りて周囲を見渡す。さわやかな風が長い黒髪をなびかせた。

　尾行されているのかな、と感じたのは今年に入ってからだった。継続して尾行されている様子はなかった。それならどこかでその姿を見つけることができるはず。何日かおきにチラリと視線を感じる、そんな程度だった。

　店舗に向かって歩き出したとき、そのチラリとした視線を感じた。足を止めもう一度周囲を見る。感覚に引っ掛かるものは何もない。

　サーラはふと空を見上げた。

（衛星？　監視衛星なの！　ずいぶん大げさね、身に余る光栄だわ）

　軍事用、民間用と人工衛星なら数えきれないくらい天空に浮かんでいる。攻撃、監視、通信、放送、気象観測など用途は多岐にわたる。静止軌道にあるものと周回軌道にあるもの。その中の周回軌道に乗っている衛星のひとつが、サーラを確認できる位置にあるときだけチラリと覗く。

（こんなことができるのは政府か軍。やはり作戦局が関係しているの？　わたしの思い過ごし？　衛星なんて関係ないのかな。くそっ、撃ち落としてやろうか。でもここで騒ぎを起こしたくないし。あーあ、わかんない。お腹空いた）

　このショッピングセンターには、サーラの好きなペッパーウオーターをベースにした肉や野菜の煮込み料理を出す専門店があった。そこで食事を済ませてから、アクセサリーと玩具の店に立ち寄る。

2年ほど前から、プリックと宇宙船カードを集めるのがサーラの趣味になった。プリックのほうは、短い剣を仕込んだ棍棒をオリハルコンで作り始めたのがきっかけかもしれない。最初はそれがプリックという名で呼ばれていることすら知らなかった。食料品売り場の果実コーナーで売られている一口大にカットされた果実のパック。そのパックについている、これで刺して食べてちょうだいね、という多くはサーベルかフォークの形をしたプラスチック製の楊枝をプリックといった。集め始めたころは自分を変わり者かなくらいに思っていたが、予想以上にプリックのコレクターが多くて驚いたことがある。

プリックの世界は単なるカットフルーツのオマケではなかった。材質は金、銀からプラスチックや木まで。形は剣、刀、矢、槍など手持ち武器のデザインが多かった。矢の形をしたものは先端に三角形やハート型の鏃《やじり》がついており、それが平面のものとスプーンのように湾曲したものがあった。珍しいものではコルクの栓抜きみたいに螺旋状になっているものがあった。

両刃のものを剣、片刃のものを刀と言うのだと、プリックを集めていて初めて知った。

収集先としてはネットでのオークションや売買、果実売場、アクセサリー・玩具店、それとフルーツパーラーなどを利用した。フルーツパーラーにはその店特製のプリックを使用しているところもあり、そういう店でお願いして譲ってもらったこともあった。

宇宙船カードは単純に宇宙船への憧れから集めだした。いつかは自分の宇宙船を持ちたい、そんな思いの表れだった。

（でもねぇ、惑星圏近距離《おさんぽ》用の船で200億、超空間飛躍航行《インフレーション・ジャンプ》を標準装備して300億から400億するって聞いてるわ。教会やアパートのことで貯めていたお金はほとんど使い果たしたし。だからといってスパイダーのアホみたいに宇宙船を盗むなんて、いくらなんでもわたしには無理。ああっ、どこかでひと山かふた山当てたいなぁ）

宇宙船カードには大気圏内だけを飛行する航空機は含まない。ただし地表と宇宙ステーションや宇宙船とのあいだを行き来する、シャトル便や着陸艇のような宇宙往還機は宇宙船と見なされていた。カードには軍事用、民間用と多くの宇宙船がデザインされており、ほとんどが安価で手に入った。

しかし中にはプレミアのつくものがあった。枚数限定で発行された、個人所有の船がデザインされたカードに人気があった。個人所有の船はその多くが外装の造形に凝っており、機能よりも見た目重視で製作されていた。カッコよく目立ちたいのだ。また個人所有の場合、カードにするには所有者の許可を必要としたが、OKを出さないオーナーもいた。そういうときは、海賊版が出たりする。

サーラはプリックと宇宙船カードの売買を主にネットでやっていた。たまに詐欺師まがいもいたりするが、多くが良心的なコレクターたちだ。

（でもたまにはお店も見ておかないとね。珍しいものがあったりして）

だが今日は、欲しいなと思うものはなかった。何も買わずに店を出るのも悪いかなと思い、サーラは自分のためのリボンと、オレカのために幅広のチョーカーを数本買うことにした。

（あの子チョーカーがお気に入りみたいだし。どうしてだろう、何か理由があるのかな。まあ本人の好みだからかまわないけど。好き嫌いに理由なんてないし。あっ、そうだ）

ふと気がついてスケッチブック置いてますかと聞くと、ありますよと言うのでそれも買う。支払いはもらった支度金をさっそく使うことにした。

店のドアを出たところで、店外のワゴンに積まれているカラフルな球体に目を引かれた。ワゴンに添えられた厚紙には手書きで、自動カスタネット〈パーティーグッズ〉とあった。

サーラは積まれた山からオレンジ色の球体をひとつ手に取った。ボタンがふたつ付いている。ひとつがＯＮ。もうひとつがリズム、速いと遅いがある。リズムのボタンを速いほうへいっぱいに回し、ＯＮを押してみた。

サーラの手の上でその球体は、バネの力でパカッと上半球を開けるなり、これ以上ない速さで中のカスタネットを打ち鳴らした。かん高い音があたりにまき散らされる。サーラは驚いてすぐにフタになっている上半球を閉じた。周囲の視線が自分に集中しているのが痛いほどわかった。笑い声も聞こえる。頬と耳朶が熱くなるのを感じた。

（うわぁ恥ずかしい、わたし何してるんだろう。ばっかみたい）

オレンジ色の球体をワゴンに戻したとき、積まれていた球体のバランスが少し崩れた。黒い球体がひとつワゴンから落ち、回転を始めた。

（あっ、だめよ）

黒い球体はコロコロと転がっていった。


黒い球体がコロコロと転がってきた。

大人の手の平に乗るくらいの大きさだ。球体には小さなランプがふたつ点灯していた。球体の回転が止まったところは、静寂と暗闇に包まれた神殿の中だった。

洞穴の外でアッシュは球体のコントローラーを手に持ち、表示される数字を見ていた。彼の横にはイーサンと、タチアナ・ロマノスがいた。

「イーサンいいか。エルサ時間10月3日9時25分、温度15度、湿度87パーセント、酸素濃度20パーセント、有毒ガスはなし。放射線は測定限界未満。以上、記録できたかい？」

アッシュが読み上げる内容を、イーサンが電子ノートに打ち込み、記録する。

フォボロはモニター類のチェックを済ませると、コンテナハウスを出た。周りでは照明や電源ケーブルの準備をしていた。彼に気づいたヴェーダが笑顔を向けると、フォボロも笑顔を返し、右手を拳にして親指を立てた。そして洞穴の前にいる3人へと歩いて行く。

彼の耳に測定データを読み上げるアッシュの声が聞こえてきた。後ろから近づくと、ロマノスが昨日とは別のスラックスを穿いているのに気がついた。スラックスが尻の双丘に密着して下着の線が浮き出ていた。

「記録ＯＫ、本日も異常なしっと」

そう言ったイーサンに合わせて声をかける。

「異常がないのはいいことだ。こんなところで酸欠になりたくないからな」

振り返る３人をフォボロは笑顔で見ていた。

「ねえ隊長、あのボールもホークアイというの？」

ロマノスがいたずらっぽい目で質問をした。

「いいや、あれはホークアイじゃなくて、そう、いうなればラットアイですよ先生。もうどこも使ってないような旧式の測定器だ」

うまく交わせたかな、そう思っているると次はイーサンが聞いてきた。

「隊長、おれもひとつ聞いていいですか。前から疑問に思ってたんですが、酸欠で死んだ人ってみんな安らかな死に顔だって言うじゃないですか。それって本当ですかね」

「私は今までに酸欠で死んだ人の顔を見たことがない。酸欠以外ならたくさんあるがな。だからなんとも言えない。先生は見たことあるかい？」

フォボロはロマノスに話を振った。

「わたしも動物の死に顔ならたくさん見てるけど、酸欠で死んだ人はね。でも、その安らかな死に顔というのは理由があるわ」

「本当ですか先生、教えてくださいよ」

イーサンが子供のように目を輝かせる。

どうします隊長？　ロマノスの視線を感じたフォボロは「どうぞ」と言った。

「臨死体験って知ってるでしょう。死ぬ一歩手前まで行った人が生き返って、そのときに天国のようなものを見てきたという話よ。心の安らぎと幸福感がやってきて、痛みなんかの肉体的感覚がなくなり、自分は死んだのだなという感じがするの。そしてトンネルのような薄暗い空間を漂っていると出口らしいまばゆい光が見える。だいたいこんな話ね。でもこれは幻覚なの。死ぬ一歩手前の状態になると脳に損傷が起きるわ。そして損傷を受けた脳が幻覚を見せるの。低酸素症になると酸素が脳に行かないからすぐに脳が損傷を起こすわ。だから酸欠で死んだ人は、幸福感に包まれた幻覚を見ながら死んでゆくから安らかな顔になるのよ」

「なるほど、そんな理由があったんですか」

よし、話のネタがひとつ増えたぞ。イーサンは内心喜んだ。ロマノスがつけ加える。

「臨死体験をしてみたいなら、今では外科的方法や電磁場による刺激、麻酔剤を使ったりして人工的に脳が損傷を受けたのと同じ状態にできるから、やってみるといいわ。ただし幻覚の内容は人によって違うから、天国を見るのじゃなくて悪魔に食べられたり地獄に引きずり込まれたり、そういうのもあるそうよ。どうかしら？」

「えっ、いや、おれはやめときます」

フォボロはイーサンの肩に手をおいた。もういいだろう、と。

「よし、仕事にかかろう。アッシュ、みんなをコンテナの前に集めてくれ。中に入るぞ」

アッシュはコンテナハウスへ歩きながら、集合をかけるための大きな声を出した。フォボロたちも続いて歩きだす。

「先生たちは照明の設置が終わるまで、外で待っていてください。入れるようになったら声をかけますから。それにしても先生はなんでも詳しいな」

「そんなことないわ。わたしが知っているのは、この世界のほんの一部分だけよ」

「ところで先生、プリエールの服は先生が自分の服を作り直したんじゃないんですか」

「あら、何かと思えば今ごろ？　ちょっと気づくのが遅いわね」

「申し訳ない。女性の心理に疎くてね、それでよく失敗をする」

コンテナハウスの前に集まり打ち合わせを済ませると、フォボロたちは洞穴に向かった。モニターと無線のチェックを担当するエバンスと4人の学術調査員が残った。フォボロとアッシュのふたりだけが、カメラ付きゴーグルと無線機、そしてアサルトライフルを装備していた。

回廊の両側の壁に円筒型の携帯ライトを吸盤で貼り付けながら、アッシュとウォルトンが先頭を歩く。スタンド付き照明6台などを載せた囲い付き台車2台がその後に続き、さらに電源ケーブルを引く者がふたり、最後尾がフォボロだった。全員がヘルメットに着けたヘッドランプを点灯させていた。

神殿に入ると、入口の右の壁とその対面となる奥の壁に沿って3台ずつのスタンド付き照明を柱のあいだへ均等に設置する。鏡の前に立っていたフォボロは、電源ケーブルの接続を確認する報告を聞くと無線マイクに言う。

「よしエバンス、元のスイッチを入れてくれ」

少しの間をおいて6台の照明が一斉に点灯した。石の壁と柱が灰色や褐色やらの地肌を見せる。天井の高さではまだ暗さが勝っていたが、調査のためならこの明るさで充分だろう。躰の正面は鏡に向けたまま、周囲を見回しながらフォボロはゆっくりと後ろ向きに歩きだすと、みんなに聞こえるよう大声を出した。

「ハレーションにならないよう照明の角度を調節しろ。それが終わったら距離と寸法の測定だ。記録のシートを見て抜けがないようにな。イーサン！　先生たちに入ってもらってかまわないと伝えてこい、ここまで案内するんだ」

神殿の中がこれほどの明るさに満ちたのはいつ以来だろうか。何百年か、何千年か、それとも……。

フォボロは鏡の真正面の壁際に立っていた。ここなら神殿の全景を見渡すことができた。右側には神殿の入口（回廊の出口）が見える。外はエバンスがひとりか、誰かもうひとりくらい残したほうが良かったか。そんな思いが浮かぶと「アッシュ、ちょっと来てくれないか」無線マイクにささやいた。目の前を４人の学者たちが鏡に向かって歩いていた。外に回すのは誰にしようか、それを思いながら学者たちの後ろ姿を、タチアナ・ロマノスの歩くたびに揺れる尻を見ていた。

右のほうで突然に、空気を押しつぶすような音と共に影が上から下へ動いた。何かが落ちてきた、と視界の隅でその動きを捉え空気の振動を聞いたフォボロはそう認識した。顔を右に向けるのとガシャン！　という金属の壊れる音がして照明のひとつが消えたのが同時だった。消えたのは神殿の入口から入ってすぐ右側に設置した照明だった。折れたスタンドと潰れたランプの上に人の形をした岩のかたまりが立っていた。岩の人形、異星人、ロボット？　フォボロの頭の中でそんな言葉がフラッシュのように閃くあいだに岩人形は彼に向かって動き出していた。反射的に手が動いた。アサルトライフルのレバーを引き、初弾を薬室に送ると安全装置を連射にし、岩人形に銃口を向けて引き金を絞る。

なんだこのでかいやつは？　わけのわからない状況だったが少なくともこの岩のかたまりと友人になれそうな気はしなかった。銃弾が岩人形に孔《あな》を穿《うが》ち破片が飛び散る。弾倉が空になってようやく岩人形が目の前にひざまずき崩れ落ちる。――しかしそれはフォボロの脳が思い描いた別の未来の姿だった。

岩人形の動きは速かった。フォボロが引き金にかけた指を絞る前に彼の顔面へ岩の拳がぶつかった。崩れ落ちたのはフォボロのほうだった。ライフルが暴発し数発の銃弾をまき散らす。

神殿の中に響き渡るその銃声を聞くこともなくフォボロは顔の半分を潰されて即死した。

アッシュは鏡の前で刷毛を持ち、ゆっくりした手つきで鏡の埃を落としていた。発掘された遺跡や墓の出土品もこんなふうにしていたな、何か紋章とか文字が出てくるんじゃないか、そう思うと楽しかった。鏡は壁から1メートルほど離れており、その壁側ではヴェーダが刷毛を握っていた。イヤホンからフォボロの声が聞こえ、わかりましたと返事をすると振り返る。こちらに歩いてくる4名の学者たちとその向こうの壁際にフォボロの姿が見えた。刷毛を鏡の台座におきアッシュは歩きだした。

学者たちとすれ違うあたりで左の方から音がして照明のひとつが消えた。足をとめスタンドが倒れたのかくらいに思っていると人の形をした岩のようなものがフォボロに走って近づくのが見えた。フォボロより頭ふたつ分ほど背が高い。フォボロと岩人形の影がひとつになり離れた。影のひとつ、フォボロが倒れて銃声が響く。みんなが銃声のしたほうへ驚きの表情を向けたときにはアッシュはすでに走りだしていた。岩人形はフォボロとすれ違うと方向はそのままに神殿の奥に走ってゆく。人が走るより動きが速いように見えた。アッシュは倒れているフォボロのもとに着いた。ひと目見て死んでいるのがわかった。奥の壁に沿って設置された照明のひとつが金属の押しつぶされるような音と共に消えた。怒声と悲鳴が入り混じる。

「逃げろぉ！　ここから出るんだぁ！」

アッシュは大声で叫び岩人形の後を追って柱のあいだに走り込んだ。ライフルを持っているのは自分ひとりだ、なんとかしないといけない。走りながらも逃げろ逃げろと声を出し続けた。岩人形は奥の壁沿いに照明を壊しながら走る途中で3名の隊員をなぎ倒した。そして一番奥の照明を壊したところでアッシュがその姿を捉えた。人の形をした岩で作られた何か。ライフルを連射する。銃弾は確実に当たっているが岩人形の動きをとめる効果はなかった。岩人形は最初に壊した照明の列の続きをやるつもりか神殿を横切るように走る。その目の前に4名の学者たちが立ちすくんでいた。

「みんな逃げろぉ！　動くんだぁ！」

アッシュが叫ぶと学者たちに動きが見られたがその動きの中に岩人形が走り込み重なりあった。岩人形の後を追いアッシュもまた神殿を横切る。鏡の前あたりに学者たち4名が倒れていた。岩人形が走り過ぎた後に生きているものはいないのか。アッシュは走りながら銃弾を浴びせたが岩人形はなんの反応も示さなかった。

点灯している照明が残りひとつになったとき、アッシュは神殿の入口に向かって走りだした。もう逃げるしかなかった。回廊に走り込む寸前、視野の左隅に最後の照明を壊す岩人形の姿が映った。回廊に入ったところで転倒する。顔を上げると回廊の入口に向かって走ってゆく幾人かの影が尾を引いていた。

何かの気配を感じて振り返ると神殿の入口に黒い陽炎が揺らいで見えた。ヘルメットのヘッドランプで照らすとそこに岩人形の姿がうっすらと浮かび上がる。アッシュは地面に尻をつけたままライフルを向けると引き金を絞るが弾は出なかった。急いで弾倉を交換し初弾を薬室に送り込むとライフルをかまえなおす。しかしそこには何もいなかった。

躰中に噴き出す汗と荒い息。落ちつけと自身に言い聞かせながらアッシュは息を整えようとした。服の袖で顔の汗をぬぐうと、ゆっくり顔だけを神殿の中に入れ様子を窺う。神殿は静寂と暗闇を取り戻していた。漆黒の中にヘッドランプの明かりらしいのがふたつ見えた。ひとつは右の方向4メートルほど、もうひとつは奥の方だ。ふたりとも匍匐《ほふく》で動いているようだった。アッシュはヘルメットからヘッドランプを外すと円を描くように動かした。ふたりからは光の円に見えるはずだ。そして小さく声をかけた。

「おい、こっちだ。こっちだぞ」

右方向のヘッドランプが近づいてくると、すぐに手の届く距離になった。腕を掴むと回廊に引き入れる。顔を見るとヴェーダだった。恐怖のせいもあるだろうが、いつもはツヤのある褐色の肌が汗と埃にまみれて土黄色に変わっていた。大丈夫か、怪我はないかというアッシュの問いかけにその顔が何度か頷いた。アッシュは再び神殿の中を覗き込むと手に持ったランプを回した。残ったひとつの明かりが奥のほうで動いていたが、何かを踏みつぶすような音がしてその明かりが消えた。

「くそっ！　くそっ！」

顔をそむけると悪態をついた。アッシュにはどうしようもなかった。とにかく一度外に出よう。まだ誰か生きているかもしれないが、ここにいても仕方がないように思えた。ヴェーダに肩を貸して歩き始めたとき、回廊の入口から複数の足音が聞こえてきた。

これからどうするのか、何をすればいいのか、フォボロが死んだ今はアッシュが決めなければいけない。そういう役目が回ってきたのだ。

コンテナハウスに戻ったのは5名だった。エバンス、ウォルトン、ヴェーダ、イーサンそしてアッシュ。後の10名は神殿の中。何が起こったのか会話をしたくてもする雰囲気にない者たちと、会話をしたくてもできない者たち。全ての顔に表情がなかった。

アッシュはまずルインビーに連絡することにした。それが道筋だ。ヘリが飛び立つ前に捕まえる必要がある。時間はまだ大丈夫だろう。

「エバンス、隊長とぼくのカメラの映像をハンドフォンで飛ばせるか？　ルインビーさんにもう1台ハンドフォンを用意してもらって、映像を見てもらいながら話そうと思う」

「ああ、問題ないさ。じゃあ映像はおれのを使って飛ばそう」

「そうしてくれ、すまないな。それと少し時間が欲しい。頭の中を整理しないと何をどう話せばいいのかよくわからない。イーサン、煙草持ってるかい？」

驚いたようにイーサンが顔を上げると、ああ持ってるよと言った。煙草をやめてからもう4年になるがそんなことは忘れてしまっていた。紙巻き煙草の箱をポケットから取り出したイーサンの手が震えているのが見えた。

連邦合同ビルの駐車場に停めた車の中で、ヌーランドとメルテンスは煙草を吸っていた。

「おいヌーランド、健康診断どうだった」

「おれは異常ない。何か言われたか」

「高血圧、肝臓が弱ってる、内臓脂肪とコレステロールが多い、肥満。まあオールスターに近いな」

「糖尿じゃないだけましか。酒と煙草をやめたらどうだ」

「やだね。酒と煙草をやめるくらいなら、健康診断のほうをやめる。カウンセラーは？」

「おれのほうがカウンセラーに向いているらしい」

「そりゃ大当たりだ。よくわかってるじゃないか、あの先生」

ハンドフォンの着信音が鳴った。ヌーランドが、この音はお前のだろうという顔をする。メルテンスはハンドフォンを取り出した。

「課長からだ。最近文句を言われるようなことはやってないよな、おれたち。はいメルテンス、今駐車場ですよ。打ち合わせから帰ってきたところです。ヌーランドもいっしょです。えっ非常事態？　エルサでトラブルですか、はい、わかりました。すぐに評議会へ向かいます」

ふたりは煙草を消した。そしてメルテンスは車のロックを解除するとアクセルを踏み込んだ。電動モーターが回転を上げたが、車内にはほとんど音が聞こえなかった。

「大急ぎで行けとよ。何があったんだ、まったく」

駐車場を出ると、歩いてくる女性とすれちがった。大きな紙袋をさげている。サーラ・ムーンワークだった。

「おれたちのほうを見てたな、顔を憶えられたか？　まずかったかな」

「成り行きだ、仕方ないさ。いつかは顔を合わせなきゃならない」

「あの女、トラブルバスターとか言ってるが、とんだトラブルメーカーじゃないのか」

「それはお互い様だろう。それにエルサでどんなトラブルがあったかわからないが、彼女には何の責任もない」

「お前いつもそんな調子だな。ところでよ、最悪を考えたら特殊部隊、必要になると思うか？」

「今はなんとも言えんだろう。しかし輸送艦は明後日の出発か」

そう言うとヌーランドは少し考えてからハンドフォンを取り出した。

「おっ、どうした。今日は残業になりますコールか、気が早いな」

「そうじゃない。おれにそんな相手がいないのは知ってるだろう。すぐに動けるチームがいるかどうか、指令センターに聞くだけ聞いてみる」

「そこまでやりますか、おれは思うかって聞いただけだぜ。必要なら明日の朝いちに緊急出動をかけたって間に合うだろう」

「そうとも言えないさ。どのチームだろうとおれたちが好きなように動かせるわけじゃない。それにもっと最悪な場合は、おれたちが行かなきゃならないかもしれない」

「おいおい、それ本気で言ってるのか。勘弁してくれよ。来週子供の誕生日会があるんだぜ」

メルテンスの嘆きは、指令センターと話し始めたヌーランドの耳には入らなかった。


明日できることは今日するな、なんて誰が言ったか知らないけれど、そういうわけにもいかないのよねぇ。室内着に着替えると、サーラはひとりごとを言いながらスケッチブックに駐車場の外ですれちがったふたりの男の似顔絵を描き始めた。頼まれた買い物はみんなが食堂として使っている部屋のキッチンに置いてきた。部屋にいるね、とメモをつけて。シエラサルトたちは今の時間は教会にいる。後で見ることだろう。

絵を描くのは得意ではなかったし、下手なほうだという自覚はあった。描き終えた似顔絵は、これは酷いこと言われるかもと思ったが、いいじゃない見せるだけ見せてみようとなった。スケッチブックをテーブルの上に置くと、持ち帰った紙袋からオスカーの電子データシートを取り出す。スイッチを入れると画面にいくつかのフォルダが表示された。その中に自分の名前がつけられたフォルダを見つけると指先で軽くトントンする。ロックをかけてあるかなと思ったが、意外とフォルダはあっさり開いた。

サーラは他人が作った自分の経歴書というものを見るのはこれが初めてだった。好奇心とは別の奇妙な心持ちがあった。ひと通り読み終えると、さすが軍の人事調査課は違うわねと感心した。内容的には時間さえかければ民間の調査会社でも調べることができる程度のものだが、実質1日か1日半で調査したはずだ。

そう、大切なのはスピードよ。わたしのネームカードどこで手に入れたのかしら。最近使い始めたばかりなのに。お父さんとお母さんのことはサラリと流してある。良かった、あまり追及されたくないもの。わたしのサイキックは正確には把握してないみたい。風評も書いてあるわ。サイキックの女王か、名称先行ね。名称に早く実態が追いつきますように。ベルメイユのキングねぇ。あいつにはシスター・ビーケナの紹介で会ったのよ。ギャングとシスターが親戚だなんて、まあ良くできてるわ。ここの教会もシスターの口車に乗せられて始めたみたいなものだけど、なんかあの人の話を聞いていると自分が何をやりたいのか少しわかってきたような気がするから感謝しないといけないのかも。あらっ、シエラたちのことが。こうなるともうストーカー並みね。それに何これ、教会の口座の明細って。クラックしてるじゃない、それって違法でしょ。こんな調査で緊急時の強制情報開示が発動されるわけないし、犯罪捜査じゃないから裁判所の許可もおりないはず。わたしの口座の明細がないけど、でも多分調べてるんだろうなぁ。まだ手に入れてないだけで。よし、違法行為めっけ。そのうち強請《ゆす》ってやろう。

サーラは自分の経歴書のフォルダを閉じると他のフォルダが開くか試してみたが、すべてロックがかけられていて開くことができなかった。とりあえず自分の電子データシートに経歴書のフォルダをコピーしようと2枚のシートを接続したが、このますんなりとコピーができないのは知っていた。オスカーのシートに情報を外部へ取り出すためのソフトがあるはずだからと探してみたらすぐに見つかった。このソフトにロックがかかっていたらお終いね。そう思いながら指先でトントンするとソフトが開いた。表示される手順に従って操作し経歴書のフォルダを自分のシートにコピーすると、オスカーのシートからそのフォルダを消去した。こちらはコピーだけでもできるかなと、ロックのかけられているフォルダを動かそうとしたら拒否された。まあ仕方ないわ、さてこのシートどうしようか。少し考えてひとつの結論を出すとスケッチブックの上に置いた。

あとは行程表ね。資料ファイルに手を伸ばしかけて、先にトイレを済まそうか迷うと資料ファイルを掴んでトイレに入った。エルサまでの旅程は6日。何をして時間をやり過ごそうか、寝ているか、ゲームをしようか。ダメね、発想が沈没してるわ。寝る、ゲームする、食べる。寝る、ゲームする、食べる。これだと本当に軍装のサイズに躰のほうが合うようになってしまうわ。艦内の生活は昼夜の区別がないため、体調を崩さないよう自己管理に努めましょう、だって。義務役でどこかの船に乗ったときと同じこと書いてあるじゃない。進歩がないわよ。でもあのころは仲間がたくさんいて楽しかったなぁ。

輸送艦の乗組員と定期派遣メンバーの中に知っている名前はなかった。臨時派遣メンバーに自分の名前を見つける。所属が情報局調査員。なかなかいいわね、これでネームカード作ろうかな。もうひとりの臨時派遣メンバーの名前を見て、あれっ、この人はと思った。トイレを出ると手を洗うついでに顔にも水を浴びせる。冷蔵庫からダージリンティーのボトルを出すとひと口飲んだ。ハンドフォンを手に取り登録してある人名を流し見る。入ってない、そうかひとつ前のやつだわ。でもこっちなら確実に入っているはず。電子データシートの交友リストの中にその名前があった。ライフ・ダミン、サイキッククリエート社。

なつかしいわね、教授。義務役のとき以来でしょ。でもあなたって考古学の専門家でしたっけ？　まあいいわ。これでエルサに着くまでのあいだ、退屈しないで済むかもしれない。まさかだけど同姓同名の他人なんて言わないでよ。

彼はみんなから教授と呼ばれていた。民間のサイキック研究所の研究員だったから大学の専任講師とか客員講師というわけではない。博学多識が理由だった。サーラが初めて会ったのが育成学校6年生のとき。学外からの臨時講師としてやってきた。その次が義務役のとき。そのときの彼は政府の委託指導員として1年ほどの期間をサーラたちの業務であるオリハルコンの抽出や精製の指導に当たっていた。

直接に電話をかけようか電子メールを送ろうか、少し迷って電子メールにする。電話をかけるとものすごく長くなりそうな気がした。まだ他にもやっておきたいことがある。

サーラはデスクトップの前に座ると文字を打ち込み始めた。お久しぶりね、元気でやっていますかという挨拶。義務役で世話になったこと。今回エルサへ行くことになった経緯。行程表にダミンの名前を見つけたこと。考古学が専門なんて初めて聞いた。旅程の時間潰しは何をするつもり？　できればオリハルコンとサイキックに関する知識の復習と最近の発見や学説について講義してくれると嬉しいわ、といった内容の文章を作るとそれ行けっと〈送る〉のキーを押した。

教授には残念かもしれないけど、恋心なんてなかったなぁ。わたしより20は年上だものね。そうあの人は、生きている電子辞書みたいなもの。科学関係には強くて何か質問してもすぐに答えが返ってくる。でも料理とか女心はさっぱり。まだ独身でいるのかな。力はないけど暇はある、なんてよく言ってたわ。さてと、教授のほうはこれでいいとして次はダンチェね。

デスクの引き出しから手鏡を出して顔を映すと、髪の乱れを指で直す。ダンチェは音声だけの電話に出ることはなかった。かける側にどんな事情があったとしても、必ず顔を見合わせて話すことを要求した。そして通話時間は10分以内。彼が自分の住んでいる世界を生きていくために辿り着いたルールだろう。彼を利用しようとするならそのルールを受け入れる必要があった。それがいやなら別に彼のところへ電話をすることはない。アルスランは連邦政府の首都であり大都市だ。相応の裏社会が存在する。何もダンチェひとりが情報屋というわけではなかった。

ダンチェ（臆病者）なんて謙遜した名前つけちゃって、どうせ本名じゃないんだからもう少し洒落た名前にすればいいのに。お養父《とう》さんに紹介してもらったけど、わたしけっこう気に入ってるのよ、このおじさん。さあカメラちゃんきれいな顔に撮るんですよ。

モニターに付いたレンズを見ながらデスクトップの電話回線でダンチェに電話を掛ける。返ってきたのは録音された声だった。今夜は留守にするので用件があれば明日かけ直してほしいという内容だ。留守番電話は設定されていなかった。あきらめて回線を切った。

仕方がないわね、と椅子に座ったまま両手を上げて背伸びしているとハンドフォンの着信メロディが流れる。あれっ、もしかして教授かダンチェ、と思ったがかけてきたのはシエラサルトだった。夕食の用意ができたわよと言うので「えっもうそんな時間、ごめんなさいすぐ行くわ」と返事をする。

夕食のとき、みんながテーブルに着くとテレカが感謝と祈りの言葉をささげる。

「今日いち日の糧が得られたことを神に感謝いたします。願わくばこの世界から飢えと苦しみがいち日でも早くなくなりますように、みなで祈りたいと思います」

胸の前で両手を握り合わせ瞑目したテレカが紡ぎだす言葉は、毎日が少しずつ違う言葉だった。サーラたちは同じように胸の前で両手を握り合わせ静かに聞いている。こうすることがいつの間にか習慣のひとつになっていた。

自分以外の誰かのために祈る。いったい誰のために祈ればいいんだ。フォボロやロマノスや他の仲間たちのために祈るのならもう遅すぎる。それとも死んでいった者たちが安らかに眠るよう祈るのか。フォボロの言葉を思うと困惑に囚われる。集中しろ、アッシュは自分に言い聞かせた。祈るとすれば今だけは、かつてのフォボロと同じように自分のために祈ろう。この暗闇から無事に出ることができるようにと。

あとひとりだ、それで終わる。全身の感覚を研ぎ澄ましながら、赤外線暗視ゴーグルの視界の中を、アッシュは音をたてないよう柱に添って神殿の奥へと足を進めた。

ルインビーには映像を見せながら何が起こったか話したが、どのように理解したかはわからない。アッシュたちも同様だが、彼にとっても想像の外の出来事だろう。そしてルインビーが同調通信で評議会と連絡をとり、直接に説明をして欲しいということで、同調通信の回線をアッシュのハンドフォンにつないだ。同調通信は未だに音声のみの交信に限られていた。アッシュの言葉だけの説明で評議会の担当者が状況をどの程度理解したか、これも心もとなかった。対策を検討してこちらから連絡する、それまで待機していてくれ。評議会の担当者がそう言って通信は終わった。

神殿の中に置き去りにされたままの遺体を回収したい、アッシュが言い出したことだ。黙って待っているのは苦痛でしかなかった。それにいずれ誰かがやらねばならないことだった。放置しておくわけにはいかない、その思いが強かった。

またあの中に入るのか。生き残った隊員たちはアッシュの話を聞くと、一様に重苦しい表情を見せた。

「間違えないでくれ、神殿に入るのは自分ひとりでいい。みんなは回廊にいて手伝ってくれるだけでいいんだ。たのむ、協力してくれ。隊長たちをあのままにはしておけない」

遺体の回収に行くことはルインビーには知らせないでおこう、そのほうがいい。言えばきっと引き留めるだろうし、いずれ迷惑をかけることになる。待機していてくれ、という評議会からの連絡は彼も聞いている。もし命令違反ということで問題になるのなら自分ひとりが責任を取る、アッシュはそうすることに決めていた。

持参した装備の中に赤外線暗視装置が3台あった。装備を含む資機材のリストを作ったのはフォボロだった。念のためと思ったのだろう。今がその念のときか、アッシュには苦い自嘲があった。

赤外線暗視ゴーグルを装着したアッシュ、ウォルトン、エバンスの3人が再び回廊に足を踏み入れた。イーサンとヴェーダは遺体を包む衣を、テントを切り裂いて作る役目にまわった。

あの岩の怪物はまた出るだろうか。いや大丈夫、出ることはないだろう。アッシュは心の奥底に自分でも不条理に感じる自信があった。あいつは大きな光量の照明に反応して姿を現した。今はヘッドランプ程度の光にも鋭敏に反応すると考えないといけない。そのための赤外線暗視ゴーグルだ。音はどうだ？　これも余程大きな音を立てない限り大丈夫。最初にこの神殿に入ったとき、地面には何もなかった。野生動物が迷いこんだり、たまには陽の差すこともあったはずだ。そういったわずかな光や音に反応するなら、動物の死骸がひとつやふたつあっても不思議ではないはず。しかしそういうものはなかった。

あいつは長い間眠っていたんだ。それをこのあいだぼくたちが入ってきて、そのときの光で目を覚ましたんだろう。あのときはどうして姿を現さなかった？　まあ、寝起きがつらいときは誰にだってあるさ。そして今日、あいつは完全に覚醒したというわけか。

武器は持ってこなかった。武器といってもアサルトライフルとハンドガンしかない。役に立たないのは証明済みだ。いざとなれば逃げるしかない。小火器であいつに有効なものがあるのだろうか、熱噴流弾《ヒート》か小型戦術核でも持ってこないと――。

アッシュが神殿に入ると、ウォルトンとエバンスも入ろうとした。手で制するとふたりは親指を立てアッシュの肩をポンポンと叩いた。

（仲間じゃないか、おれたちにも手伝わせろよ）

ふたりは無言だったが、アッシュにはそんな言葉が聞こえるようだった。

3人で手分けをして、学者たちを仲間たちを、抱きかかえ肩にかついで回廊まで運び込んだ。不安と恐怖、緊張で流れ出る汗が止まることはなかった。上着にもズボンにも汗と血の染みが拡がってゆく。

あとひとりだ、それで終わる。――本当か、本当に終わるのか？　あの怪物はどうなるんだ。誰が、どうするというんだろう。

神殿の最奥に、倒れている人の姿を見つけるとそばに寄り肩にかつぐ。汗と血を含んだ手袋は、その中で脈打つ指や手と共にふやけてしまっていた。次第に力が抜けていくような感覚のする足を動かして、回廊へと向かう。回廊の明かりの中にウォルトンとエバンスの姿が見えた。フォボロが倒れていた辺りまで来ると、そこにアサルトライフルがあった。アッシュは立ち止まり、遺体をかついだまま片手でライフルを拾う。そして天井を見上げた。

お前は何者だ、この神殿の守護者なのか。誰かのために、多分もう存在していないだろう誰かのために、ここを守っているのか。もしそうなら、我々は、そう、侵略者ということか。

4　ハンナ

　早朝、曇り空の中を軍用の多目的ヘリコプターは、立ち並ぶ高層ビルの上空を駆け抜けていた。もうすぐだ、目を覚ませ。ヘッドセットから聞こえる指揮官の声に、ハンナ・ムーンカイトは閉じていた目をゆっくりと開け全身を緊張させた。目を覚ませ、というのは別に寝ているものを起こすために言ったのではない。気合を入れろとか緊張感を高めろという意味で指揮官のバレンシアがよく使う言葉だった。

　風防窓の外、眼下にはクラウディアの街並みが広がっていた。クラウディアは首都アルスランの南、海の近くにある大都市だ。軍用ヘリは目標のオフィスビルに到着すると、屋上に10名ほどの兵士を降ろし再びどこかへと飛び去った。

　ハンナは屋上の中央に立つと、ビルの形状を確認するように周囲を見回してから北に向かって位置した。このオフィスビルは東西に細長く、南北の長い辺の中央が少し外向きに出ているという変則的な六角形になっていた。拡げた足のまま両膝をつくと、ヘルメットを外す。ヘッドセットも外すとヘルメットの中に入れる。そのヘルメットを足のあいだに置くと、その上に尻を落とした。少し強いかな、と思うくらいの風が吹いていた。ポケットから汗止めを兼ねた幅広のヘアバンドを取り出して着ける。

「あのヘルメットが羨ましいな」

「ばか言え、お前はいつも嫁の尻に敷かれているじゃないか」

そんな軽口と笑い声をバレンシアが目で制した。ヘッドセットを外しているハンナにはもちろん聞こえていない。

これからこのオフィスビルの断層透視を始めようとするハンナの警護と補助のために、バレンシアを含め5名の兵士が彼女の周囲を固めていた。他の兵士は階下への進入に備えて待機している。ハンナを除く全員が市街戦用の装備をしていた。

特に透視系の、意識を躰の外に向かわせるサイキックを使う場合、サイキックの発現中は躰が無防備になる。意識を対象物に集中させるあまり、自身と周りに対する注意ができなくなってしまうためだ。もし近くにいる誰かが殺意を持っていたとしたら、その実行は簡単なことだろう。断層透視に集中するためには、身の安全を確保してくれる警護の者が欠かせなかった。

兵士のひとりがハンナの右横に両膝をつくと、電子データシートとタッチペンを取り出した。シートをコンクリートの上に置き、風で飛ばされないよう四隅に小さな重石を乗せる。タッチペンは手に持ったままだ。そしてシートに陽光が直接当たるのを防ぐよう影を作るため躰の位置を調整した。シートにはビルの平面図と82という数字が表示されていた。

ハンナは指揮官を見ながら命令を待っていた。バレンシアは手にした電子データシートに目を落としながら、ヘッドセットで地上と連絡を取っている様子だった。地上には市警察と特殊武装警官隊がいるはずだ。そしてバレンシアのシートと地上の警官たちが持っている複数のシートは、ハンナの目の前にあるシートに連動していた。

バレンシアがハンナに顔を向け大きく一度頷き、始めるぞ、と声を出した。

（よしっ、やるわよ）

ハンナは自身に応援を送ると、両腕を拡げて上半身を前に傾ける。生暖かいコンクリートに両の手の平を着け、顔を下に向けて屋上のコンクリートの床を見つめると、瞼を半分ほど閉じて心気を集中させた。

ビルの地上部分は82階建て、高さは３５０メートル余り。目標は、そうね、地上50階くらいまでは行きたい、そしてできればもっと。ハンナは心の中でつぶやいた。集中した意識がコンクリートを透かして階下に沁み込んでゆく。屋上のコンクリートの床が透明になったかのように、目の前に82階フロアの全景が、濃淡の灰色だけに染められた世界が網膜に映像となって映し出される。顔を下に向けたまま右手で補助の兵士が持つタッチペンを取ると、視界の片隅にある電子データシートの図面の上、それぞれの部屋ごとに数字を書き入れる。書き終わると兵士がタッチペンを引き取り、ハンナの右手がいつでも取れる位置に持つ。ハンナは右手をコンクリートの上に戻すと、次、と言ってから再び意識を階下の灰色の世界へと沈み込ませた。補助の兵士が電子データシートの表示を81階の平面図に変える。

書き入れた数字は人間の頭数だった。そしてタッチペンで書き入れられたものは、連動するすべてのシートに表示され記録される。バレンシアはシートの表示が77階になったとき、待機している兵士たちに階下へ進入するよう指示を出した。

タッチペンを動かして記入し、その手をコンクリートの上に戻すと次、と言う。そのあいだもハンナは意識を透視している階に留めるようにしていたが、ときたまどうしても意識が揺らいで道に迷ったような感覚になることがあった。そのため左手は必ず下に着けたまま離さないようにしていた。左手から送り出す心気の断片を、透視している階にいつも残しておく。道に迷ったときはその断片を目印にしていっきに降下する。

意識の降下は、あまり気分の良いものではなかった。古い朽ちかけた井戸を覗き込み、下方を見つめたまま底の知れない暗闇に吸い込まれてゆく。明かりの何もない透明な箱のエレベーターで、ワイヤーが切れたかのような速さで縦坑を落下する。月のない夜、ひとりきりのバンジージャンプ。とてもじゃないが高所恐怖症には務まらない。

ハンナは順調に階を下って断層透視を続けていた。人間は、熱を持った淡い灰色の像として見える。色彩がないので顔はわからない。歩く、というような動きがあればその立ち振る舞いやシルエットから男女の区別くらいならできる。人間以外の熱を持つもの、エアコンやコピー機などは形状で判別がつく。困るのは鋼材で作られた柱やスレート板や鉄筋だった。それらは意識が通り過ぎるとき、黒い雲となって映像を遮る。通り過ぎると黒い雲は色調が薄くなり大きな網の目のようになって消えてゆく。しかし本当に消えたわけではなかった。網の目は残像となり、下の階へ進むに従って重なり合い、大きな網の目が小さな網の目となってゆき、やがて映像のすべてを灰色の霞が蔽《おお》うことになる。また意識も距離が増すにつれて疲労する。拡散し、乱反射し、そして減衰してゆく。灰色の霞の拡がりが断層透視の終わり、能力の限界を告げる合図だった。

65階に透視が到達する。このフロアの様子はこれまでと少し違っていた。中央が広いホールになっており、そこに集合した人影があった。ホールの床にじかに座っているのだろう折り重なった影のかたまりとその周りを取り囲むようないくつかの影。周りの影の幾人かは何か棒のようなものを持っていた。周囲の部屋には誰もいない。ハンナは慎重に人影を数える。

（……中のかたまりは26人、それと小さな影、子供がいる、……5人か。周りに7人、ライフルか何か、武器を持っている）

想定される状況は、テロリストと人質。ハンナはタッチペンを取ると65と表示された平面図のホール部に円を書き、その中に26＋5、さらに円の外側に半円の線と7、その横に武器を意味するKを書き入れた。

タッチペンを離し、手を下に着けると深呼吸をしてバレンシアからの指示を待つ。状況に何かしら異常があった場合、その階の観察を続けるか先に進むか必ず指示が出ることになっていた。先に進め、バレンシアの声が聞こえた。ハンナは、次、と声を出す。

61階でエレベーターのひとつが動いているのを捉えた。乗っているのは4名。上昇していた。平面図のエレベーターの位置に円を書き、その中に4と上向きの矢印を書き入れる。深呼吸をして指示が出るのを待った。無視しろ、そして、次。

ビルの断層透視の難易は、ビルの設計者の思想に影響される。フロア面積の広さと形状、柱など使用される鋼材の量と配置。余計な雲や霞の原因は少ないほうが良い。

ハンナが過去に断層透視した最深は30階分。このビルなら屋上から下へ53階まで。それを超えて下の階へ進めば自己記録更新になる。55階、54階と意識の下降は続けられた。

(私が聞いている限りの最深記録は37階分。今日は調子がいいから、もしかしたら超えることができるかもしれない。地上からも透視やっているのかな。警察にも断層透視のできるサイキックはいるだろうし。私は下向きしかやったことがないけど、上向きだと何か違いがあるのかしら)

ヘアバンドが汗を含んで重くなっているのがわかる。頬を伝う汗が顎の先から滴になって落ちてゆく。電子データシートの階数表示を見て、あと少しだから頑張るのよ、と自身に声をかけていると、別の声がかかった。声の主はバレンシアだった。

「ハンナ、中止だ。……聞こえているか、ハンナ。演習は中止だ」

深淵を覗き込んでいた意識が急上昇して躰に戻ってくる。遠くを見つめていた目の焦点がぼやけると、濃淡の灰色で描かれた世界がかき消されてゆく。次に見えたのは、自分の汗がコンクリートの上に作った染みだった。

上半身を起こすと尻に敷いたヘルメットに体重を預ける。目の前にバレンシアがいた。

「ご苦労だった、疲れたろう。緊急出動が発令されてな、演習は中止になった。ヘリが来るまでそこで休んでいろ」

そう言うとバレンシアはヘッドセットで誰かと話しながら歩いて行った。

ヘアバンドを外しハンドタオルで汗を拭くと大きく息をつく。まだぼーっとしている頭に風が気持ちよかった。補助の兵士がスポーツドリンクのボトルを差し出す。

「惜しかったな、もうちょいで記録更新だったのに。今日は休みでビルは貸切りだし、エキストラも大勢いたんだろ。もったいないね」

ハンナはボトルを受け取ると、礼を言ってから口をつけた。

「記録といっても自己記録よ。それに、中止という命令だから仕方ないわ。それより緊急出動って、何処へ行くのか聞いた？」

「何処へ行くかなんてまだ聞いてないよ。まあ最低でも現地に着いたら教えてくれるさ、よくあることだ。兵士諸君、ジエンビアの熱帯ジャングルにようこそ、なんてな」

ヘリのローター音が近づいてくる。ハンナは立ち上がるとヘッドセットを装着し、ヘルメットはどうしようかと思い、手に持ったままにした。風に当たって全身の汗が引いてゆき、寒気がしてきた。

（基地に戻ったら着替えなきゃ。……緊急出動か。洗濯しないといけないのに。部屋の片付けも……あーあ、退役まで後3カ月だけど。どうしよう、私この仕事に向いてないのかな。このまま続けようか、それとも何か他の……）

このまま続けますか？

もちろんよ！

参加カードの残りは2枚。欲しいのは黄金のプリックただひとつ。手に入る確率は？　気の遠くなりそうな数字に思えた。〈はい〉のキーを押すとモニターを見つめる。

ではスタートします。今回の参加者は35名、制限時間は2分です。

点灯していた赤い丸の表示が点滅をして青になる。キーを操作して自分の分身であるモグラを動かしながら、ここまでやるつもりじゃなかったのにという思いを頭の片隅に、サーラの熱い気持ちは静まりそうになかった。メルちゃん速く、休んじゃだめよ。

朝早くに目が覚めた。

（今日はお休み、ハイキングは明日なのに。久しぶりの外宇宙だから高揚しているのかな）

洗面を済ませてデスクトップを見るとダミンからの電子メールが届いていた。動画メールだった。着信は昨夜、サーラが寝入ってからの時間だった。

やあサーラ、本当にきみかい？　突然メールがきて驚いたよ。またいっしょに仕事ができるなんて夢みたいだ。こんなにうれしいことはないよ。

（おはよう教授、こんばんは、かな。お世辞がうまいわね。内心は、えっあのやんちゃ娘だまいったな、くらいに思ってたりして）

ぼくがもらった行程表は改訂2でさ、きみの名前の欄は未定になっているんだ。ほら、見えるかな。

（わたしのは？　それそれ、あら改訂3だわ）

外宇宙へはきみたちといっしょに行った後、次の年に1回指導員で行ったきりでそれ以来だよ。政府がやっていたサイキックの認証業務の民間委託が始まってね、ぼくの研究所もやることになってそちらのほうが忙しくなったんだ。きみの学校の臨時講師は時々やっているよ。あっそうだ、今度ぼくの代わりに一度やってみないか。卒業生の代表ということで。きみならきっと学生たちに受けると思うよ。推薦状を出しておこうか。

（えっ、だめよ、そんなの。学校の講師なんてわたしにできるわけないじゃない。ことわらないと）

ぼくが考古学の専門家じゃないのはきみも知ってるだろう。確かに趣味で勉強はしているから多少の知識はあると思っているけどね。どうしてぼくのところへ依頼が来たのかわからないけれど、行ってくれる人がいなくて困っている、とは聞いたよ。考古学は専門じゃないからと言ったら、それでもいいってさ。まあ行き先が辺境の惑星だからね。ぼくのほうは、たまに外へ出るのもいいかなと思ってさ。評議会の要請だと言えば研究所もことわれないだろうし、それにまだ独り身だから気楽なものだよ。たったふたりの調査団というわけだ。現地の状況によっては追加で人を出してもいい、なんて言ってたな。

（どこも人手不足みたいね。教授、思ったとおりまだ独身かい、まあいいけど。わたしたち調査団というより、おまえらちょっと行って見てこい団ね）

きみの言ってきた講義のことだけど、もちろんかまわないよ。本でも読んで過ごそうかと思っていたけど、話し相手のいるほうが楽しいからね。ただし、きみの期待に添えるかどうかわからないから講義なんて堅苦しく考えないで、気楽に世間話でもするつもりでいて欲しい。ぼくは、力はないけど暇はあるからね。じゃあ、輸送艦で会えるのを楽しみにしているよ。

（よし、これで教授のゼミが確定ね。たまには痺れるくらい勉強するのもいいことよ。でもちょっと、おかしいと思ったほうがいいのかな。教授、あなたに依頼したのは誰よ？）

ダミンの動画メールが終わると、サーラは文字だけの短いメールを送った。返信ありがとうの礼。臨時講師はお願いだからやめてほしい。自分なりに作った講義の時間割。そして相変わらず若くて素敵ですねとお世辞も入れておいた。

(さて、教授の次はダンチェねって、これ昨日と同じパターンじゃない。今日は大丈夫でしょうね。あっ、いけない)

急いで化粧台の前に座ると5分で見られてもいい顔に仕上げた。時計は朝の7時前。

(あの人は24時間営業だからかまわないでしょう)

モニターに映ったダンチェは、いつもの表情のない顔をしていた。サーラは時間内に話すための、書いておいたメモを見た。自然と早口になる。

「おはようダンチェ。新年おめでとうはまだ言ってなかったわね。半年遅れでごめんなさい。早速だけどいい?」

「おはよう、お嬢。時間は、気にしなくてかまわない。早朝サービスだ。修道女の格好をしていると思っていたが、違うのか」

「まあ、あきれた。そんな趣味があったの。早朝サービスありがとう、珍しいわね。それにしてもどうして。わたしのこと調べてるの?」

「修道女というのは先入観だ。余計だったな、取り消すよ。お嬢のことは、そう、きみのことをいつも心配している人から聞いた。それだけだ。用件を聞こうか」

(わたしのこと心配してくれてダンチェのこと知ってる人、お養父さんかエイレンだわ。心配してくれるのはありがたいけどなんか複雑な気持ちね)

「わたしの風評を流すの、もう終わりにしていいわ。これからは自分で頑張るから。追加料金いる?」

「……いや、必要ない。最初にもらった分で余りが出る。返金はどうする、保留でもかまわないが」

「返金も保留もしなくていいから、その余り分で少し話を聞かせてもらえない?」

「悩みの相談なら窓口が違う」

「わかっているわ。恋愛の相談ならエイレンにするから。あのね、エルサという今開発調査をしている惑星の名前、聞いたことない? その惑星について何か知ってることがあればと思って」

「あれか、異星人の遺跡が見つかったという」

「さすが、仕事が早いわね」

「早いのはおれじゃない。昨日の夜のニュースでやっていた。見ていないようだな。明日、調査団が出発するそうだ」

「ニュースでやっていた? あれはまだ機密事項で公表していないって言ってたのに。わたしがその調査団よ。昨日、契約してきたの」

「誰かが喋った、ということは本当の意味の機密じゃなかったわけだ。おれはニュース以上のことは知らない。調べるか?」

「いいえ、やめておくわ。次はね、軍の作戦局の人を天使っていうの知ってる?」

「そう呼ぶこともあるようだな。陰口というやつだ」

「えっ、陰口なの。どうして天使が陰口なの、知っていたら教えて。需要と供給の関係というのを聞いたことがあるけど、意味がわからないわ」

「……戦場で負傷した兵士が、野戦病院で若くてきれいな看護婦に手当てしてもらった。そのことを仲間の兵士に話した。話を聞いた兵士は、若くてきれいな看護婦に手当てしてもらえるなら、少しの負傷はいいかなと思った。これが需要だ。負傷するには戦場が必要だろう。そこで、どこか他の国か、他の惑星でもいい、何もないところに火を点けて風で煽《あお》って、戦場を供給する。そんなことができるのは作戦局だけだ。兵士の望みを叶えてくれる優しい天使というわけさ。他にも説があるようだが、おれはこれに1票入れる」

「へえー、ほんとへえーよね。なんか作戦局の本質を突いたような話だわ。それでね、ちょっとこれ見てくれる。わたし似顔絵を描いたんだけど作戦局の誰かだと思うの。わかるかな？」

「…………お嬢、そんなものは似顔絵とは言わない。小さな子供が描いた両親の絵と言うほうが納得できる。多分、誰が見ても同じだろう」

（あちゃー、やっぱり言われたか。仕方ないわね下手だから。でもちょっぴり乙女心が）

「ありがとう、はっきり言ってくれて。よしっ、今度からは写真を撮ることにするわ」

「そのほうがいいな。どうしても似顔絵が必要なときは専門家に頼むことだ、いつでも紹介する」

「親切にありがとう、そのときはお願いするわ。次で最後だけど、これなの。このシートを見て。いくつかフォルダがあるけど開かないのよ。わたしには手に負えなくて、なんとかならないかしら」

「それは盗品か、持ち主は？」

「うーん、言わなきゃいけない？」

「地雷は踏みたくないからな。それに持ち主に関係する数字から当たるのが、順序としては早道だ。手に入れた経緯までは聞かない」

「わかったわ。このシートの持ち主は、連邦宇宙軍情報局人事調査課のオスカーという男の人。連邦合同ビルに勤務しているわ。わたしが直接に彼のデスクから無断で借りてきたの。うふふ」

「連邦軍から借りてきた、か。いいだろう、そのシートはこちらに送ってもらう。ただし、うまくいくかどうかは保証しない。かかった費用は結果に関係なく払ってもらう。これは後払いでかまわない。それでいいか？」

「もちろんいいわ。さすが頼りになるわね」

「期待はしないほうがいい。期限を決めてくれ。いつまで続ける？」

「明日からのハイキングはひと月くらいかかると思うの。帰ってきたら連絡するから、それまでお願い」

「わかった。本人か周辺への接触はかまわないのか」

（本人への接触？　それってオイコラ強迫かお金を掴ませるかイカセ上手なお姉さんを使うかしてパスワードを聞き出すってこと？　一度わたしが殴ってやりたい気もするけど。あいつ意外といじめられて喜ぶタイプかもね。足で踏みつけてぐりぐりして）

「お嬢、本人か周辺へ接触してもいいのか？」

「えっ、それは、駄目よ。接触は一切なしにして」

「そうか、じゃあそうしよう。今、送り先の住所を入れた。そこに郵送してくれ。必ず郵送だ。

……ところでさっきの絵はどうする？」

「どうするって、もう捨てるわ。置いといても役に立たないし」

「その絵は教会の中に飾るといい」

「教会に飾るの？　どうして？」

「おれが、そう思っただけだ。どうするかは、お嬢が決めることだ」

「理由は教えてくれないのね。教会にかぁ、いいわ、飾ることにする。ねえダンチェ、以前から思ってたけど、あなたはダンチェよりもダンチオ（探求者）のほうが似合っているみたいよ」

「優しいな、お嬢は。おれはダンチェという名前だからこうして生きていられる。名前を変えるとしたら引退してからだ。それまで生きていればな。だから、今は余計なお世話だ」

　ああ、とりあえずこれで片付いた。朝食までは少し時間が、というのでプリックの情報をネットで見ていると、モグラの宝くじゲームの賞品に黄金のプリックが出ているよという書き込みがあった。すぐに飛んでみると、賞品を紹介する中に黄金のプリックが輝いていた。30本の限定品になっている。これ欲しい、絶対欲しい。一瞬よりも短い時間の内に、心の奥で芽を吹いた物欲がインフレーションを起こした宇宙のように膨張する。躰の外にまで広がった物欲のオーラが目に見えるような気がした。

あまり物にこだわらない生き方をしたほうがいいのかな？　うふっ、そんなこと考えるのは引退してからだ、それまで生きていればな、だから今は余計なお世話よ。ふふふっ。

こんなせこいゲームやってられないわ。オークションと売買コーナーを探したが見つからなかった。宝くじゲームに戻り賞品獲得履歴を見ると、黄金のプリックを手に入れたのは今までにふたりだけだった。賞品の列に加わったのは最近のようだ。

仕方ないわね、ちょっとだけやってみようか。賞金と賞品、役に立つアイテムもあります。宝くじだもの、そんなに当たらないと思うけど。参加カードを買うのね。1枚が電子マネー200ポイント、ライズと同等だから1回200ライズというわけか。電子マネーまだあったはずだわ。どれどれ、はい買いました。次はモグラを選ぶのね。どれが可愛いかな、これ、7番がいいわ。女の子で、色はわたしと同じにしてと。名前かぁ、そうね、メルベイユ（伊達女）にしよう。遊び方は、まあ、やってみればそのうちわかるでしょう。

ではスタートします。今回の参加者は22名、制限時間は2分です。

人のことは言えないけど、朝から暇な人がいるのねぇ。見知らぬ参加者たちの期待を背負っているであろう、色とりどりのモグラとの競争が始まった。えっ、なにっ、どうしてこんなに遅いの。動き出したモグラたちはその速さに多少の差があるようだ。メルベイユの速さは他のモグラの半分ほどしかなかった。地面から下に向かって穴を掘り進む。スタートの位置は自由。横方向に画面5個分の広さがあった。縦方向を下へ進んでゆくと、？マークで表示されたお宝が散在するエリアになる。お宝は制限時間内にひとつだけ取ることができる。中身は取ってみなければわからない。取れば1回が終了、地面に戻る必要はない。単純なゲームだった。

どうなってるのこれ、おかしいじゃない。メルベイユはお宝を取るどころか、そのエリアに到達することさえできずに終わった。もう一度やってみよう。スタート位置につくとみどり色のモグラがすり寄ってきた。躰を動かす仕種で何かの意思表示をしているように見える。何よこいつ。位置を変えるとみどり色のモグラも同じように付いてきて何かの仕種をする。なんのつもりなの、ナンパでもする気？　無視することにした。スタートするとみどり色のモグラは小さく回り込み、メルベイユの真下に穴を掘り進めた。うわっ、きたない真似しないでよ。メルベイユは方向転換が間に合わず、みどり色のモグラが掘った穴に落ちた。するとメルベイユの速さが増したのがわかった。あらっ、速くなったわ。これって他のモグラの穴だと速く動けるのね。もしかしてこいつ、じゃなかったこのみどりちゃん、それを教えようとしてくれたの？　ごめんね、変なこと言って。

みどりちゃん、ありがとう。おかげでお宝取れたけど、ハズレだったわ。でもやりかたわかったし、次いくわよ。でもこの遅さ、なんとかならないのかしら。みどり色のモグラはその後何回かリードしてくれたが、いつの間にか姿を見せなくなった。お世話になりました、今度会ったら何かお礼をしないと。他のモグラが掘った穴を利用する方法で、いくつかのお宝を取ることができた。ほとんどがハズレだったが、その中にビスケットの形をしたアイテムがあり、速さ＋1とあった。メルベイユに食べさせると動きが少し速くなった。モグラたちの速さに差がある理由がこれでわかった。

となりで穴を掘り進むモグラが急に動きを止め、汗を拭く仕種をする。数秒間そうしていると、また動き出した。何してたの？　気にはなったが考えている余裕はなかった。とにかくビスケットを取らないといけないわ。取れたお宝はサカナの形をしたアイテムだった。これお魚？　賢さ＋1だって。メルちゃん、食べてごらん。賢さってどうなるの？　何かしら変化があるようには見えなかった。

ようやく3個のビスケットを食べたメルベイユは、単独でお宝エリアまで進めるようになった。でもまだ速さで敵わないモグラが何匹もいた。取り残されたお宝マークに向かって左に大きなカーブを描く。残り物には福があるのよ。反対方向から同じお宝を狙っているらしいモグラが進んでくる。速さは2匹とも同じくらい。距離からするとメルベイユのほうが少しの差で先に取れそうだった。お宝マークの直前でメルベイユの動きが止まる。何やってるのよ！　メルベイユは汗を拭いている。どうしたの、わたし何もしてないわよ。これって勝手に動きがとまるの？

もう何十回やったのだろう。ビスケット８個、サカナ２個、電子マネー１２００ポイントを取ることができた。あとは全部ハズレだった。ビスケット７個でメルベイユの速さが、他の一番速いモグラと同じになった。８個目を食べさせると、おえっと吐き出す。だめじゃない、ちゃんと食べないと。もう一度食べさせると、またおえっと吐き出した。ここに至ってようやく、サーラは遊び方の説明を見ることにした。

移動速度の遅いうちは、他のモグラが掘った穴を活用しましょう。参加したすべてのモグラは、無作為で５秒間動きをとめることがあります。役に立つアイテムは３種類、ビスケットとサカナとバスケット（捕獲カゴ）です。ビスケットとサカナはどちらも７個までモグラに食べさせることができます。ビスケットは１個食べるごとに移動速度が速くなります。サカナは７個食べると、これは賞品に限りますが、お宝マークが時々点滅して中身を見ることができます。この特典はサカナを７個食べないと有効にはなりません。またお宝マークの点滅は特典が有効なモグラのプレイヤーにしか見ることができません。バスケットは１個につき１回だけ、任意のモグラの動きを５秒間止めることができます。動きの止められたモグラのプレイヤーには、無作為で動きが止まった場合と同じ映像が表示されます。なお不要なアイテムはいつでも無料で参加カードと交換することができます。

先に読んでおけば良かった、なんて思っちゃだめよ。大切な経験をしたと思わないと。負け惜しみなんだけど。メルちゃんが止まったのは、あいつがバスケットを使ったのか無作為なのかわからないということね。バスケットまだ見てないけど面白そう。自分がやられたらずっといとかきたないだけど、自分がやってうまくいくとわたし頭いいだものね。人間なんてそんなものよ。お魚いくつ食べた？　2個か、あと5個ね。

参加カードの残りが2枚になった。時計はもうすぐお昼になる。これ使い切ったらわたしのほうが何か食べよう。電子マネーはまだあるし、なくなれば口座から振り替えればいいし。さあメルちゃん、あと少しだから頑張るのよ。

スケッチブックに描いた絵を丁寧に切り取ると、それを持ってサーラは食堂の部屋へ向かった。外気は湿気が多く、いつ雨が降り出してもおかしくない空模様だった。部屋のキッチンにはシエラサルトがいた。

「シエラ、何か食べさせて」

「あらっ、お嬢様のお目覚めね。ここには私みたいな家政婦の食べるものしかありませんのよ、お嬢様のお口に合いますでしょうか」

「もう、変な話し方しないでよ。なんでもいいの、好き嫌い言わないから」

「ふふふ、わかったわ。少し待ってね。私のもこれから用意するの。同じでいいでしょ」

「もちろんようございますわ。これ、何してるの」

「氷の飴玉を作っているのよ。言わなかったかしら」

「わたし聞いてない、と思う。氷の飴玉なんて」

「サイキックを使った後の疲れには甘くて冷たいものがいいって、前にテレカがユーリ先生から教わってきたの。アイスクリームでいいかなと思ったけど、もっとカロリーが少なくて簡単に口に入るものが欲しいって言うから、いろいろ考えてこれにしたのよ」

シエラサルトは金属製の四角い長方体を手に取ると、両側から引いた。一辺が5センチほどの正方形、長さが10センチほどの長方体は真ん中で離れてふたつのブロックに分かれる。片方の断面に2本のガイド棒と中央に半球の凹み、もう片方には対になる半球の凹みとガイド棒を差し込む穴があった。

「これが整氷器、氷を丸くする道具よ。こうして……、凹みより大きめの氷をあいだに挟んで、後は勝手に丸くなるの」

ふたつのブロックに分かれた整氷器のあいだに角氷を挟み、ガイド棒の位置を合わせるとシエラサルトは手を離す。整氷器は熱伝導率の大きいアルミ製だ。キッチンテーブルに置かれた整氷器は、自らの熱と重みで角氷を溶かしながら距離を縮め、元のひとつの形になる。上になっているブロックを持ち上げると、そこに直径3センチほどの氷の球ができていた。透きとおった淡い赤黄色をしている。

「どう、みごとでしょ。これを冷凍庫に入れて作り置きしておくの。形は丸の他に雪の結晶なんかもあるわ。食べてみる？　食べるっていうのも変な言い方だけど。はい、あーんして。口の中で転がすのよ」

「ひょひょ、冷たくて感じよく甘い、でもほんの少し薬臭い。これって砂糖水に薬草入れて凍らせたの？」

「残念、はずれました。お嬢様の目は曇っているのではございませんか？　最初はね、私もそんな程度に考えていたんだけど。ほら、これ見て」

シエラサルトの手の平に緑色の木の実が乗っていた。大粒で、乾燥されたものだろう、表面に皺が入っている。

「これはラカンカという木の実よ。すり潰して粉にして使うんだけど、なんと甘さが砂糖の300倍もあるのにカロリーはほとんどないの。それに躰の中の活性酸素を消す働きがあって、ビタミン・ミネラルを多く含んでいるから美容と健康にもいいのよ。知らなかったけど化粧品とか薬にも使われているんだって。それとね」

木の実を置くと、その横に2枚の小皿を並べた。両方ともに黄色っぽい粉末が盛られていた。

「これはベータカロチンとカテキン。サプリメントの意味で少しだけ加えるの。ベータカロチンはラカンカと同じで活性酸素を消してくれて、あと免疫力を高める、老化の予防、ストレスの軽減、疲労回復に効果があるわ。カテキンは抗菌作用があるの。これ全部フォボロさんに教えてもらったのよ。私が考えたのは調合だけ」

（フォボロさん？　どこかで聞いた名前だわ。どこで聞いたかな、そう、バークマンよ。バー

クマンの話に出てきた名前。確かエルサの警備担当責任者がフォボロという人。珍しい名前だもの、何か関係あるのかな）

「そのフォボロさんてどこの人？」

「センターの中に薬局あるでしょ。そこの薬剤師さんよ」

「女の人？」

「そうよ。私より年齢は少し上だと思うけど、上品で落ち着いた感じの人」

「結婚は？　しているみたいだった？」

「それは知らないわ。そんなこと聞いたりしないもの。お嬢様には、何か気になることがございまして？」

「いいえ、何もございませんことよ」

　ふたりは挽肉の入ったスープパスタと野菜サラダの昼食をとった。

「ご馳走さまでした。やっと落ち着いたわ。テレカとマペールはユーリ先生のところへ行ったの？」

「そうよ、いつもの勉強会。あのふたり本当に真面目ねぇ。休みの日につき合ってくれるユーリ先生も大変だと思うけど」

「あのふたりは自分たちで考えてやっているからいいのよ。でも体調には気をつけてあげてね。ユーリ先生のことは少し考えないといけないわ」

「そうでしょ、いつもお世話になってばかりだから。何かお礼の品でも送りましょうか」

「それもあるけどね、わたしが思ってるのはユーリ先生の立場よ。先生はサイキック治療にとても理解を示してくれているけど、先生の勤めている病院の他のお医者さんすべてがそういうわけじゃないでしょ。疑いの目で見たり反対する人もいるはずだわ。確かにある程度はプラシーボ効果なのはわたしも認めるけど。それでね、ユーリ先生より上の人にそういう反対派がいると先生の立場が悪くなるんじゃないかって、それを気にしているの」

「パワーハラスメントというやつね。でも病院の中のことでしょ、私たちにできることって何かあるの？」

「今はわからないけど、何か考えておいたほうがいいみたいね。それと、話は変わるけどお願いがふたつあるのよ」

「お願い？　何かしら。お嬢様のお願いだったらなんでも聞くわよ」

「もうお嬢様はいいわ。それよりこれ、この絵を教会の中、そうね祭壇の横の壁が空いているでしょう、そこに貼って欲しいの」

「この絵ねぇ。なんだか小さな子供の落書きみたい。どうしたの、これ？」

「持って行く荷物を用意するついでに、部屋の整理をしていたら出てきたの。ずいぶん前に教会にあった忘れ物よ。誰か信者《ゲスト》さんの子供が描いた親御さんの絵みたいだから、貼っておけば忘れた人が見たら気がつくと思って」

小さな子供の落書きという評価に落胆はしなかった。それよりもシエラサルトに絵を見せるまでは、理由は聞かないでちょうだいと言うつもりだったのが、自分の口から出てきた言葉に自分で感心して心の中で舌を出した。

「わかったわ、じゃあ後で貼っておく。もうひとつは？」

「明日出かけるときにハンドフォン預けるから持っていて。どうせ向こうでは使えないし。それで、わたしが留守のあいだにヤクサムから連絡があったら、オレカを迎えに行って欲しいの」

「いいわよ、オレカちゃんね。迎えに行ってあげるわ。もう預けてから3カ月くらいね」

「そう、まだしばらくかかると思うけど、上達の早さなんて人によって違うから」

「ねえサーラ、私からもお願いがひとつあるんだけど。私からと言うより、私とテレカとマペールから」

「何よ、変な声出して。欲しいものでもあるの、男とか」

「違うのよ、男は二度といらないわ。修道服のことなんだけど、これから暑くなるでしょう、生地を薄くした夏用が欲しいなって。できれば服のデザインや色合いも少し変えてみたくて、いくつか下絵も描いたのよ。どう、作ってもいいかしら？」

「そんなことはわたしに聞く必要はないわ。シエラの思うようにやればいいの。ここではあなたがお母さんでお姉さん。お金の心配はわたしがするからみんなは気にしないこと。あとは自分で考えて恥ずかしくない行動をする。それだけ守ればいいのよ。修道服ね、たくさん作りましょう。下絵のデザイン全部作ろうよ。ひとつくらいシースルーがあってもいいわね。男の信者が増えるわよ、ふふふ」

「そんなスケスケなんて、だめよ。恥ずかしくない行動をするんでしょう。そんな恰好で外を歩いたら、すぐに警察に捕まるわ」

「恥ずかしいの意味が違うわ。それに下着はつけてスッポンポンじゃないんだから、どうってことないわ。そう、わたしたちは自由なのよ。わたしはみんなが何かをできる場所を提供したいだけ。自分で考えて良いと思ったことをやればそれでいいのよ。みんな自由なんだから。だから、もしこの教会を出ていきたいと思ったときは、それも自由よ」

「そんな冷たいこと言わないでよ。私たちサーラのこと、感謝しているし好きなんだから。あのふたりだってあなたをちょっと怖いお姉さんと思っているけど、ここに来てよかったたって言ってるし。私なんかここを追い出されたらもう行くところがないのよ」

「あら、そんなことないでしょ。シエラサルト・レダ・ムーアいかがですかぁ、なんて声をかけたらそこら中のサイキック研究所から、ぜひうちの研究材料にってお呼びがかかるわよ。軍なんかきっと目の前にすごい札束積んでくれるわ。なんたってあなたはナイトメアだもの」

あんまりいじめないでよ、という顔をしているシエラサルトの頬に、サーラは笑顔で音をたててキスをした。それじゃあと言って部屋を出る。

見上げると、幾条もの透きとおるような線が天から地へと引かれていた。

（降り出したのね。ひと雨ごとに夏になるみたい。この雨、メルちゃんの汗だったりして。限定30本で残り28本か。帰ってきたころにはもうないかもしれない。今日中になんとかしないといけないわ。メルちゃんたのむわよ）

今日中になんとかするのは無理ね。

部屋の明かりをつけてその乱雑さを目にすると、あきらめ顔でハンナはつぶやいた。自分自身への言い訳かもしれない。演習が終わった後は半休だから、たまには部屋の片付けをしなければと思っていた。それができなくなった、というよりしなくて済んだ。

私って、部屋の片付けができない女なのかなぁ。

帰投してすぐに指揮官のバレンシアから出動について説明があった。行き先は外宇宙、1100光年の彼方にある開発調査中の惑星。出港は明日、足は輸送艦。期間は2カ月ほどを覚悟しておけ。今からアルスランの宇宙港へ移動する。着いたら明日からの予定について作戦局から説明を受ける。わかっているのはこれだけだ。輸送機の出発は12時30分。さっさと支度をして集合しろ。

1100光年の彼方と聞いたとき、兵士たちから感嘆の声が上がった。時間と空間を隔てたその遥かな距離を、実感として思い起こすことができるものだろうか。

解散した後の、反乱でもあったのかな、エイリアンとドンパチやるんだぜ、それはうちのチームだけじゃ無理だろう、恐竜のステーキが食えるかもしれねえ、案外ドッキリの休暇だったりしてな、そんな兵士たちの話し声を耳にしながら、ハンナは基地の外にある女性兵士専用の宿舎に戻った。シャワーを浴びて着替えると、移動用のバッグに荷物を詰め込む。用意ができると食堂で昼食をとった。集合時間まではそれほど余裕がなかった。

輸送機の前に集合したチーム〈流れ星〉は、指揮官のバレンシアを含めて14名。女性はその中でハンナひとりだった。輸送機が離陸する。アルスランまでの飛行時間は1時間足らずだ。ハンナは後部の席にひとり座って、ぼんやりと窓の外を眺めていた。

アルスランの上空には薄暗い雲が重なっていた。輸送機が着陸態勢に入るころ雨が降り始めた。空から見下ろす滑走路が次第に雨で濡れてゆく。

着陸して明日からの予定を聞いたら後は自由時間になるはず。兵舎に荷物置いて着替えたら買い物に行こう、そうしよう。サプリメント買って下着買って生理用品買ってエッセンシャルオイル買って、化粧品も少し買おう。それと、どうしよう、求人情報誌も買っとこうか？　この仕事、今回で終わりにしてもいいかな……。着陸の振動に躰を揺らしながら、ハンナの思いも揺れていた。

出発の当日、昨日からの雨が朝になってもまだ降り続いていた。軍装姿のサーラを見たテレカが、記念に写真を撮りたいと言い出したので、教会の祭壇を背景に4人が並ぶことになった。

修道女がふたり、軍装の女、エプロン姿の女。妙な取り合わせだ。シャッターは警備員に押してもらった。撮った写真をサーラはすぐに電子データシートにコピーする。画像の片隅にサーラの描いた絵が映り込んでいた。

連邦軍の宇宙港へはシエラサルトが車で送ってくれた。高速道路を使って2時間ほどの距離だ。高速に入る途中の郵便局でダンチェに宛てた小包を送る。高速道路を走っているあいだに雨がやみ、宇宙港へ着いたころは青空が広がっていた。搭乗の手続きは正午までに済ませればいい、まだ充分に余裕がある。

シエラサルトにハンドフォンを預けるとサーラは車を降りた。

「気をつけて行ってらっしゃいね」

「ありがとう、わたしのことは心配いらないわよ」

「そうよね、あなたよりあなたの周りの人たちの心配をしたほうがいいみたい」

「またそんなこと言う。今度は荒事じゃないからおとなしくしてるわ。じゃあ留守のあいだお願いね」

「はい、お願いされました。まかせておいて」

サーラはシエラサルトに手を振ると、バックパックを肩にしてゲートへ向かって歩き出した。

雨上がりの乾ききらない水たまりが、水蒸気となって6月の大気に吸い込まれてゆく。遠くに見える発着ポートや滑走路が陽炎に揺らいでいた。

ゲートのすぐ脇にどこかのニュース局らしい中継車が2台停まっていた。マイクを手にした女性レポーターが業務用カメラを肩にした男の前で何かを喋っている。後ろでVサインしてやろうか？　ばーか、何を余計なこと考えてるんだろう。

それがどのようなところであれ、軍の施設に入るときは身が引き締まる。ゲートの警備兵にIDカードを見せると敬礼してくれた。サーラは手を合わせてお辞儀をする。

「ここは初めてなんですけど、中に入るのに何か手続きが必要かしら」

「ムーンワーク中尉殿、そこで受付を済ませてください。目的の場所までの道順も教えてくれるはずです」

警備兵はすぐ横にある3階建ての建物を指さして言った。サーラは礼を言うとその建物に向かう。

ムーンワーク中尉殿、か。飾りの階級だけど、そう呼んでくれた。あの警備兵はIDカードに記載された階級の意味を多分わかっていたと思う。サーラの軍装には階級を示すものは何も付いていない。からかい半分だったかもしれないが、一応は敬意を払ってくれた。そのことがうれしい。単純に浮かれた気持ちでうれしいと思ったりはしない。

建物の1階にオープンカウンターがあり、そこで入港の受付を済ませると第2管制ビルの場所を教えてもらう。たいした距離はなかった。ほんの少し歩くだけ。

第2管制ビルの入口は中2階になっており、入ってすぐのカウンターに受付の男がいた。

サーラはＩＤカードを見せると、自分の名前と乗船予定の輸送艦の名前を告げる。

「タンタシオン号だね」

男は目の前にあるモニターの表示を変えてゆき、サーラの名前を見つけた。

「ハンドフォンを」

サーラは上着の胸元に手を入れてハンドフォンを取り出すと、お前何してんだ、という顔をしている男に渡す。

「ここに入れておくのが一番いいって、装備局の人に教わったのよ」

「見かけよりは利口そうだな」

（見かけ通りのアホだって言われたわ。わたしそんなに頭弱そうに見えるの）

「荷物は？」

サーラがカウンターの上にバックパックを置く。男は重さを確かめるようにバックパックを少し持ち上げた。

「壊れ物は？」

男はそう聞くとサーラが返事をする間もおかず、すぐ横のダクトへ、階下の貨物運搬用車両に通じているだろうダクトへバックパックを放り込んだ。

「別にないわ」

「そりゃ良かった」

赤外線通信でデータのやり取りをしたハンドフォンを、男がサーラに戻した。

「搭乗手続きは終わりだ。こいつには現地にいる人と今日出発する人の名前と番号が全部入っている。失くしたり壊したりするなよ。それとだな」

男は左に振り向いて、壁際の椅子に座っている軍装の女性を指差した。

「あそこに茶髪でショートヘアのおネエちゃんがいるだろう。あんたが向こうに着くまでの世話を、あの人がしてくれる。挨拶しておくといい」

（世話をしてくれる人がいるなんて、気が利いているじゃない。乗組員の人かな。でも世話をするということは、監視もできるということよ）

サーラは男に礼を言うと、その女性兵士に近づいて行った。電子データシートを熱心に見ているようだ。何かおかしいと感じた。サーラの軍装はライトグレー、女性兵士のはダークグレー、輸送艦の乗組員という雰囲気がしなかった。近づいてくる人の気配に、女性兵士が顔を上げる。サーラは前に立つといつもの挨拶をした。

「こんにちは。わたし、サーラ・ムーンワークよ」

女性兵士が立ち上がる。

「こんにちは。私はハンナ・ムーンカイト。よろしくね」

ハンナの軍装には階級章がなかった。その代わり、左胸に流れ星のマークが付いていた。

（この人、特殊部隊《チーム》だわ。だから服の色違うし、胸にマーク付いてるし）

「良かったわ。女性の名前で情報局調査員になっていたから、怖いおばさんが来たらどうしようなんて思っていたの」

「わたし、まだおばさんじゃないから。ちょっと怖いお姉さんくらいよ」

「ちょっと怖いお姉さん？　そうは見えないわよ。私より若いみたいだし。それよりお昼食べに行かない？　まだ時間あるし、次からは当分のあいだ艦内食よ」

同意するサーラを見て、ハンナは近くに座っている若い男の兵士に声をかけた。

「カシュナー、先に行ってるわよ」

小さく手を振るカシュナーを残して、サーラはハンナの後について歩き出す。

「今の人はいいの？」

「彼はね、もうひとり評議会の調査員が来るの知ってるでしょう。その案内役よ」

「そうなの。ところで、あなたチームの人でしょ？」

「そうよ、緊急出動の発令で昨日クラウディアから来たの」

職員用の食堂はまだ昼前で空席が多かった。食事をとりながらふたりは談笑した。サイキックに生まれ、育成学校から義務役へと、同じような経験をしてきたふたりが打ち解けるのに時間はかからない。あなたのほうがお姉さんなのね、ふたつ上の、じゃあわたしはちょっと怖い妹でいいわ。そうよ、私はちょっとどころか全然怖くないお姉さんよ、気が弱いほうだから。チームなのに？　ちょっと認識票見せて。認識票に何か関係あるの。わたし、必要ないからって作ってくれなかったの。

　理由にならない理由をつけて、サーラはハンナの認識票を見ることに成功した。どうしても気になることがあった。ただしハンナにはそれを気付かれたくなかった。

（もしそうだとしても話すのはまだよ。世話をするは監視するだから、様子を見てからでいいもの）

　サーラが見たかったのは、認識票に刻まれたフルネームだった。

〈ハンナ・アーリィバード・ムーンカイト〉

　食事を終えたふたりが食堂を出ようとした入れちがいに、カシュナーがライフ・ダミンを連れてやってきた。互いに挨拶をし、言葉を交わす。サーラが、よろしくお願いしますとお辞儀をした。

　軍用シャトルで連邦軍宇宙ステーションへ、そして連邦軍宇宙ステーションに係留されている輸送艦に乗艦するものと思っていたら違った。ハンナが顔を真上の青空に向けると、サーラも同じようにする。見える？　ハンナが聞いた。見えない、サーラが答える。そうよね、でもこの上にいるのよ、輸送艦。

　軍用宇宙ステーションに係留されていた昨日の内に、乗組員は乗艦し、定期派遣メンバーは冷凍睡眠の眠りについていた。深夜、ステーションを離れた輸送艦は宇宙港の位置する上層大気軌道上に移動すると、２機の着陸艇を降下させた。その内の１機は、チーム流れ星のほとんどのメンバーを乗せてすでに離陸していた。もう入艦しているころよ。残りの1機が待機している発着ポートへ向かいながら、ハンナが話してくれた。

着陸艇の傍らにいるふたりの男を認めると、サーラは足をとめた。駐車場ですれちがった男たちだ。どうかしたの、心配するようなお姉さん顔のハンナに、サーラは聞いた。

「あのふたり、知ってる？」

「知ってるわよ。ふたり共作戦局の人。私たちに緊急出動を発令したの、あの人たちよ」

「名前は？」

「左にいるのがヌーランド、笑うしかないようなキツイことを言うわ。右の太っているのがメルテンス、誰も笑わないような冗談を言うの。あのふたり、どうかした？」

「いいえ、どうもしない。あなた、気が弱いって嘘でしょ」

作戦局のふたりが着陸艇に乗り込む。サーラとハンナ、少し遅れてカシュナーとダミンも乗艇する。

（豪華メンバーね。ついでにバークマンも呼んであげればいいのに）

呼吸しているのは窓のない密室の空気だった。地上の澄み渡る空気とは違っていた。着陸艇が飛空していることを納得させるような感覚はなかった。離陸してしばらくの加速感と奇妙な浮遊感、そして少しばかりの雑音と振動。遊園地のアトラクションと言われても違和感はない。

そっと話す。ねぇハンナ、これほんとに飛んでるの？　外で誰か揺らしてるだけじゃない。それ面白いわね、メルテンスに教えてあげなさいよ、きっと喜ぶわ。

格納庫の扉を過ぎて着陸艇が輸送艦の胎内に戻ろうとするころ、ハンドフォンが鳴りだした。音の量からして艇内にいる全員のハンドフォンが鳴っているようだ。サーラが取り出したハンドフォンを見て、これどうするのという顔をハンナに向けたころには、サーラが手にしている以外のハンドフォンは鳴りやんでいた。ハンナの指が伸びてきて#のボタンを押す。艇内が静かになった。

「言うの忘れてたわ、ごめんね。ハンドフォンが鳴って、表示が〈確認〉になっていたら30秒以内に#を押すの。異常がないという合図よ。ジャンプが終わった後とか鳴るから。今のは乗艦の確認よ。あなたが義務役のときにはなかったシステムでしょ」

「押せなかったり、押さなかったりしたら？」

「返信がないと警備兵が飛んで来るわ。押せないのは何か病気で倒れたり、誰かに危害を加えられたか。わざと押さなかったら、前例だと2時間くらいのお説教ね。そのときは上官もいっしょによ。あなたには上官がいないから私になるかも。失くしたり壊したりしたときも同じよ」

「シャワー浴びてるときは？」

「これ防水よ。それと、こちらから異常を知らせたくて普通に通話できないときは、順番はどちらでもいいから#と通話ボタンを押すの。これも、もし間違えて押したりしたら」

「ふたりでお説教ね。わかったわ、間違えるときはあなたのハンドフォンにするから」

格納庫を閉じた輸送艦は、姿勢制御噴射による定位置確保を終えると、周囲の人工衛星の存在に気を遣いながらエンジンを点火し、静止軌道上層宙域のスターゲートに向かって上昇を始めた。格納庫に空気が入ると着陸艇の密閉扉が解放され、艇内の人々が動き出す。

「荷物持った？　あなた、もうひとつバックパックあったでしょう。あれどうする？」

「向こうに着くまで必要ないわ」

「そう、じゃあ部屋へ行く前に、私の荷物を取りに行くからつき合って。離れないようにするのよ。迷子になるから」

「わかってるわ。お姉さま頼りにしてるから。あっ、ちょっと待ってよ」

（迷子のペット探しが本業なのに、わたしが迷子になったらほんとのアホだわ）

バックパックを肩にすると、サーラは足早にハンナの後を追いかけた。倉庫エリアにはチームの兵士たち十数名がいた。装備の確認と整理をやっているようだった。

「お姉さんは手伝わなくていいの？」

「私はあなたのお守りが優先業務だから兵役免除なの。ちょっとここにいてね」

そう言うとハンナはひとりの男の前に進みゆき、敬礼をすると何か話を始めた。サーラは近くに2台のロボットが立っているのを見つけて歩み寄る。4足歩行の軍用レイバーだった。高さは4メートルほどあるだろう。中央にある座席で有人操縦するか、リモコンによる無人操縦でも動かすことができる。動きそのものはそれほど速くはない。ここでは重量物の運搬に使役されていた。武装も可能だが、戦闘ではあまり役には立たなかった。携帯ミサイルで足を狙われると、それで終わりだ。それでもサーラにとっては、カッコいいだった。手入れされた金属の輝きが美しかった。

どうだい、すごいだろう。近くにいた兵士が声をかけた。レイバーの肩に書いてある〈ラン〉て、なんの意味？　サーラが聞く。あれはこいつの名前、となりが〈スゥ〉と言うんだ。女の子の名前ね。そうさ、2番倉庫にもう1台ある。近くにいた別の兵士たちが声をかける。きみ、名前なんて言うの。可愛いね、齢はいくつ。彼氏いるのかい。後でパーティーやるけど来ないか。向こうに着いたらデートしようぜ。

いつの間にかサーラの周りに兵士たちが集まっていた。

（わたしこんなにモテたっけ。なんかチームにしてはレベル低そうね、こいつら。ちょっとレベルアップしてやろうかな）

「みんなやめなさいよ。彼女、情報局の調査員なんだから、変なことしたら査定に影響するわよ」

ハンナが怒りを含んだ言葉を投げかけた。ハンナの後ろにいたバレンシアは、指揮官として自分も何か言っておいたほうがいいかと思い口を開きかけたが、サーラの次の言葉を聞くと、その口を閉じた。なんのつもりだ？

「いいのよ、ハンナ。わたしは、わたしより強い人としかつき合わないことにしているから。

ここにはそんな人、いないみたいだわ」

サーラの言葉の意味を兵士たちは理解した。この小娘はおれたちを挑発している。チームだとわかっているはずなのに。若い男がひとり、サーラの前に歩み出る。

「おれはミルコフという。おれが立候補するよ、かまわないだろ。さてと、どうすればいいんだ？」

サーラは自分より背の高いミルコフを見上げると笑顔になった。

（いい男前じゃない、わたしなんかにちょっかい出さなくてもモテるでしょうに。でも新しい世界に挑戦しようとする気持ちは大切よね）

ミルコフを見つめたまま、サーラは数歩下がるようにして距離をとる。対峙するふたりの空間を中心に、兵士たちが大きな輪を成した。

「サーラ、本気なの？　やめときなさいよ、ケガするわよ、と続けようとしたハンナの腕をバレンシアが掴んだ。みんなスイッチが入ったみたいね。どうなっても私知らないから。

サーラは髪を後ろに束ねると、ポケットから取り出したリボンで結んだ。

「このリボンを取ったらあなたの勝ち、あなたの背中にタッチしたらわたしの勝ち。チャンスは一度だけ。それでどう？」

「いいだろう。なんだったらおれのほうが両手両足を縛ってもいいぜ」

「わたし、そんな趣味はないわ。それより女だから手加減した、油断した、甘く見ていた、なんて後で言わないでね」

サーラの言葉はお呪《まじな》いだった。聞く側の感性にもよるが、わたしはか弱い女だから手加減してね、という意味に受け取る男がいることを、経験から知っていた。

「わかったよ、お嬢さん。痛くないようにしてあげるからな」

ミルコフは肩幅に足を拡げて膝を軽く曲げると、両腕を前に姿勢を整えた。

〈右利きね。サイキックは使うつもり？　この状況で使えるサイキックはなさそうだけど。必要なのはスピードと反射神経よ〉

髪の毛に結んだリボン取りは、ヤクサムといやになるほどやった。今はオレカがやっていることだろう。サーラはホールドアップするように両手を肩の高さに上げて指をいっぱいに拡げると、ごく普通の歩き方でミルコフの前へ、ミルコフが腕を伸ばせばその手がリボンに届くような位置まで進んだ。微笑みは絶やさずに。

何もしないうちからホールドアップか？　そっちから言い出したことだぜ。女相手におれのほうから手を出すのもなんだから、さきに仕掛けてこいよ。やる気あるのか？　何笑ってる。そんなことを考えている内に、ミルコフは次第に緊張感が抜けていった。かまえを解いて両手を腰に、休めの姿勢になると首をかしげるようにする。

〈わたしのほうから仕掛けるのを待っているわけね。さっさと殴ってくればいいのに。やはり

相手が女だと甘くなるみたい。それが付け目になるんだけど)

サーラはミルコフの目を見ると、声を出さずに唇の動きだけでカウントダウンを始めた。5――、4――、ミルコフはサーラの唇を見ている。なんの遊びだ？　4のとき、サーラは左手の親指を折りたたむ。3――、人差し指を折りたたむ。右手は拡げたまま。ミルコフの視線はサーラの唇と左手を追っていた。カウントダウンも左手も注意を引くための看板よ、わかってないの？　2――、中指を折りたたむ。唇が1をかぞえることはなかった。その前にサーラが素早く動く。右腕を伸ばしながら指をV字にするとミルコフの両目に向かって突き出す。左手でミルコフの右手首を押さえる。左足を踏み込むとミルコフの右足の後ろに運ぶ。みっつの動作をひと呼吸でやる。ミルコフは上体と顔を仰け反らせるようにして目つぶしを躱しながら左手でサーラの右手首を掴んだ。反射神経いいけど注意が足りないわ。躰のバランスを崩したミルコフの股間をサーラの右膝が蹴り上げる。右足を躓かせ、躰の左側を下にミルコフは横倒しになった。

(カウントダウンが終わってから何かが始まるなんて、つまらない思い込みよ)

続けてミルコフの肛門に右足のつま先をめり込ませようと、サーラはステップを踏む。

「やめろ！」

声を出した男が近づいて来るのを見ると、サーラは動きをとめて気が抜けたようにため息をついた。

「もういいだろう。背中にタッチしたらきみの勝ちだと言ったな。今なら楽にできる」

「わかったわ、もうやめにする。あなた、隊長さん？」

「このチームの指揮官だ。バレンシアという。きみがサーラ・ムーンワークか、調査員ならそれらしく振る舞ってもらいたいものだ。それと、エネルギー衝撃波《インパルス》を使っただろう」

「ほんの少し、気持ちだけよ。それぐらいのハンデくれたっていいと思うけど」

心気の集中したかたまり、気塊《きかい》を相手に打ち込むと、打ち込まれた相手は感電のような衝撃を受ける。エネルギー衝撃波とかインパルスと呼んでいた。ミルコフの股間を蹴ったとき、ちょっとだけどサービスしとくね、と打ち込んだ。

誰かがミルコフの介抱をしている。バックパックをふたつ背負ったハンナが、もう行くわよと合図する。サーラは自分のバックパックを肩にすると、バレンシアに言った。

「指揮官どの、女を殴ろうとしない優しさはうれしいけど、その優しさが何と引き換えになるかによるんじゃない？」

5　オリハルコン

部屋の壁に大型のモニターがはめ込まれていた。スイッチを入れると輸送艦の操艦室にある展望窓からの光景が映し出される。操艦室以外に窓というものはなかった。製造工程や強度を考慮すると、展望窓すら不利益になる。外環境の監視はすべてカメラで行い、いっさい窓のない宇宙船は数多くあった。展望窓の存在は、昔ながらの船乗りが計器は信用するが最後は自分の目で確かめる、という人間としての特質の現れだろうか。

モニターの前には固定されたテーブルと、向かい合って置かれた椅子がふたつ。サーラは椅子に腰掛けると黒い画面に見入った。無数に煌めいているはずの星たちは、レンズを通すとそのほとんどが光度不足のため姿を消していた。

「何も見えないでしょう。ベッドはどっち?」

「わたし上がいい」

　サーラはモニターを見たまま答えた。宇宙ステーションが見えないかと思っていたが、まだ距離が遠いようだ。トレーニングウエアに着替えたハンナがサーラの前に座った。

「ミルコフのあんな姿、初めて見たわ。油断してたのは間違いないけど」

「子供だましよ。一度しか通用しないセットプレー。それよりお姉さん、もうすぐ退役じゃないの？」

「あと3カ月だけど、どうして知ってるの？」

「管制ビルで会ったとき、求人サイト見てたでしょ。転職するのかなと思って」

「あら、目敏《めざと》いのね。そう、どうしようかと思って。今のチーム、女子は私ひとりだし、要求されるのは断層透視か索敵だけ。男たちはプラズマ火球をどれだけ大きく作って、どれだけ遠くへ、どれだけ速く飛ばすか、そんなことばっかり。私は他のサイキックの訓練もしてみたいと思ってるの。チームにいるとね、なんかもう頭の中がタコになりそうよ。ごめんね、あなたにこんなこと言っても仕方ないのに」

「いいのよ。わたしだってこの先自分が何をしたいのかよくわかってないし。迷うってことはやる気があって前向きな証拠よ。やる気がなければ迷うことなんてないもの」

「そうよね、前向きに迷えばいいんだわ。ところで夕食どうする？　明日からはたぶん時間の感覚がなくなると思うけど」

「夕食はね、お弁当があるの。たくさんあるからいっしょに食べない？」

そう言うとサーラはバックパックから紙包みと小型の魔法瓶、ウエットティッシュを取り出しテーブルに拡げた。

「今日のお昼にって作ってくれたんだけど、まだ大丈夫だから」

「誰が？」

「シエラよ。教会でいっしょに生活してる人」

「いいわねぇ、羨ましいわ」

冗談で教会の家政婦さんと言おうとしたが、さすがに悪いかなと思った。ハンナには教会のことは話してあった。わたしのこと、監視しているのかなという疑問は消えない。

食事の後片付けが終わると、あー眠いとサーラは2段ベッドのステップを昇りだした。ねえ、服くらい脱ぎなさいよ。サーラのお尻をペチンとたたいたハンナが、私ちょっとトイレ行ってくると部屋を出た。

ハンナが戻ってきたときには、サーラはもう寝息を立てていた。寝付きがいいわねぇ、この子なんだか私よりしっかりしているみたい。そんなことを思うハンナは知らなかった。しっかりしているように見えるこの娘が、昨夜は物欲のために眠っていなかったことを。そして今その頭の中では1匹のモグラが走り回り、汗を拭いていた。

輸送艦はスターゲートへの進入座標に向けて微速航行をしていた。モニターの前にサーラとハンナが座っている。ふたりとも軍装だった。画面の右端に現れた白い小さな点が、画面の中央に移動しながら次第に大きくなり、宇宙ステーションの形になってゆく。民生用の宇宙ステーションだ。実物は巨大な建造物だが、画面に映し出されたそれはまるで玩具のようだった。円盤状に張り出した埠頭に数隻の民間宇宙船が係留されていた。宇宙船カードになっていない船があるのかなとサーラは見入った。

宇宙ステーションが通り過ぎ、次に映し出されたのは、光を反射して輝く小さな輪だった。画面に手を伸ばしてみれば、ちょうど指輪になりそうな気がする。スターゲートの直径は80メートルほど。惑星アルスランには、静止軌道のさらなる上層宙域に4基のスターゲートが設置されていた。こんなものを指輪にできる手なんてどれほどの大きさになるのだろう、サーラはぼんやりと思った。

「こいつ、なんて名前だっけ?」

サーラは自身に問いかけるようにつぶやいた。

「ゲートの名前? これはサムンズゲートよ。ステーションに近いほうからサムンズ、オルガノン、エンビシェン、グローリアス。どこかで習わなかった?」

「さすがお姉さま、教養があふれ出てるわね」

「バカ言わないの。私たちが通過するのはグローリアスゲートだから、進入座標に着くまでには、まだしばらくかかるわ」

画面にふたつめの小さな輪が映り込むのを見てから、サーラはモニターを消して立ち上がった。

「さあ、行きましょうか。短期集中講義に」

ふたりはダミンのいる部屋へ向かう。スライドドアを出て右斜め向かいへ5歩進むと到着した。サーラがドアをノックするとすぐにドアがスライドし、そこにダミンの顔があった。

「やあ、いらっしゃい。どうぞ入ってくれ」

ダミンがふたりを笑顔で招き入れた。

「うれしいね、ふたりして来てくれたのか」

「そうよ、生徒は多いほうが気合入るでしょ」

「それはそうだけどね、ぼくはサーラひとりでも充分気合が入るよ」

「もしかしたら私邪魔だったかしら？」

ハンナが、サーラとダミンの顔を交互に見て言った。

「そんなことはないよ、歓迎してる。誤解しないでくれ。本人を前にしてなんだけど、この人はある意味怖い生徒でね、どう答えたらいいかわからないような質問をしてくるんだ。自分の知識のなさを痛感させられるような。だからぼくとしてはいつも気合満点でいなきゃいけない、そういうことなんだ。それにこの人はぼくをひとりの男として見ていないと思うよ。何かの教材かティーチングマシン、そんなふうに思ってるんじゃないかな」

「それ、わかるような気がします。怖い生徒ってそのままですよ。昨日も男をひとり蹴り飛ばしたんです。自分から絡んでいって」

若い女の子が何をやっているんだか。ダミンがそんなあきらめ顔をサーラに向けた。

「仕方ないでしょ、わたしそういう性格なんだから」

サーラがとぼけたように言った。

「さあ、こちらに掛けてくれ」

ダミンの言葉で、小さなテーブルを挟んでサーラとハンナが並んで座り、その対面にダミンが座った。テーブルの上にはミネラルドリンクのペットボトルが4本並んでいた。

「飲み物があったほうがいいと思って、さっき食堂でもらってきたよ。余分に取ってきてよかった。ところで今回はみんな個室なのかな」

「いいえ、教授は大切なお客様ですから特別待遇なんです。私はサーラといっしょですし他の乗員も何人かの同室のはずです」

ハンナが少し冗談っぽく答える。

「そうか、ぼくはただの研究員なのに、みんなに悪いね」

「教授はそんなこと気にしなくていいの、たまたまこうなっただけよ。軍なんていざとなったらこの部屋に10人くらい平気で押し込むわ」

サーラが部屋の中をゆっくりと見回すようにして言った。

ダミンが電子データシートをテーブルに拡げる。標準のシートよりサイズがひと回り大きかった。それを見たサーラが自分の上着の胸元に手を入れて、胸のあいだから丸めて筒状になった電子データシートを取り出し、同じように拡げた。

「あなたいつもそんなところに隠してるの？」

ハンナがあきれたように言う。

「別に隠しているつもりはないわ。いつ必要になるかわからないから入れているだけ。だってこの服すごい余裕があるのよ」

サーラはすました顔だ。

「それって単純に服が大きいだけでしょ。どうするの、ノートでも取る気？」

「当たり前でしょ。学生に戻ったつもりなんだから。講義のときはノートを取るか寝ているか、どちらかよ」

「ほう、きみもけっこう気合が入っているね。でも、もし眠くなったら部屋へ帰って寝てくれよ。迷惑じゃないけどぼくも一応男だからね、お互い節度は守りたいだろう」

「わかってるわ。だからちゃんと睡眠時間も入れてあるでしょ」

「そう、きみの作った時間割だね。あれを基にしてぼくなりに話の進め方を考えたから、とりあえずはぼくのペースで進めていいかな？」

「教授に任せるわ、ハンナは？」

「えっ、ええ私もかまわないけど……」

ハンナは自分が何かたいへんな勘違いをしている気がした。エルサまでの旅は長い。何か気に入ったことでもして時間の経過を待たねばならない。サーラがダミンの部屋を訪ねたのは、義務役の思い出話や世間話をして時間をつぶすためだと思っていた。それがどうやら違っていた。時間割ですって？　このふたり、もしかして本気でゼミナールをやるつもりだわ。私ついて行けるかしら。

「ごめんなさい、私もシートを取ってくるわ。ちょっと待っていてね」

もうこうなったらサーラに合わせるしかない。ハンナは急ぎ足で部屋を出て行った。

「彼女、ハンナといったね。特殊部隊の人じゃないのかい。ぼくを案内してくれた人も同じと思うけど」

ダミンが小声でサーラに聞く。

「そうよ、〈流れ星〉という隊員みんながサイキックのチームなの。全部で10人くらい乗っているわ」

「エルサまで行くのかい？　行程表の名簿には載っていなかったけど。何かあったのかな」

「わたしのもらった行程表にも載っていないわ。昨日、クラウディアから緊急で召集されたそうなの。名前だけならハンドフォンで見れるわよ。何かがあったのは確かだけれど何があったかはまだ聞いていないって。エルサに着く直前か、向こうに着いてから説明があるだろうって。知っているのは偉いさんだけよ。だから教授、この話はエルサに着くまでは知らない顔をしているほうがいいと思うわ。わたしはそうするつもりだから」

「わかったよ、ぼくもそうしよう。そうすると彼女もサイキックか、学校はどこなんだろう?」

ダミンが言ったとき、ドアがノックされた。ダミンはリモコンでドアを開ける。

「ファムケ・ヤンセン校と言ってたわ。何か気になるの?」

電子データシートを手にしたハンナが部屋に入ってくるのを見ながらサーラが言う。ハンナは椅子に座りながら「何が気になるの?」と聞きとがめた。

「教授がね、あなたの卒業した学校が気になるって」

「私、ファムケ・ヤンセン校だけど、それが?」

「いや、たいしたことじゃないんだが、偶然だね。今度うちの研究所にさ、ファムケ・ヤンセン校の校長を退任した人が入所することになってね。それが女の人なんだ。どんな人かなと思ってさ。風評だとものすごくおっかない人だと聞いたものでね」

「わお、ほんとの偶然ね。それでどうだったの、その女校長。おっかない人だった?」

サーラが機嫌のいい声を出した。

「さあ、朝礼のとき訓話を聞くぐらいで、よく知らないから。でもそんな感じはぜんぜんしなかったと思うけど」

「まあいいさ。風評は風評でしかないし、エルサから帰ったらいやでも顔を合わせなきゃならない。どんな人かはその時までのお楽しみだね。さあ、用意もいいようだからそろそろ始めようか」

「教授、始める前に講義の資料、そっちのシートからコピー貰えない?」

「それがだめなんだ。ぼくのは取り込みはできるけど、外には出せない。研究所にいれば別だけどね」

少し楽したいなと思ったサーラの気持ちはあっさりと打ち砕かれた。

「仕方ないわね、頑張ってノート取ることにするわ」

そのとき、サーラたち3人の躰を軽い振動が揺らした。輸送艦が動き出したのが感じ取れた。

「おや、動き出したね、いよいよ出発か」

ダミンがふたりに問いかけるように言った。ハンナが答える。

「微速航行が終わって加速を始めたわ。出発進行ね」

グローリアスゲートへの進入座標に着いた輸送艦タンタシオン号は、メインエンジンの出力を上げて段階的に加速し、時速3500キロに達するとその速度を維持した状態でスターゲートに吸い込まれていった。

ダミン教授の特別講義《1時限目》

ダミン「サーラが知りたいのはオリハルコンとサイキックに関係することだね。だから、その話を中心にして進めるよ。時間割の最初はこの世界、ぼくたちの社会の成り立ちと現状からだ。

年代としてサイキックの第一世代が生まれてきたころから始める。およそ今から220年前だね。それ以前のことを学習したいなら、普通に歴史の本でも読んでくれないか。『逆説のアルスラン史』なんか面白いと思うよ。さて220年前、このころぼくたちのご先祖様の活動の場所は惑星アルスランと、少しばかりの月面基地だ。統一政府の連邦ができたころだね。統一政府といっても未だに参加していない国もいくつかあるけど、まあ各国の事情もあるだろうし仕方がないね。それと連邦の首都もアルスランなんだよな。ぼくたちは普通に会話をするとき、アルスランと言ったらどちらのことを指すのか自然にわかるけど、知らない人が聞いたら迷うことがあるかもしれない」

サーラ「わたしは慣れてしまってるから、そんなこと気にしてないわ」

ハンナ「私も困ったことってないわよ」

ダミン「まあ、ぼくたちはそれでいいんだよ。……そして同じころ、ぼくじゃない、きみたちの先祖であるサイキックの第一世代が生まれてきた。サイキックという言葉も、超能力者そのものを指す場合と、超能力者の使う能力を指す場合とがあるから気をつけないとね」

サーラ「わたしたちの先祖って言うけど、教授に子供ができて、その子がサイキックの可能性もあるわけでしょう?」

ダミン「そうなんだ。サイキックが生まれる両親のパターンはみっつ。まず第一世代がそうだけど両親共に普通人、次に片親だけがサイキック、そして両親共にサイキック。でもこれは普通人の子供が生まれるパターンと同じで、この状況は現在も続いている。だから学者たちは困っているんだ。特別な能力を持った人間が、どうして生まれてくるのか、わからないんだよ。多分、永遠の謎になると思うよ。謎と言えばオリハルコンだって謎だらけだ。普通人のぼくとしては、サイキックはオリハルコンを発見し利用して、すべてのエネルギー問題を解決するために、神様がくれたプレゼントだと思うことにしている。ずっと以前にそう決めたんだ、悩まなくて済むからね。きみたちはどう？　当事者として」

サーラが、わたしは、と言いかけたときに3人の躰を再び振動が揺らした。

「ゲートから出て逆推進をかけてるのよ」ハンナが落ち着いた声で言う。

「300光年ジャンプしたのに、なんの感想もないまま終わったわね」サーラがつまらなそうに言う。

「4年ぶりのジャンプだから緊張しようと思っていたのに、もう遅いか」ダミンの言葉にふたりは何か違うんじゃないという顔をした。

ハンドフォンが鳴りだすと3人はボタンを押して音を止める。お姉さん、次のジャンプまでどれくらい？　あなた行程表見てるでしょ8時間よ。細かいことは気にしてないの、飛行機が着陸してそのまま別の滑走路の端までトコトコ行くようなものね。

輸送艦はグローリアス出口ゲートから現出《げんしゅつ》すると、微速航行になるまで減速した。アルスランに向かうときはこちらが入口ゲートになる。輸送艦が現出したのは惑星トランクルスの宙域だった。この宙域にはスターゲートが2基設置されていた。減速を終えるともうひとつのスターゲート、ルクスリエゲートの進入座標まで微速航行で移動する。

サーラ「サイキックがどうしたこうしたなんて、わたしはあまり考えたことないわ。ただ、そうね、教授には悪いけど、サイキックは神様からじゃなくて悪魔からのプレゼントかもしれないわよ」

ハンナ「私も時々そんなふうに思うことがあるわ。昔の話にあるでしょう、神と悪魔は同一で、神はその左手に叶うことのない希望を見せ、悪魔はその右手に叶うことのできる欲望を見せる。そして最後は人間を絶望に追いやるのよ。確かこんな話だったと思うけど」

ダミン「そうか、きみたちには悪魔の姿が見え隠れしているわけだ。それはぼくたちを戒めるための訓話になるね。さて、サイキックの第一世代が生まれ育って、持っているいろいろな能力を発現するようになると、世界は驚いただろうね。マジックでもトリックでもない、正真正銘の特殊能力だ。残念ながらサイキックに対する迫害もあったけどね。そうした状況の中、月で鉱物探査をしているときにオリハルコンが発見されたんだ。184年前のことだよ。発見したのはポーレスト・メカルフェンというサイキックの男性だ。彼は鉱物探査をしていた学者の助手だった。鉱物学者は普通人でオールウェズ・ダミンという。この人がぼくの先祖だよ。ぼくの家系には残念ながらサイキックはいないんだ。サイキックの人たちは、特に鉱物資源の探知能力に優れているような気がぼくにはするね。そしてこの学者と助手のコンビの研究がオリハルコンを利用する基礎になった」
サーラ「ついでにその研究の成果で、教授の家が大金持ちになったんでしょう？」
ハンナ「えっ、本当？　教授の家って大金持ちなの？」
ダミン「いやいや、そううまくはいかないよ。普段お金に縁のない者が大金を持つとどうなるかという、反面教師の見本そのものだったね。確かに土地と家は残してくれたけど、他には何もぼくのところまで回ってこなかったよ。おかげで毎年の固定資産税と、今年は相続税もあるんだ。父親が去年亡くなってね。だから家計が苦しいよ」
ハンナ「家はどこにあるんですか？」
ダミン「スカイロードだよ、知ってるかな」
ハンナ「豪邸ばかりの高級住宅街ですね。税金ってどれくらい？」
ミネラルドリンクに手を出したダミンは、困ったような顔をしてひと口飲んでから、気弱な声で言った。
「それはやめにしてもらえないかな。社会の成り立ちについての話だったと思うけど」
サーラ「そうよね、なんだか教授が可哀そうになってくるわ」
ダミン「同情よりもお金が欲しい心境だね。さてと、オリハルコンが発見されてその性質と利用法が研究されたけど、実用化には20年ほどかかっている。その代わり実用化以後の展開には素晴らしいものがあるよ。オリハルコンからは熱、光、電気の状態でエネルギーが取り出せる。それも膨大な量だ。普通に考えたらこんなこと有り得ないんだけどね。おかげで将来的に少なからず悲観視されていたエネルギー問題が、これで解決された。それまで電力は、従来の火力・原子力・風力や太陽光発電を利用していた。今もまだ利用している国や地域があるけどね。そして静止軌道上の太陽光発電衛星がうまくいかなかったのがけっこう痛手だったらしい。でもオリハルコンを利用するのに大事な要素がふたつあった。オリハルコンはサイキックにしか取り扱いができないから、サイキックと普通人が協力しあう社会を作ること。これは現在までうまくいっていると思うよ。もうひとつは需要に見合うオリハルコンの産出だけど、これが予想していたほど月には鉱脈がなかったようだね。そのせいもあって、ここから本格的な宇宙への展開が始まる」

サーラ「サイキックとオリハルコンの利用といっても結局は軍事目的が優先されてるよね」

ハンナ「サイキックはわりと自由じゃない？　任期はあるけど徴兵制じゃないし」

ダミン「国家を維持するためには軍隊は必要だと思うよ。そして彼らは常に新しい力を求めているからね」

サーラ「それはわたしもわかっているわ。国には守るべきものがあるんだから。そうじゃなくて、宇宙船の値段をもっと安くしてほしいなと」

ダミン「なるほどそちらの方か。オリハルコンはすべて政府が管理して、価格を決めて売っている。政府の大事な収入源になっているからね。この船もそうだけど、今の宇宙船はオリハルコンなしじゃあ作れないからなぁ。でもぼくには価格の交渉は無理だよ」
サーラ「そうよね。教授は価格の交渉より、税金をどうやって払うか税務署と交渉しないと」
ハンナ「あなた、ヌーランドみたいなこと言うのね」
サーラ「じゃあ、笑うしかないの？」
ハンナ「ここで笑ったら教授に失礼でしょう。ふふふ」
ダミン「宇宙への展開だけど（無視するんだ。これくらい言われるのは覚悟していたはずだ）、オリハルコンが利用されているのは、主に次の5つの事柄だ。宇宙船の燃料、船内の重力発生装置、超空間飛躍航法、スターゲート、そして同調通信。宇宙船の燃料としては正物質との反応で発生するプラズマ噴射を利用している。重力発生装置、これはオリハルコンが重力を発生する性質を持っている、ということが発見されたからだ。おかげで宇宙空間における、無重力の影響にどう対応するかという難問が取り除かれた。さらにその性質を発展させたのが宇宙船単独での超空間飛躍航法、インフレーション・ジャンプとか単純にジャンプと言っているね。任意の直線上にある2点の空間のあいだに局所的なインフレーションを起こして短時間で移動する。これが開発され実用化したことによって恒星間の航行が可能になり、外宇宙へ進出できるようになった。ここら辺りで120年前くらいかな。その後オリハルコンの鉱脈が各地で発見され、人間が移住可能な惑星もいくつか見つかった。それでもすべての宇宙船に超空間飛躍航行装置を装備できるほどオリハルコンの産出量は多くなかった。そこで、それを補うために作られたのがスターゲートだ。今では人間の居住する惑星に最低でもひとつは設置されている。同調通信の実用はつい最近だね。これは考え方が別物だから最後のほうにしようと思う」
ハンナ「ジャンプの装置はどれくらい普及してるんです？」
ダミン「そうだね、正確な数字はわからないけど、軍用の艦艇で70パーセントくらい、民間用だと40パーセントもいってないんじゃないかな」
サーラ「値段が高いからよ。連邦がオリハルコンいっぱい貯め込んで価格調整してるから」
ダミン「確かに連邦はオリハルコンをたくさん備蓄している。価格調整もしているけど、緊急時のための保険という意味もあるさ。その連邦だが、現在までに9個の惑星を開発して、植民地化に成功している。そして、歴史はくり返す、と言うけどそのとおりになった。連邦からの独立とか惑星間の侵略、そういう戦争が幾度かあって、現状では5個の惑星が連邦を離れている。独立したところは惑星間同盟という形態をとっていて、これが惑星3個と半分。残りの半分と惑星1個を帝国と呼んでいる。だから今、連邦にはアルスランを含めて5個の惑星があるけれど、その内のひとつで独立運動が起きているようだね。どうかな、これで最初の時限は終わりにしたいけど、何かあるかい？」
サーラ「これから行くエルサはアルスランから1100光年でしょ。遠くの方にはどれくらいまで行ってるの？」

ダミン「きみたち義務役は何期やった？　……そう、ふたりとも1期だけか。じゃあ行っても600光年くらいまでだね。ぼくも同じだよ。ぼくが聞いている限りだと、辺境の小惑星探査で、アルスランを中心に半径1200光年くらいの範囲かな。そういうところには何期も続けて義務役をやっているベテランが行っているよ」

ハンナ「大変ね、そういう人たちって。私なんか今回のエルサでさえ、えーそんなところまで行くのって感じなのに」

サーラ「それは物欲のためよ。人間の欲には限度がないから。物欲はね、睡眠欲より強力なのよ」

ダミン「まあ、欲と言えば欲だね。しかし、ぼくたちが存在しているこの銀河は、その大きさが直径8万から10万光年、中心辺りの厚さが8000から1万光年と言われているから、それに比べれば直径2400光年の活動範囲なんて知れているよ」

サーラ「銀河の大きさの誤差範囲ね。人間の存在も何かの誤差じゃないの」

ダミン「ぼくたちはみんな誤差かい？　なんだかそれは悲しいね。でもきみたちみたいなきれいなお嬢さんが生まれてくるなら、誤差があっても悪くはないか」

サーラ「わたしたちが美人なのは何かの間違いだって」

ハンナ「違うわよ。普通の顔に生まれてくるのが当たり前なのに、私たちが美人に生まれたのが誤差なのよ」

ダミン教授の特別講義《2時限目》

ダミン「これからオリハルコンについてやっていこう。だけど申し訳ないね、時間があれば何かテキストでも用意できたんだけど、なかなか忙しくて」
サーラ「そんなこと気にしないでいいのよ。わたしが無理言ってお願いしたんだから」
ハンナ「そうですよ。私なんてこうして勉強する機会あまりないから楽しいくらい」
ダミン「そう言ってくれると気が楽になるよ。きみたちはいい生徒だね。それでここからだけど、科学の話になる。物理学や物質学、それに宇宙の構造なんかの。後でやるサイキックは脳の科学だ。そして話の多くはまだ仮説だということ」
サーラ「教授、ひとついい」
ダミン「どうぞ」
サーラ「わけのわからない数字や計算式は無しでやってほしいの」
ハンナ「私もそのほうが。できれば意味のわからない専門用語もなしでお願い」
ダミン「そうだね、できるだけわかりやすくするよ。だけどそのために、科学的には間違っていることがあっても、こう考えたほうがわかりやすいという説明になることがある。それでいいかな」
サーラ「問題ないわ。多少間違いがあってもわかればいいのよ。それよりハンナのレベルに合わせてあげないといけないもの」

ハンナ「えーっ、私のほうがお姉さんなのよ」
サーラ「学習機能と年齢は関係ないの」
ダミン「先へ進む前に、ちょっと注意することがある。重力と引力は同じ、それとオリハルコン＝反物質と思っておくこと。あともうひとつ、これは物理学に限ったことじゃないけど、何か物質があったとする。科学ではこの物質がどういう性質を持っているとか、何か手を加えたときにどういう反応を起こすかという説明はできるけれど、なぜそういう性質を持っているか、どうしてそういう反応を起こすのか、それはわからない。なぜ、どうしてを繰り返すと最後はわからないになってしまうんだ。ぼくたちは、今は宇宙船に乗っているけど普段は惑星の上で呼吸して生活している。惑星に重力があるからだ。重力はぼくたちを地表に留めて大気を確保してくれる。でも、なぜ惑星に重力があるのだろう？　惑星だけじゃなく質量のあるものは全て重力を発生するけどね。科学者たちはその答えをまだ見つけてはいない。だから、そうかそれはそういうものか、というふうに思うこと」
サーラ「教授は正直ね。わからないとか不可能とか、偉そうにしている学者は言わないもの。研究の余地があるとか困難って言うのよ」
ダミン「ぼくはそんなに偉くないからね。学者というのは、現状ではわからない、不可能でも将来に解明されるかもしれないという意味で言っているんだよ」
ハンナ「それなら現状ではわかりません、現状では不可能ですって言えばいいのに」

サーラ「それはないわ。自分に権威があると思っている学者ほど見栄を張るのよ」
ダミン「まあ、落ち着いてゆっくりやろう。意味のわからない専門用語はなし、と言ったけど意味がわかればいいんだよね。ということで次の言葉の意味を、おおよそでいいから理解してもらうことから始めようか。相転移とエントロピー、そして可逆変化と不可逆変化だ」
サーラ「えっ、そうてんいとえんとろぴー？　ポイポイピーじゃないの」
ハンナ「かぎゃくへんかと、なに、ふかぎゃくへんか？　早口言葉みたいね。まいったなぁ」
ダミン「まず〈相転移〉から。相変化という人もいる、どちらでもいいけどね。例としてよく言われるのが水の場合だ。水は個体だと氷、液体だと普通の水、気体では蒸気になる。それぞれの状態を〈相〉という。この内とりあえず氷は休んでもらって、液体の水に熱を与えるとやがて蒸気になる。つまり熱エネルギーを吸収して液体の相から気体の相に変化したわけだ。これを逆にして、蒸気を冷やすと液体の水に戻ってしまう。今度は熱エネルギーを放出して気体の相から液体の相に変わったということ。このように相が変わることを相転移といって、そのときに熱エネルギーの出入りが発生する。どうかな、そんなに難しくないだろう」
ハンナ「汗かいて乾いた後、躰が冷えるのは相転移のせいということ？」
ダミン「そうだね、その場合は気化熱という表現をしている。さあ、次はエントロピーだ。エントロピーというのは、熱力学で物理系がどれくらい無秩序かを測る基本量、とされているけど、これじゃあなんの意味かわからないよね。無秩序という言葉を使うのが良くないとぼくは思っている。無秩序というと無法地帯とかデタラメという感じがするだろう。でもこの無秩序にはバランスをとるという秩序があるんだ。だからエントロピーとは、通常の秩序がバランス良く維持されるための、別の秩序のようなもの。これでもまだわからないだろうから、これからふたつの例でエントロピーについて説明しよう。ひとつはよく引き合いに出される小型発電機の話だ。最近はあまり見かけなくなったけど、キャンプなんかで使ったことがあると思う」

ハンナ「軍は今でも使っているわ。オリハルコンを内蔵した小さくていい電源があるのに。サーラはきっと値段が高いからって言うわよ」

サーラ「…………教授、何してるの、早く続けようよ。ふたりしてあまり見ないでよ」

ダミン「そうだったね、小型発電機だ。発電機には燃料が入っていて、これを燃焼することで電気を発生させ、その電気エネルギーを利用する。しかし燃焼したエネルギーが全て電気に変換されるわけじゃなく、同時に熱エネルギーも発生する。排気ガスとかだね。この熱エネルギーは利用されることなく拡散してしまう。この発電機を外部とのエネルギーのやり取りがない孤立したシステム、つまり外から燃料補給のないシステムだとするよ。そうしてこの一連の運動を続けるとどうなるか。燃料を燃焼させて発生した電気を利用してゆくと、当然に燃料は減ってゆく。つまり利用可能なエネルギーは減る一方だ。それに対して利用されずに拡散する熱エネルギーの総量は増えていく。この状態をエントロピーが増加する、と言っている。そして燃料が空になって何も出てくるものが無くなると、エントロピーが最大に達した、と言いその状態を熱的死と呼んでいるんだ。まあ、発電機なんて実際には熱的死を避けるために、孤立したシステムにならないよう外から燃料を補給するけどね。では簡単にまとめてみようか。ある物質からエネルギーが放出される。そのエネルギーの内、利用できるものを除いた残りの、利用されないまたは利用できないエネルギーがエントロピーと思えばいいよ。ただしこのエネルギーを利用できるできないの基準は、人間にとって、ということだ」

サーラ「小さな発電機にも深い話があるのねぇ」

ハンナ「それは小さな発電機だけに限らないわよ。もっと大きな火力や原子力の発電所も同じことでしょ、教授」

ダミン「そういうこと。エネルギーを発生させるものは皆同じだよ。そしてもうひとつのエントロピーは発電所より大きなもの、恒星の話だ。恒星はたいへんな重力を持っている。いくつかの惑星を、かなり遠い距離の惑星までもその引力圏に捕まえているよね。重力というのは、その重力の発生する中心に物質を引き寄せて、ひとつのまとまった構造物を作り上げる性質がある。恒星を形作っている物質は水素とヘリウム。水素の原子核４つが融合してひとつのヘリウム原子核になるという核融合反応を内部で起こして、膨大な光と熱のエネルギーを出している。そして恒星は非常に安定した球形を保っている。それじゃあ恒星そのものが自らの重力で、自らを作っている物質をその中心に引き寄せて、縮小していくことはないんだろうか、どうだろう？　恒星の寿命が尽きたときどうなるか、というのはまた別の話だ。あくまで恒星が活動しているあいだのことだよ」
ハンナ「太陽が縮んでゆくなんて見たことも聞いたこともないわ」
ダミン「そうだろうね。ぼくもないよ」
サーラ「それならあれよね、太陽が縮んでいる様子がないのは何か別の力が働いている。たぶんポイポイピーよ」
ダミン「そういうことだね。エネルギーを出しているということは、当然エントロピーも出ているわけだ。恒星が出しているエネルギーで人間が利用しているのは光と熱。エントロピーは人間が利用できないエネルギーだけど、恒星の内部から外に向かう圧力となって、その形を安定させるために役立っている。バランスをとる秩序というのはこのことなんだ。では恒星におけるエントロピーの意味は何か？　それは、エントロピーは重力に反発する力であり、物質を外へ押し拡げる力だということ。これでエントロピーはおしまい」
サーラ「教授、途中で悪いけどわたしたちシャワーの時間があるから、きりのいいところで終わりにしてもらえない？」
ダミン「シャワーかい。向こうに着くまでシャワーは1回だけだろ。えらく早いんだね」
ハンナ「私たち2回入ってもいいことになってるんです。女子の特権らしくて」
ダミン「それはいいなぁ。あと時間どれくらい？　……それだったら次の可逆変化と不可逆変化をやって今日は終わりにしよう。なに、すぐに済むさ、簡単だから。先ほどの水の変化に話を戻すよ。ここに液体の水という原料があります。この原料に熱を加えるという処理をすると、蒸気という製品に変化しました。この蒸気という製品は、熱を取り除くという処理をすると、また元の原料の状態に変化させることができるよね。そしてまた熱を加えると、というように双方向の変化ができることを可逆変化と言うんだ」
サーラ「それって弾性変形と塑性変形に似ているみたい」
ダミン「考え方としては同じでいいよ。次は発電機の場合だ。こいつは燃料を使って電気エネルギーを取り出すという一方向の変化でしかない。取り出した電気を発電機に戻したところで、使って減った燃料が増えるわけじゃないからね。こういう一方向だけの変化を不可逆変化と言う。発電機も発電所も恒星も同じだよ。そして不可逆変化では必ずエントロピーが発生し増大する」
サーラ「なんか離婚した夫婦みたいね。もういやだという感情が発生して増大すると不可逆変化が起きるのよ」
ハンナ「あら、離婚してもまた同じ人と結婚する人ってけっこういるんじゃない」
サーラ「それは絶対、慰謝料を取り損ねたからよ」
　ルクスリエゲートへの進入座標に着いた輸送艦が加速を始めたとき、サーラとハンナはふたつ並んだ円筒形のシャワーブースの前で服を脱いでいた。決められた時間の内、５分間だけ湯を出すことができる。

「何よ、加速を始めたわ。こんなときにジャンプするなんて、きっと誰かの嫌がらせよ」

そう言いながらサーラは、脱いだ上着のポケットからハンドフォンを取り出そうとする。

「仕方ないわよ。それより間違えないようボタン押しなさいよ。こんなかっこう、警備兵に見られたくないでしょう」

同じようにハンドフォンを取り出そうとしていたハンナは、余計なものを見たような気がした。ハンドフォンと下着を掴んだサーラが、シャワーを浴びるついでに下着を洗うのは普通のことだ、シャワーブースへ駆け込むときに、いいこと聞いたわと蕩《とろ》けるような笑みを浮かべたように見えた。

「サーラ、あなた変な気起こさないで、ボタンちゃんと押すのよ！」

ダミン教授の特別講義《3時限目》

グローリアスゲートで300光年、さらに通過を終えたルクスリエゲートが240光年。超空間飛躍航法を持たない旅客宇宙船で旅行する者であれば、この地の惑星が最果てとなる。この先にスターゲートは設置されていない。輸送艦はこの後、艦単独のジャンプを幾度か繰り返しエルサへ向かうことになる。旅程はまだ半ばにも達していなかった。
サーラ「確かここの惑星、フローラ・フローラって言うのよね」
ハンナ「そうよ、変わってるわね。誰かの名前を重ねているのかな」

ダミン「それは少し違うね。正確にはフロー・ラフ・ローラと言うんだ」
サーラ「それ、ローラという女がキレ《フロー》て暴《ラフ》れた惑星ってこと？」
ダミン「そういう意味にも受け取れるけど、それも少し違う。フローは流れの流量とか物流のこと、ここでは作物がたくさん取れるという意味。ラフはどこかの国の暦で11月のこと。ローラはこれもどこかの神話で、豊穣の女神だ。この惑星では暦の11月にいろいろな作物が収穫される。つまり豊穣の女神がやってくるわけだ。それを祝ってつけた名前だと思うよ」
ハンナ「それもまた深い話ねぇ」
サーラ「世の中みんな深いのよ。浅いのはわたしとお姉さんの頭の中だけ。だから、わたしたちの頭に井戸を掘って深くするような話を始めましょう」
ダミン「そうだね、続きをやろうか。次のテーマは、オリハルコンはどうして存在しているか、だね。これは、この宇宙がどのようにしてできたのかに関係するから、そこからやらないといけない。でもね、宇宙の創成の話というのは言葉で説明すると抽象的になってしまう、絵を使ってもわかりにくい。考え方そのものが難しいからね。だから、理論的なことは適当に流すし、専門家が聞いたらそれは違うだろうという説明になるかもしれない。その辺りはわかっておいて欲しい。それと、この話が終わるまでのあいだ、オリハルコンはまだ発見されていないことにする、いいね。まずは物質についての話から始めよう。物質には正物質と反物質がある。そしてこの宇宙は主に正物質からできている。ぼくの躰、きみたちの躰、この船、惑星や恒星、銀河も、すべてが正物質だ。正物質と反物質が接触すると、質量がすべてエネルギーに変換されて閃光爆発を起こす。これが対消滅だ。でもそんな光景を誰も見ることはなかった。観測できる範囲内だけど宇宙全体が正物質だけで、できているからだ。反物質はどこにも見つからなかった」

サーラ「正物質と反物質の爆発って、どれくらいの規模なの？」

ダミン「爆発力かい？　計算上では反物質1グラムと核分裂型の通常核爆弾1発が同じと言われているよ」

サーラ「すごい、じゃあ100キロもあれば惑星いっこ吹っ飛ぶわね」

ハンナ「怖いこと言わないでよ。それで教授、観測できる範囲の宇宙というのはどれくらい？」

ダミン「今のところ、アルスランを中心として半径350億光年くらいかなぁ」

サーラ「そんなもの、大きすぎてとても実感できるような距離じゃないわね」

ハンナ「ほんと、想像することさえ私には無理だわ」

ダミン「確かに宇宙は広い。想像以上だろう。でも、もしかしてきみたちなら、その宇宙より、もっと広い心を持つことができるかもしれない。そんなことを思ったりするよ」

わたしたちが宇宙より広い心を？　サーラとハンナは顔を見合わせた。ものすごく褒められたのかな、ふたりしてそんな気がした。

ダミン「じゃあ物質の続きだ。物理法則では対称性といって、正物質と反物質は同じ量だけ存在すると見なされている。でも宇宙は正物質ばかりで反物質は見当たらない。どうしてだろう？　……物質は素粒子からできている。素粒子は物質を構成する一番小さな単位だ。ここから素粒子に話は移るよ。正物質は粒子で作られ、反物質は反粒子で作られる。粒子と反粒子にも対称性があるから生まれてくるときは必ずペアで生まれて、これを対生成と言う。つまり同じ量が生成されたはずだ。そして粒子と反粒子が接触すると閃光を放って消滅してしまう。対消滅だね」

サーラ「それちょっとおかしいと思うけど。粒子と反粒子が同じ量作られてどんどん対消滅していったら、正物質とか反物質とか、そんなのできる前に素粒子が全部消えて、何も残らないんじゃない？」

ダミン「そのとおり、よくわかっているね。でもぼくたちは粒子で作られた正物質の躰を持ってこうして存在している。粒子と反粒子は同じ量だけ存在するという対称性がどこかで無効にされて、粒子のほうが多くなっているわけだ。ということは、素粒子の生成に関係するどこかで、何か物理法則を歪めるような変なことがあった。そう考えればいいのじゃないかな。そこで、ここからが宇宙の創成だ。いろいろな仮説があるけど、関係なさそうなのは飛ばして、できるだけシンプルにやろうと思う。以前は宇宙の誕生といえばビッグバン理論だったけど、現在では宇宙は〈無〉から生まれた。そういう考え方が有力になっている。虚数時間なんて言葉もあるんだ。ビッグバンは確かにあったけれど、それは宇宙が誕生してからほんの少し後に起こった、今はそう思われている。〈無〉から生まれたとか虚数時間とか、なんのことかわかるかい？　わからなくてもかまわないんだ。特に役には立たないから。でも、これは知ってるよね。マイナス×マイナス＝プラスになる、ということ。マイナスというのは宇宙が生まれる前、水で言えば蒸気の状態だ。プラスがこの宇宙のこと、液体の水になった状態だと思って欲しい。マイナスの蒸気が、どうしてプラスの水になったか。相転移が起こったからだよ。この相転移は蒸気から水への変化だから熱を放出する。そして、その熱が冷めると宇宙のできあがりだ」
ハンナ「マイナス＋マイナス＝マイナスになるんですけど、これは違うの？」
ダミン「鋭い指摘がくるねぇ。深い頭になっている証拠だよ」
サーラ「お姉さんの頭も相転移を起こしたみたいね。にらまないでよ、ほめてあげてるのに」
ダミン「足すとマイナスになるのは違っていないよ。その話は少し後にしよう。だから今は掛け算で答えをプラスにしてもらえないかな。そうしないと話が前に進まないんだ。では宇宙が生まれた流れを追ってみようか。何もない真空の空間。場所はどこでもいいよ、どこかなんてわからない、だから。何もないと言っても、本当にゼロというのは無いそうだ。真空にもエネルギーがある。これは実験で証明されたことだよ。エネルギーが発生するには質量が必要だから、ここに粒子の存在を仮定する。これを仮想粒子と呼んでいる。仮想粒子にも対称性があるから対生成と対消滅を繰り返す。この場所ではそうした仮想粒子が充満していて、とても大きな真空エネルギーを持っているんだ。そして質量があれば重力が発生する。この重力が真空エネルギーをまとめるように凝縮させ、それが小さな砂粒くらいになってゆく。この砂粒の中身は無限大の超高温と超高密度だ。やがて凝縮が限界に達すると、掛け算でプラスになる状態だよ。相転移を起こして、この宇宙が誕生した。……続きをやる前にハンナの言った、足すとマイナスになる話を済ませておこうか」
サーラ「その話、もしかして並行宇宙のこと？　わたしたちのいる宇宙と同じような宇宙が他にもあるという」
ダミン「そう、もしかしなくても並行宇宙のことだよ。よくわかったね」
サーラ「私の頭はね、去年の内に相転移を済ませたの」
ハンナ「頭の中だけ？　性格も相転移を起こせば良かったのに」
あっ、いじわるいってる。あなたがさきにいったのよ。
ダミン「話を進めるよ。真空エネルギーが凝縮して、掛けてプラスの状態になったときに宇宙が誕生するとしてだね、ぼくたちの宇宙を作っただけで真空エネルギーは無くなってしまったんだろうか？　そんなことはないだろうと考えるほうが自然じゃないかな。仮想粒子は常に対生成と対消滅を繰り返してエネルギーを生み出しているからね。だとしたら、ぼくたちの宇宙が誕生する前や後にも、幾つか別の宇宙が生まれているんじゃないか、そう考えると並行宇宙が存在することになる。足すとマイナスというのは、これから掛けてプラスに向かうか、そのまま消滅するか、他のエネルギーに吸収されるか、その辺りの状態のことだと、ぼくは思うよ。

いずれにしろ並行宇宙の存在というのは観測も実証もできないから、あくまで仮説でしかないけれど」
サーラ「並行宇宙があるとすると、わたしたちの宇宙がふわふわしている空間は、ものすごい大きさになるわね。こういう考え方も仮説でしょうけど」
ダミン「そういうことだ。幾つもの宇宙がふわふわと、しているかどうかわからないけど、存在する謎の空間だね。その大きさは想像もできないような無限大だろうなぁ」
ハンナ「仮説にしても、そういうのは夢があっていいわね」
サーラ「乙女心はいつも夢がいっぱいよ。でも夢でお腹はふくれないから、目の前においしそうな食べ物があると、その現実に負けてしまうわ」
ダミン「そろそろ休憩にして食堂へ行きたいということかな。艦内食もメニューが増えてずいぶん良くなったからね。すぐに飽きるかと、あっ、加速を始めた」
サーラ「これからは単独ジャンプの繰り返しね。この船鈍《のろ》そうだから1回で50光年くらいかな?」
ハンナ「そうでもないわ。100は無理としても70か80は行くはずよ」
サーラ「エルサ見つけてから、もう2年以上でしょ。さっさとスターゲート作ればいいのに」
ハンナ「そうよね。スターゲートは政府と軍の事業だから、費用対効果比なんて考えてないはずでしょうに」

ダミン教授の特別講義《4時限目》

ダミン「宇宙は誕生した直後に、超急速に加速膨張した。インフレーション理論だよ。そのインフレーションが終わったころにビッグバンが起こった。急激なインフレーションが起きたのは、一瞬よりも短くて計ることができないくらいの時間だけで、その速さは光速を遥かに超えるらしい。インフレーションが終わったときの宇宙の大きさは1000キロメートルとか1万キロメートルとか、入力するデータによって変わるんだろうね。だから、小さな砂粒が銀河くらいの大きさに一瞬で膨らむ。その程度のイメージを持てばいいと思う。そして、その中では超高温・超高密度の熱が膨張と共に拡散されてゆく。数億度かもっと上の熱だから、とても人工的に作り出せる温度じゃないね。インフレーションが終わったころ、終わったと言ってもゆるやかな膨張は続いていたと思うけど、その膨張速度を熱の拡散速度が上回ったようだ。行き場をなくした熱がこもって、その勢いで大爆発を起こした。これがビッグバン、火の玉宇宙論だ。ここまでが、宇宙が誕生してから、そうだなぁ、1秒の10分の1くらいのあいだに起こった出来事と思ってよ。計算だと1秒×10のマイナス何乗とかいう数字になるようだけど、そんな細かい数字は必要がないからね」

ハンナ「インフレーションが終わらずにそのまま膨張が続いていれば、ビッグバンは起こらなかったかもしれない。そんなことありますか?」

ダミン「可能性はあると思うよ。熱の拡散も同じように続くからね」

サーラ「10分の1秒にしては割と長い説明ね。あと何秒くらい続くの?」
ダミン「全部で4秒の話だよ。次は素粒子だ。相転移した真空エネルギーは、宇宙を誕生させるとすぐに崩壊を始めて、物質を作る元になるさまざまな素粒子に変換されてゆく。インフレーションやビッグバンのあいだにも粒子と反粒子が対生成されて対消滅してゆく。そして、なぜか反粒子よりも粒子のほうが少し多く生成された。少し多くといっても、3000万から10億の対生成について1個だけ粒子が多く、その程度らしい。宇宙はインフレーションとビッグバンの余力でゆるやかな加速膨張を続けている。ゆるやかといってもその速さは光速に近いかもしれない。やがて宇宙が拡がることによって熱の温度が下がってゆくと、素粒子の生成が終わって対消滅するだけになる。そうして、宇宙が誕生した4秒後にはすべての反粒子が消滅した、とされているんだ。さらに宇宙が拡がると熱で曇っていた空間が澄み渡るようになり、晴れ上がってゆく。そうすると残り物の粒子が物質を、今の宇宙にある正物質を作り始める。宇宙の創成は、こんなところかな」
サーラ「わたしたちがその程度の残り物で作られて、誤差で美人になったのはわかったわ。それで結局、物理法則を歪める変なことってなんだったの?」
ダミン「変なこと、だよね。それは……実は、まだよくわかっていない」
サーラ「何よ、そんなのあり?　ブーイングするわよ」
ハンナ「ものすごく焦らしておいて肩すかしなんて、教授も案外やるわね」

ダミン「そう責めないでくれよ。宇宙の誕生なんて、誰も見たことがないんだから。これからいくつかの仮説を紹介しよう。これはオリハルコンの存在とその性質を含む、現在のものだ。この中のどれかに正解があるかもしれない。

①、反粒子よりも粒子のほうが多く生成されたのは、神様の気まぐれ。なぜって、宇宙を創造したのは神様だから。冗談だろう、なんて言ってはいけない。真面目に、そう主張する学者がいるんだ。本当だよ」

サーラ「役に立たない学者ね。哲学者と同じだわ」

ハンナ「哲学者の人って役に立たないの？」

サーラ「あの人たちは自分では何も生産しなくて、みんなに食べさせてもらってるくせに、社会を動かしているのは自分たちだと思っている、役に立たない頭でっかちよ」

ハンナ「あなた、哲学者の人に何か怨みがあるみたいね」

ダミン「……ぼくは何も知らないからね。

②、粒子と反粒子は同じ量が生成されたけど、対称性は守られていたということだね、反粒子は自己崩壊をする性質があって、対消滅の前に自ら消滅した」

サーラ「粒子は自己崩壊しないの？　反粒子だけ自己崩壊するなんて不公平じゃない」

ダミン「仮説に不公平だと言っても仕方ないよ。しかし粒子もいつかは自己崩壊する、と言ってもいいのかなぁ。生き物には死がある。恒星や惑星もいずれ蒸発して消えてしまう。崩壊までの時間スケールが違う、そう思ったほうがいいのかもしれないね。
③、考え方は②と同じだけど、これは反粒子の一部が粒子に変換したという説。先に言っておくけど、粒子が反粒子に変換するかどうかは考えに入っていない」
サーラ「反粒子が粒子に性転換したわけね。なんかいやらしいんじゃない、ふふふ。ニューハーフの粒子があれば面白いわね。どんな物質ができるのかな」
ハンナ「性転換じゃなくて変換しただけでしょう。変なことばかり考えていると、あなたの頭の中が自己崩壊するわよ」
あっ、またいじわるいった。あなたがよけいなことというからよ。
ダミン「もしかしたら、その面白いニューハーフというのはオリハルコンのことかもしれないよ」
サーラ「ほんと！　ほらっ、オリハルコンがニューハーフだって」
ハンナ「それは教授の冗談よ」
ダミン「いや、冗談なんかじゃない、考え方のひとつだ、後で出てくるよ。では次。
④、粒子と反粒子の対称性が崩れて、粒子のほうが多くなったのは間違いない。でもそれは宇宙が誕生してからのこと。もっと広い視野で見た場合、広い視野というのは宇宙の誕生する前と後の対称性を見ようということ、そうするとその対称性は守られているではないか、という説。要するに、宇宙が誕生した後は粒子のほうが多かった。その逆に宇宙が誕生する前の仮想粒子は反粒子のほうが多かったんじゃないか、そういう話さ」

サーラ「その仮説でいくと、宇宙がふわふわしている空間は、反粒子のほうがたくさんあるんでしょ。そうすると宇宙を作った真空エネルギーのかたまりは、反物質ということ？　そして反物質がチラホラしている空間の中に、正物質で作られた宇宙がふわふわしているわけね、対消滅を起こさずに。オリハルコンが正物質の中でも反物質の中でも安定して存在できるのなら、ニューハーフというのもわかる気がするわ。あぁ、うまく言えないんだけど」

ダミン「ははは、優秀な生徒も少し困っているな。考え方の方向性はそれで間違っていないと思うよ。それはぼくが説明しよう。あとふたつ紹介したい仮説があって、そのふたつ目のほうでね。さて、素粒子の対称性についてはこれで終わり。これからは反物質そのものについての話だ。

⑤、これは、まあ話としては面白いかな、という程度のものだよ。でもひとつだけ、重要なことが入っている。その説明に都合がいいから、やっておこうと思う。宇宙が誕生した後、インフレーションとビッグバンで加速膨張したとき、その中で生成された素粒子も同時に拡散された。しかし粒子と反粒子が均等に拡散されたわけではなく、その濃度に斑《むら》ができた。対消滅が終わった後、粒子だけが残った空間には正物質、反粒子だけが残った空間には反物質が作られる。やがてそれぞれに星ができて銀河ができ、ある一定の領域を形作るんだ。この正・反物質の領域は互いに反発しあって離れてゆく。観測できる範囲の宇宙に反物質は見つからないから、その外側、もっと遠くに反物質の領域があるんじゃないか……ないだろうね。こんな思いつき

で論文を発表する学者もいるんだよ。ここで重要なことは、反発しあって、という箇所。通常の正物質が持っている重力の効果は、内側に向かう引力だね。反物質にも質量があるから当然に重力を発生する。その重力は、反物質だけの世界では、通常の重力と同じで内側へと向かう引力になる。そうでないと反物質そのものが形成されないからね。ところが正物質の世界に反物質を入れると、正物質の重力に反発する、外側へ向かう圧力を発生するんだ。これを〈負《ふ》の圧力〉と言っている。だから正・反物質は反発しあう。そして幸運なことに正・反物質で同じ重力効果を得ようとした場合、反物質のほうがはるかに少ない質量で済む。この辺りでオリハルコンを出してもいい頃かな。この〈負の圧力〉を利用しているのが――オリハルコンもこの性質を持っているからね――宇宙船の重力発生装置であり、ジャンプに関係する装置だ。……反応がないね。そろそろ疲れてきたか、倦きてきたか、その両方かもしれないけれど」

サーラ「疲れてはいるけど、倦きたなんて絶対に言わないわ。せっかく教授が講義してくれているんだもの。それよりわたしの頭がインフレーションして、容量を増やしてくれたらいいなと、それを思っているの」

ハンナ「私の頭なんか、インフレーションより先にビッグバン起こすかもよ」

ダミン「それは大変だ。こんな船の中でビッグバンを起こされたら困ってしまうよ。それじゃあ今日はこれで終わりにしようか。ゆっくり休んでもらわないとね」

ダミン教授の特別講義《5時限目》

ダミン「さて、宇宙に関する仮説もこれが最後だよ。この仮説は素粒子の対称性について、言及はしていない。というより、何億個につき粒子が1個多かった、そんな話はどうでもいいという立場だ。でも立ち位置は④の仮説に近いものがある。サーラが、真空エネルギーのかたまりは反物質なのか、と言ったけれど、それはなんとも言えない。よくわからないからね。この仮説では、宇宙がふわふわしている空間を、物質化していない反粒子によるマイナスエネルギーがそこそこ満ちている空間と考えている。これもサーラが言ったけど、正物質の宇宙と対消滅を起こさずにね。どういう考え方をしているのかな?」

サーラ「何か、すごい屁理屈が必要みたい」

　へりくつじゃなくて、かせつでしょ。たいしてかわりはないわ。

ダミン「宇宙が誕生してすぐにインフレーションが起きた。インフレーションは急速な膨張だ。つまり外側に向かう力が働いた、ということ。重力に反発する力だね。じゃあ、重力に反発する力とは何か、というと」

サーラ「負の圧力とポイポイポイピーね」

　ポイポイピーってどこでみつけてきたの。ギョーカイようごよ。

ダミン「よく眠れたみたいだね。眠っているあいだに頭がインフレーションしたかな。それでインフレーションを起こしたのは、負の圧力とポイポイピー、じゃなくエントロピーの相乗効果だと推測している。もうあれだ、ポイポイピーでもどちらでもかまわないよ。そして、このふたつの力についてだけど、先にエントロピーを簡単に済ませよう。

宇宙の誕生からインフレーション、ビッグバン、そして現在も続いている加速膨張という流れはすべて不可逆反応だ。恒星は核融合反応で熱と光を放出しているけど、その熱と光を恒星に戻してやっても生成されたヘリウムが元の水素原子に帰るわけじゃない。発電機と同じだね。不可逆反応だから当然エントロピーが発生する。宇宙の膨張が続いているあいだはエントロピーの時代、と言えるかもしれない。さあ次は負の圧力だ。

真空エネルギーが崩壊してさまざまな素粒子に変換された、これは言ったよね。これらの生成された素粒子の中で、インフレーションを起こす力、負の圧力を持った素粒子の存在を仮定するんだ。一応ね、インフレートン粒子という名前がつけられている」

ハンナ「インフレーションを起こすからインフレートンなの？　なんか芸のない名前ね」

サーラ「学者に芸とかセンスを求めても無理というものよ。名前だったら一般公募したほうがまだましじゃない」

ダミン「それはどうかな。一般公募しても最後に決定するのは学者たちだろうから。まあ、名前がないといろいろ不便だからね。このインフレートン粒子、なかなかの優れもの、どころかものすごい優れものに仮定されている。負の圧力を持っているから当然に反粒子だ。しかし、この反粒子は自然の状態では、粒子と接触しても対消滅を起こさない。何か特別な環境にあるときだけ対消滅を起こす。つまり反粒子の性質を持ったまま粒子の中に存在できる、ということだね。別の見方をするなら、対消滅する粒子と反粒子の中間にインフレートン粒子を挟むと、粒子と反粒子が共存できる状態になるわけだ。この仮定の下に、インフレートン粒子が宇宙の誕生という状況でどういう役割と動きをしたか見ていこう。宇宙が誕生してインフレートン粒子が生成されると、エントロピーとの相乗効果でインフレーションを引き起こす。宇宙が拡がっていく中でインフレートン粒子も拡散してゆく。対消滅で消えることなく拡散したインフレートン粒子は、ある程度の対消滅はあったと思うけどね、宇宙の外縁にまで拡がるとそこに薄い膜のような層を作り、さらに宇宙を外側へと引っ張る。内側からはエントロピーが外へ向かう圧力になっている。インフレーションの後に起きたビッグバンも、この相乗効果の影響を受けているという意見もあるよ。そしてインフレートン粒子の薄い膜はこの宇宙全体を包み込むようにして、その外側にあるマイナスエネルギーの空間との共存を可能にしている。さらにおまけとして、宇宙の外縁まで拡がりきれずに内部に取り残されたインフレートン粒子が、オリハルコンという物質を作った。どうかな、これが面白いニューハーフという考え方だよ」

サーラ「オリハルコンはおまけのニューハーフということね。それでインフレートン粒子はどれくらいの量があったの？」

ダミン「生成された素粒子の半分が反粒子。インフレートンはその内の5パーセント程度だと考えられているようだ。ついでに言うと、そのインフレートン粒子の内訳だけど、現状でのオリハルコン産出量から推定して、宇宙の外縁で膜を形成するのに使われたのが99パーセント以上、オリハルコンとして残されたのが1パーセント以下、これくらいだと思われている」
ハンナ「粒子と反粒子の対称性なんてどうでもいいことって、出てこなかったみたいだけど」
サーラ「それ、わたしが説明してあげるわ。割と単純なことよ。粒子と反粒子が対生成されて、反粒子のインフレートン粒子が残るでしょ。そのインフレートン粒子と同じ量の粒子もいっしょに残ってるわ。他は全部対消滅で終わり。残ったインフレートン粒子は全体の5パーセントらしいけど、宇宙を包み込む膜を作っておまけでオリハルコンが作れるくらいの量よ。それだけの粒子があれば正物質の宇宙を作るくらいわけないでしょ。だから粒子のほうが1個多かった2個多かったなんてみみっちいことは言わなくてもいいの。最初からどさーっとあったんだから。教授、これでいい？」
ダミン「はい、よろしゅうございます。さすがインフレーションを起こした頭は違うね」
おねえさんもはやくインフレーションおこしなさいよ、てつだってあげるから。そんなことできるの。わたしがそとからひっぱってあげるから、なかからあつりょくをかけるのよ、それっ。きゃぁ、なにするのよ。
ダミン「……そんなことしていると、本当にビッグバンを起こすかもしれないよ。さて、この仮説にはあとひとつ続きがある。このインフレートン粒子はエネルギーを吸収できるんじゃないか、ということ。吸収というのは充電できる電池、ハンドフォンなんかに使われているやつだね、その程度と思えばいい。この宇宙は現在も加速膨張をしている。その力は何が元になっているのだろう。内側からのエントロピーは正物質の存在する限り続くけど、エントロピーの力だけだろうか。未知のエネルギー、ダークエネルギーと言っているけど、そういうものがあるのじゃないか。外側からインフレートン粒子が引っ張るとして、その粒子の寿命はどれくらいだろう。宇宙が誕生して137億年と推定されているけれど、どれほど長い寿命を持っているのだろう。どこかからエネルギーを補給しているんじゃないか。そういった話から出てきた推測のようだね。それでオリハルコンを使った実験をしてみると、熱エネルギーを吸収すると いう結果が出たわけだ」

ハンナ「どんな実験をしたんです?」

ダミン「たいしたことじゃない、簡単なことだよ。オリハルコンの細い棒を使う。片方の先を熱い湯に浸けて、もう片方をサイキックが持って熱を吸収しろと念波を送る。そうすると湯の温度が自然に下がるよりも早く下がった。オリハルコンの棒があれば今ここでもできる実験だけど、ないから無理だね」

サーラ「それ、初めて聞いたわ。ニュースとかで、やってないでしょ」

ダミン「どこの研究所もまだ発表はしていないはずだよ。いろいろな実験方法で検証試験と反証試験をやっているところだね。熱を吸収した、といってもオリハルコンが吸収したのか、オリハルコンを通してサイキック自身が吸収したのか、何か他の理由があるのか、区別が難しいようだ」

ハンナ「熱を吸収できるサイキックがいるんですか？」
ダミン「さあ、どうかな。今のところ、そういうサイキックは見つかっていないけれど、絶対いないとは言い切れないだろう。それに今までの研究はサイキックが、オリハルコンもそうだけど、なんらかのエネルギーを放出することばかり考えていて、エネルギーを吸収する方向の実験をしたことがなかったからね。最近この仮説を元に始まったばかりだ。きみたちどうだい、ちょっとやってみないか。オリハルコンの棒を抜きにして湯に直接手を入れて、熱を吸収できるかどうか試してみる気はないかい？」
サーラ「無い。この海星《ひとで》みたいにきれいな指が火傷したらどうするの」
ハンナ「海栗《うに》の間違いじゃないの？　目に突き刺さったりして」
サーラ「お姉さんのはタコでしょ。頭の中といっしょで」
ハンナ「タコになりそうと言っただけよ。まだなったわけじゃないわ」
ダミン「きみたちの話を聞いていると海のものが食べたくなってきたよ。どうだろう、食事のついでに火傷しないようなぬるま湯を食堂でもらってきて、試してみないか」
ダミン「だめだったねぇ。ほんの少しでいいのに」
サーラ「仕方ないわ、水は貴重品だから」
ハンナ「そうね、コンピュータが無駄遣いって判断したんだもの」

サーラ「がっかりしないでよ教授。今度わたしたちがシャワーのときに試してあげるから。どう、お姉さんは」
ハンナ「私はかまわないわ。一度やってみる価値がありそうね」
ダミン「なるほど、そういう手があるわけだ。お願いするよ、結果を楽しみにしているから」
サーラ「どうかなぁ？　このチキンとアスパラのゼリー包みは期待した以上だけど、わたしたちにはあまり期待しないほうがいいかもよ」

ダミン教授の特別講義《6時限目》

ダミン「最初オリハルコンは反物質だと思われていたけど、現在では反物質の一種とか亜種と考えられている。今のところ理由はふたつ。
①、反物質なら正物質と接触したとたんに対消滅で閃光爆発を起こす。だから反物質は反物質の性質を持ったまま正物質の中に混じって存在はできない。でもオリハルコンは存在している。インフレートン粒子の理論ならこれを説明できるけど、どうだろう。
②、サイキックの操作でオリハルコンと正物質の対消滅を起こすことができるけど、その閃光爆発の規模が、質量のエネルギー変換率だね、それが計算上の反物質より小さい。小さいと言っても、核分裂や核融合の反応より大きいけどね」
サーラ「そういえば、昔はけっこう爆発事故あったんでしょう」

ダミン「そうだね、最初のころは月面基地のドームをひとつ吹き飛ばしたり、直径40キロほどの小惑星が吹き飛んだこともある。軍の船も2隻ほど爆発している。他にもあるだろうけど、記録上は全てオリハルコンの取り扱い不適合になっているはずさ。……さて、オリハルコンについてはこれで終わり、じゃなかった、ひとつ忘れていたよ。同調通信だ」

ハンナ「同調通信って今は音声だけでしょう。映像は送れるようになったんですか？」

ダミン「映像ね。動画という意味ならまだだよ。でも画像だけなら実験では成功しているみたいだから、モノクロだけど、もうすぐ実用化されると思うよ。同調通信の考え方はオリハルコンに関係なく、オリハルコンが発見される以前からあったものだ。粒子連結相関の理論と言うんだ。そんな言葉は反則だ、なんて言わないでね、説明するから。ここに何か物質のかたまり、形はなんでもいいけど球にしておこうか、それがあるとするよ。これを真ん中で切断すると、同じ物質で作られた半球のペアができるわけだ。半球のそれぞれ断面に電極を付けると、その片方にだけ音声を電気信号に変換したものを流す。そうすると流れた電気信号に対応して、断面の粒子に微妙な振動が発生する。そのとき同時に、何もしていないもう片方の断面の粒子にも、同じ振動が発生するんだ。今度は逆に、この振動を電気信号として拾うと音声に変換する。つまり、同じ物質がペアの状態にあり、それぞれの粒子が互いに同じ振る舞いをする。そういう繋がりの性質を持っていることを粒子連結相関と言っている。そしてこの現象は空間距離に関係なく、あいだに存在する恒星とか惑星にも関係なく起きる。何万光年とかじゃなく、宇宙の果てまで離れていても。これが同調通信の原理だよ。ジャンプと違うところは、ジャンプというのはあくまで直線上の2点間の移動であって、その直線上に恒星や惑星があるとそれにぶつかってしまう。だからスターゲートはときたま位置の調整をしている。塵のような星間物質は無視できるけれどね」

サーラ「それだとオリハルコンじゃなくてもできるみたいじゃない」

ダミン「理屈ではそうなんだ。だからいろいろな物質で実験が行われたけれど、結局どれも成功しなかった。オリハルコンが発見されて、試してみたらうまくいった、ということ。しかしオリハルコンだってスムーズに成功したわけじゃないよ。同調通信に使用できるのはものすごく限定されている。現在オリハルコンはその粒子の形状とかで5種類にタイプ分けされているのは知っているね。同じタイプのものを同位体《アイソマー》と言っているけど、その同位体の中でも同じ鉱脈で採取されひとりのサイキックが抽出し精製したもの、さらにその中で粒子連結相関の性質を持っているものが使われる。量としてはごくわずかだ。そのため同調通信の装置は台数そのものが少ないし、多くは軍の所有になっている」

サーラ「だから都市《まち》にある民間の同調通信センターなんて、2日待ち3日待ちがざらなのね」

ハンナ「同調通信の機能が付いたハンドフォンが出るといいのに。まあ、とうぶん無理でしょうけど」

ダミン「そういうことだね。……そしてこの同調通信を発展させた考えが、同調移動だよ。音声や映像だけじゃなく物質を、宇宙の果てまで一瞬で送ろうという」
サーラ「これから見に行くオリハルコンの鏡ね」
ダミン「そう、誰も口に出して言わないけれど、そいつが同調移動の装置じゃないかと、ぼくも含めてみんな思っているはずだ」
ハンナ「そんなに大事なことなのに、調査に行くのがたったふたりだけなの？」
ダミン「ぼくたちのは予備調査という意味合いが、大きいと思うよ」
サーラ「そうよ。わたしたちはね、おまえらちょっと行って様子を見てこい。その程度なのよ」

6 サイキック

見慣れていたし、手に入れたければいつでも買えた。毎日だと飽きるかな、でも目の前にあればうれしい、なければないで気にもしない。今まで気にもしなかったそれが、食堂のカウンターに並べられていた。紙皿に乗せられたショートケーキだった。

全身を包み込むといえば大げさ、けれどもささやか以上、そんな幸福感にサーラは浸る。

「デザートにショートケーキなんて大サービスね。でも冷凍ものだったりして」

疑うようなハンナの言葉に、しかしサーラにはわかっていた。

「これはここで作ったものよ。クリームの巻き方が素人、みんなバラバラでしょ。それにイチゴの切り口、切ってからそんなに時間たってないわ。あーあ、作るんだったらわたしに言えば手伝ってあげたのに」

「手伝うついでに何個か食べるつもりだったんでしょ」

余計なことを、とサーラの目がささやく。近くのテーブルにサーラ、ハンナ、ダミンの３人は艦内食の紙箱とケーキの紙皿を置いた。席につこうとしたサーラは、奥のテーブルにメルテンスとヌーランドがいるのに気がついた。

挨拶しておこうか、一応クライアントだし、それに……。奥のテーブルに歩みゆくと、胸の前に両手を合わせ、深くお辞儀をする。

「サーラ・ムーンワークよ。このたびは仕事を発注していただいて、どうもありがとう」

メルテンスがあきれたような顔をした。ヌーランドは無表情で横を向く。

「礼を言う相手が違うだろ。招待状を出したのはバークマンだぜ、おれたちじゃない。おれたちが出すのは召集令状と決まってる、はっはー」

「招待状を書いた人とポストに入れた人が同じとは限らないでしょ。それに監視衛星で覗き見するくらい、わたしに興味があるみたいだし……」

なんの話だ？　監視衛星という言葉にメルテンスは怪訝《けげん》な表情を浮かべたが、ヌーランドは理解したようだった。サーラに鋭い視線を向けると、落ち着いた声で問う。

「どういうことか、話してくれないか」

サーラはふたりの顔を見ていた視線をテーブルの上に移すと、ショッピングセンターの駐車場で感じたことを話した。日にちと時間も。どうして監視衛星だとわかる？　ヌーランドは聞かなかった。サイキック相手にそんなことを聞いてもあまり意味がない。サーラの答えは、そう感じた、だから。監視衛星のことは間違い、それでもかまわない。メルテンスとヌーランド、ふたりの性質と反応を見てみたい。池に小石を投げ入れて波紋を起こすようなもの。友好か敵対、何かをもたらしてくれるかも、それとも手ぶらで帰るか。

ハンナとダミンのいるテーブルに戻ってきたとき、サーラはその両手にひとつずつケーキの紙皿を持っていた。

サーラ「あのふたり、ダイエット中だからいらないって。もらってきちゃった」

ハンナ「うれしそうね。あなたきっと、かわいそうなくらいもの欲しそうな顔してたのよ」

ダミン教授の特別講義《7時限目》

ダミン「オリハルコンの次はサイキックについてだね。これは脳の科学、とは言っても科学にならないところもあるけど。これも他と同じように、なぜサイキックが存在するのか、というのはわかっていない。後でいくつかの仮説を紹介するよ。けれどサイキックが発動するときの脳の活動状況やどういった能力があるかというのは、だいたい解明されている。つまり原因は不明だけれど、こういう性質があって、何かの反応を起こして、こういう結果になります、ということ。でもね、脳の働きというものは扱うのが人としての能力とか感情だろ、具体的な数値で表すことができなくてさ、いろいろと難しいものがあるよ」

サーラ「数字だったらさぁ、人は脳の10パーセントくらいしか使っていない、というのがあるでしょう?」
ダミン「そういった脳の神話と言われているものは、ほとんどが根拠のないデタラメだね。その10パーセントという数字も本来の意味は、平均的な人間は脳が持っている精神的素質の10パーセントしか伸ばしていない、というものでさ、要するにみなさんもっといろいろ勉強して脳を活用しましょう、ということじゃないかな。それにこの発言があったのはそうとう昔でね、脳の活動についての知識がそれほどなかったころだよ。今では脳の働きや活動の変化を映像化して見ることのできる技術もある。脳はたくさんの酸素を消費するから、その酸素を運ぶヘモグロビンの変化を追跡するのが機能的磁気共鳴映像法。神経細胞が発生する磁場の様子を見るのが超電導量子干渉素子法。他にもあるけど昔はこういった技術もなかった。脳の細胞全部がいつも活動しているわけじゃないのは確かだよ。必要なときに必要な細胞が活動しているだけ。だから10パーセントという数字には何の意味もないね」
ハンナ「今のそれ、機械の名前は反則じゃない?」
ダミン「そうか、これは失礼しました。気をつけないとね。脳の働きを映像化できる装置がある、というのがわかってもらえればそれでいいよ」
サーラ「でも今だってその10パーセントという数字を聞くことがあるわ」
ダミン「それはね、脳の開発セミナーとか脳を活用するための教材を売っている、そういう商売をしている人たちにとってはものすごく都合のいい数字だからさ。あなたの脳は10パーセントしか使われていません、残りの90パーセントを活用できるようになればあなたの人生は素晴らしいものになるでしょう、なんてね」
サーラ「そっかぁ、ちょっとひどい話ね。その人たちもさ、自分ちの商売道具使えば脳を100パーセント活用できるようになるわけでしょ。それでそんな低空飛行の商売やってるのが素晴らしい人生というわけ？　それって詐欺じゃないの」
ダミン「詐欺になるかどうかは別にして、何かおかしいと思うだろ」
ハンナ「脳のトレーニングというのもダメなの？」
サーラ「それも何か怪しそうね、脳を鍛えるなんて」
ダミン「そう、怪しいね。脳のトレーニングは、やらないよりやったほうがいいと思う。脳が活性化するから。でも筋肉を鍛えるのと同じような感覚で、トレーニングをやれば脳が鍛えられて機能が向上するというのは、どうかなぁ。ぼくからふたつ質問をしようか。脳のトレーニングで脳を鍛えることができるとして、どういう結果を得れば脳が鍛えられたと言えるのだろう。トレーニングをやった後、それまで解けなかった難しい計算式が解けるようになるのかな、それとも円周率を1万桁まで記憶できるようになるとか」
サーラ「それは無理だわ、きっと」
ハンナ「そうよね、トレーニングの種類が違うと思うわ」
ダミン「もうひとつ。脳のトレーニングをやっていると、脳のある部分が活性化した。この活性化＝脳が鍛えられている、としよう。そして、なんでもいいけどケーキがいいか。ケーキを食べているときに、脳の同じ部分が活性化した。そうすると脳のトレーニング＝ケーキを食べる、になってしまう。ケーキを食べて脳が鍛えられるなんて、誰も思わないだろう」
サーラ「わたし思いたい。ねえ教授、今のウソだと言って。これから毎日ケーキ食べるから」
ハンナ「私も思いたいけど、やめておくわ。あなた、脳より先に脂肪が鍛えられるわよ」

ダミン教授の特別講義《8時限目》

ダミン「これから脳の働きを説明するけど、関係なさそうなところは省略するよ。それと脳の各部分の名称とか神経伝達物質の名称は、専門用語と言えばそうだけど、そのまま使っていく。他の言葉に変えようがないんだ。……これが脳の神経細胞のイメージ図だよ」
サーラ「前に見たことあるわ。タコの集まりみたいね」
　おねえさんのあたまのなか、もともとタコだったのよ。あなたもでしょう。
ダミン「丸い細胞体、その表面に木の枝のような樹状《じゅじょう》突起《とっき》がたくさんついている。細胞体から長く伸びている太い糸のようなものが軸索《じくさく》。このみっつがセットで、ニューロンと言っている。ニューロンとニューロンを繋いでいるのが軸索だ。その軸索の末端にある、別のニューロンとの接合部をシナプスという。脳に入った情報は、すべてこのニューロンの中を伝わってゆく。では初めに、外から刺激があったときの流れを見てみよう。見たり聞いたり触ったり、だね」

なにさわってるの。しげきよ、しげき。

ダミン「今サーラがさわった刺激は、ハンナの感覚器官から電気的な信号としてニューロンへ伝わる。信号は樹状突起が受け取り、細胞体から軸索へ、そして別のニューロンへという流れで伝わってゆく。いいかな、ここからが重要なところだよ。軸索は電気的な信号を伝えるから、たとえるなら電線だ。普通の電線なら電気抵抗があるから、信号は次第に弱くなる。しかし軸索は、信号を弱めることなくいつまでも同じ強さで伝えるシステムを持っているんだ。脳の中には電気を帯びたナトリウムイオンが存在している。そして軸索の表面にはナトリウムイオンチャンネルという穴がいくつもある。信号を受け取るとその穴が開き、ナトリウムイオンが流入して電流を生じる。その電流を感知したとなりのナトリウムイオンチャンネルが開いて、ナトリウムイオンが流入し……。こういう連鎖反応が起きて、軸索の末端まで信号が同じ強さで伝わってゆく」

サーラ「ナトリウムイオンの電気を次から次と補給して、信号が弱くならないようにしているわけね。でもそれだと同じ強さの信号が、頭の中をぐるぐる回っていることになるわ」

ハンナ「そのうち目を回したりして」

ダミン「残念ながら目を回すことはないね、しっかりした制御の機能があるから。ナトリウムイオンには陽イオンと陰イオンがあって、陽イオンが流入すると電気信号が発生する。この状態を〈興奮〉という。それとは反対に陰イオンが流入すると電気信号の発生をおさえる。こちらのほうは〈抑制〉という。刺激の情報が、それを処理する脳の部位に伝わると、抑制が働くわけだね。これらのことをまとめてナトリウムポンプ説と言っている。それともうひとつ。軸索の末端をシナプスと言うけれど、このシナプスには少しのすき間が空いている。ナトリウムイオンの電気信号はこのすき間で止まってしまうから、代わりに情報を伝える何かが必要になるわけだ。その何か、というのが神経伝達物質だ」
ハンナ「アドレナリンとかドーパミンのことでしょう」
ダミン「そうだよ。神経伝達物質はいろいろな種類があるけど、サイキックに関係するのは主にドーパミン、ノルアドレナリン、セロトニンのみっつだ」
サーラ「わたしのタコをドーパミンの海で泳がせてあげたくなるわ」
ハンナ「やってみれば。何をすればあなた、幸福感を覚えるの？」
サーラ「そうねぇ、ライフルをフルオートでぶっ放すか、街にいるボンクラどもを蹴り飛ばすか」
ハンナ「ずいぶん荒っぽいこと。乙女心の夢はどこいったの。それにしても蹴るのが好きね」
サーラ「そうなの。自分でもよくわからないけど。育成学校のとき言われたことがあったわ。お前は口や手より先に足が出るって」
ダミン「脳は成人でその重さが１２００から１５００グラム。頭蓋骨《とうがいこつ》の中で脳脊髄液《のうせきずいえき》という無色透明の液体に浸っている。神経細胞の数は1000億個以上。……こちらが顔の正面から見たときの脳の断面図。左右対称になっているだろう。左右それぞれが大脳半球。真ん中辺りで大脳半球を繋いでいるのが脳梁《のうりょう》。その下にふたつある空洞が脳室《のうしつ》。空洞といっても空じゃなく脳脊髄液で満たされている。さらにその下にあるのが、サイキックにとって最も重要な器官である扁桃体《へんとうたい》。そして扁桃体と脳の各部を繋ぐのが前交連《ぜんこうれん》。それと、海馬《かいば》という名称、聞いたことないかい。記憶をつかさどる器官だ。それもここにある。サイキックにはあまり関係ないけどね」

サーラ「教授、関係ないの省略でしょ。それでなくても物が多いんだから」

ダミン「いやあ、余計なサービスだったか。では次のこれ、顔を横から見たときの断面図。大脳半球の中に脳梁が楕円の半円を描くように拡がっているだろう。そして後頭葉の下に小脳がある。ではこれから、サイキックの発動の流れにそって、それぞれの器官がどういう機能を持っているか説明しよう。サイキックが発動されるとき、最初に活動を始めるのが扁桃体だ。この扁桃体は、外敵に対する攻撃・防御・逃避のような自らの生命を保存するための行動、それと食欲など人間の本能に関する行動をつかさどる器官だ。サイキックと人間の本能には深い関係がある、という状況証拠だね。そしてこの扁桃体の活性化がふたつのルートで脳全体に伝わってゆく。ひとつは、扁桃体から直接の連絡回路になっている前交連を通じて。もうひとつは扁桃体から脳室を経由して脳梁という連絡回路を通じて。このルートでは、まず扁桃体が活性化すると、その活動がすぐ上にある脳室の脳脊髄液に振動を発生させる。この発生した振動を、波動と表現することもある。この波動が次に脳梁へと伝わってゆく」
ハンナ「サイキックを発動したとき頭の中がぶーんという感じになるのは、その波動のせいなのかな?」
サーラ「すぐ近くか頭の中を蚊が飛んでいるのよ」
ダミン「ぼくにはよくわからないけど、多分そうだと思う。いや、蚊じゃなくて、波動のほうだよ。さて、扁桃体の活性化が前交連と脳梁に伝わった。この活性化というのは、扁桃体から発せられた電気信号だと考えればわかりやすいかな。前交連と脳梁は軸索の太い束だと思えばいい。軸索には何がある? そう、電流を発生させて電気信号を伝えるナトリウムイオンチャンネルだね。これに多量の陽イオンが流れ込んで電気信号を増幅する。それと同時に陽イオンを送り込む源泉である、電気を帯びたナトリウムイオンも増量・増幅する。また同様に、シナプスで電気信号を伝えるための神経伝達物質もたくさん生成される。そうして脳全体が活性化すると〈興奮〉の状態になり、その結果としてサイキックが発現されるんだ。発動から発現までの流れを脳の活動状況で見るとこういうふうになる。扁桃体という、脳にあるひとつの器官の〈思い〉がサイキックとなって発現される。どうしてだろう、不思議なことだね」
サーラ「そうすると、わたしたちの頭の中ってまるでタコと蚊と電気ウナギのかたまりね」
わたしたちじゃないわよ、あなただけでしょ、あは、ふふふ。なにわらってるの。

ダミン「ハンナは今、そのかたまりを想像していると思うよ」
サーラ「自分で言っといてなんだけど、おぞましい光景ね」
ダミン「あとは、小脳か。小脳は、空間的な認識と重力に対して躰の平衡を保つ機能。石につまずいても転ばないように躰のバランスをとることなんか。それと動作の制御、手で何かを持つときの力の強弱とか、そういう機能に関係している。サイキックの場合は、発現した能力の強弱のコントロール、つまり〈抑制〉を支配しているようだ。それと、また余計かもしれないけど、前交連と脳梁の軸索の束、この太さが男性より女性のほうが太くなっている。男性脳と女性脳の違いだね。それで、ときたまだけど、けっこう強烈なサイキックを発現する人がいて、ほとんどが女性なんだよ。だから、この軸索の太さがサイキックに影響している、そんな話もあるんだ」
ハンナ「その軸索の太さって、性格には影響しないの？」
サーラ「何が言いたいかわかったから、わたしが答えてあげるわ。し・な・い。絶対しない」
「あとどれくらいで着くんだっけ」
部屋の中空に渡したロープへ洗った下着をかけながら、サーラが聞く。
「日数にすればあとふつかよ」
手鏡を見ながら、ハンナは肌の手入れをしていた。

「そうか、教授の講義もあと少しね。そうだ、お礼を言っておかないと。どうもありがとう、お姉さんがいるおかげで楽しいわ」

「どういたしまして、私のほうこそ退屈しなくて助かってるわ。でもなんだかね、頭が疲れてぼぅーっとしてこない？」

「その疲れは、快感と満足感の証明よ。頭が沈没するよりはいいことでしょ」

おやすみを言って照明を消したあと、サーラはそっと枕の下からオリハルコンで作った棍棒を取り出した。長さ30センチ、断面が六角形、太さは片手で持ってちょうど指が回るくらい。中には長さ20センチ近い両刃の短剣を仕込んでいた。組み立てるときは簡単。片方の端面には3センチほど円柱の、端部を丸く仕上げた突起が付いている。突起のある方が柄。その柄を持って鞘の部分から短剣を引き出すと、刃の向きを逆にして円柱の突起を鞘の開口部に差し込み固定する。組み上げたものは短剣と言うよりも、手槍《ハンドスピア》と呼ぶほうがふさわしく思えた。しかし今は組み立てる時ではない。

胸の上に六角棒を乗せて両手を添える。目を閉じて意識をゆっくりと六角棒に忍び込ませてゆく。意識が見ているのは暗黒。奥行きがどこまであるのか、距離の感覚さえつかめない。小さな淡い発光がひとつ、ふたつ。やがてその数を増した光は、夜空に煌めく星々になってゆく。マイナスエネルギーの満ちた宇宙に。

あなたニューハーフだって、知ってた？　ふふっ。意識だけだと何か不便よね。サーラは躰が見えるようにした。軍装姿だった。きれいな星たちに囲まれてこんな格好は似合わないわ。白のブラウス、茶色のプリーツスカート、一瞬で着替えを済ませた。

大きく背伸びをして意識を膨らませると、躰も同じように大きくなっていくのがわかる。スターゲートを指輪にすることができるほどの大きさに。しかしこの宇宙にスターゲートは存在しなかった。透きとおった湧き水を、両手を合わせて掬《すく》い上げるように、数多《あまた》の星々を手の平に乗せる。合わせた手を離すと、砂時計の落ちる砂のように星々が煌めきながら拡がりをみせる。さらに躰を大きくさせると、ひとつの銀河が手の平に乗った。

近くにも遠くにも別の銀河が見える。しかしそこへ行くことはできなかった。サーラのいる空間は、見えない壁で閉ざされた箱の中だった。

わたし、このオリハルコンにまだ馴染んでないのかな。あなたともっと仲良くなれたら、あそこまで行けるようになると思う？　……無理？　……。

以前に六角柱のペンダントにも入ってみたが、そこは光ひとつなく身動きすらできない暗黒だった。六角棒もペンダントもタイプの違うオリハルコンを寄せ集めて作っている。義務役のとき、オリハルコンの成形で余った小片をくすねていた。賞金稼ぎのとき、オリハルコンの裏取引に割り込んで横取りした。

同じタイプの同位体で作った六角棒なら、もっと広い宇宙を、もっと自由に動くことができるのだろうか。いつか、きっと、試してみたい。

ダミン教授の特別講義《9時限目》

サーラ「無理だったわ。というかよくわからないの。髪の毛洗って躰洗ってパンツ洗ってでしょ。そのあいだ熱を吸収しようという気持ちはあったんだけど、できたかどうかさっぱりよ」
ハンナ「私もそう。時間短いし、お湯って流れてるから感覚がつかめないの。シャワーで試すの無理だと思うわ」
ダミン「それはどうも、悪いことをしたね。またいつか機会があれば、ということにしようか。それではサイキックの続きだ。サイキックがどうして生まれてきたか、みなさんいろいろと勝手なことを言ってるね。人間がひとつ進化の階段を昇って得た能力だとか。そうじゃなくて人間は遥かな昔みんなサイキックだったのに文明なんて変な知恵を持ったばかりにその能力を失ってしまった。だからサイキックはいわゆる先祖返りというやつ。後は、偶発的な突然変異で、持続するような種の変化ではないという意見もある」
サーラ「進化だったら遺伝子に何か変化があるんじゃないの」
ダミン「そうだよ。だから、現在も研究中、というところかな。すべてのことがよくわかっていないから、すべてのことが研究中、なんだなぁ。そういうことで、面白い説をふたつ紹介しよう。疾病説と時間差説だ。まず疾病説だけど、これはサイキックというのは何かの疾病に罹患していて、その症状として出てきたもの、という考え方だ」
サーラ「そんなこと、いまさら言うの。サイキックなんてほとんどビョーキの世界よ」

ハンナ「真面目な話でしょ。私たちどんな病気に罹《かか》っているんですか？」
ダミン「それは、わからない。仮説だからね。もし本当に病気だったら、ウイルスか何か見つかるかもしれない。望みは少ないと思うけど。ただし、ぼくたちが参考にしている病気なら、ある。気分障害と言われている躁うつ病だ。名前くらいは知っていると思うけど」
ハンナ「気分が高揚したり落ち込んだりする病気ね」
サーラ「潜水艦と同じよ。浮いたり沈んだり、沈没するときもあるわ」
ダミン「沈没はしないで欲しいけどね。躁うつ病に関係していると言われているのが、まず脳の血流量と糖分の量。それと神経伝達物質のノルアドレナリンとセロトニン。これらの量の変動が、躁のときは増加の傾向、うつでは低下の傾向、そういう変動が見られる。それで、脳の活動状況を調べるのだけれど、サイキックを発動しているときと躁の状態、サイキックの発動を終えて疲れているときとうつの状態、それぞれがよく似ている。そして関係する脳内の神経伝達物質も、ドーパミンを加えるとまったく同じだよね」
サーラ「じゃあ、わたしたちって躁うつ病の強烈なやつになるの？」
ハンナ「そんなふうに言われると、なんか落ち込むわねぇ」
ダミン「そんなことはない、落ち込むことはないさ。社会生活におけるサイキックと躁うつ病の違いを見るといい。サイキックは充分に社会のために役立っている。サイキックを治療が必要な病気だなんて誰も思わないよ」

ハンナ「そうよね。私たちは社会の役に立っている、そう思わないと。でもサイキックを犯罪に使っている人もいるわ。そういうのはサイテーね」

サーラ「いいこと言うわね、お姉さん。胸に突き刺さる言葉だわ」

あなた、なにかわるいことにつかったことあるの。ないことになってるわ。

ダミン「そういうわけで、サイキックと躁うつ病に何か関係があるのかないのか、これも研究中というわけだ。さて、もうひとつの時間差説だ。これは先ほど言った、人間は昔みんなサイキックだった、ではなくて今もみんなサイキックだ、という話だよ。ぼくはこういうのが好きだね。もしかしたらぼくもサイキックになれる、かもしれない。正直言ってサイキックを羨ましいと思っているからね。さあ、ここで問題にしているのは発動から発現までの時間だ。きみたちも経験があると思うけど、複数のサイキックが同じ能力を使っても発動から発現までにある程度の時間差があるはずだ。同じようにひとりで複数の能力を持つサイキックだって、使う能力によって時間差が生じるときがある。そして発動から発現までのあいだ、心気の集中を続けないといけない。発現してからも、だけど。普通人の場合、その時間差があまりにも長すぎて、20時間とか30時間を考えるといい、結局のところ心気の集中が続けられず発現までに至らない。きみたちだって心気を集中しているときに、声をかけられたり何か邪魔が入ると発現できないときがあるだろう？」

ハンナ「もちろんありますけど。でも断層透視のときなんて集中しているから、声をかけられてもわからないときがあるわ」
サーラ「蹴り飛ばされたらわかるわよ。それにしたって何十時間も心気を集中するなんて不可能よね。わたしなんか途中でお腹空いたと思ったら、それで終わりだもの」
ダミン「普通はそうだろう。心気を集中していられる時間なんてサイキックも普通人もそれほど差はないさ。そこでこの仮説の結論としては、人間にとってサイキックとか普通人とかを区別することに意味はない。あるのは発動から発現までの時間、その個人差だけ。どうかな、面白い話だろう」
サーラ「それで、教授がサイキックを使えるようになる可能性はあるの？」
ダミン「残念だけど、ない、と思う。これも脳の活動状況を見ればわかる。サイキックと普通人では脳の活性化の状況が全然違う。普通人はある程度、限られた範囲しか活性化しない。これをサイキック並みに活性化させるために、できるとしてだよ、どのような学習や訓練をすればいいのか、それが今後の課題だろうね」
ハンナ「教授がサイキックを使えるようになったら、どんな能力が欲しいんですか？」
サーラ「それは決まってるわ。まず女風呂を覗くための透視。次に自分を好きか嫌いかチェックするためのテレパシー。そして念動力よ。スカートめくりをするための」

ダミン教授の特別講義《最終講義》

旅程の終わりが近づいていた。輸送艦は最終のジャンプから228太陽系宙域に現出すると、減速することなく第2惑星エルサへと向かう。

ダミン「どうやら目的の宙域に着いたようだね。エルサまであと少しだ。時間割のほうもこれが最後、サイキックの種類について。これは講義というより学校で習ったことの復習と、あとは雑談でいいんじゃないかな。まず現在わかっている範囲で、よくわかってないのもあるけど、一応の分類をしておこうか。サイキックの能力は認知型能力と物理型能力に分類される。認知型能力は五感に直接たよらず事物や事象についての情報を得る能力だね。確認されているのがテレパシーと透視。未確認というか研究中なのが、サイコメトリーと透視の一種になる過去透視と未来透視。未来予知もこれに含まれる。次に物理型能力。物質に対してなんらかの物理的作用ないし力を及ぼす能力だ。これはたくさん種類があるね。確認されているのがオリハルコンの取り扱い、念動力、火球を含む発火、衝撃波、圧迫波、サイキック治療など。研究中が念写と瞬間移動《テレポーテーション》。だいたいこんなところかな。他にもあるようだし、まだ知られていない能力があるかもしれない」

サーラ「テレパシーってまだよくわからないんだけど、通信の範囲とか」

ダミン「よくわからないのはぼくも同じ、テレパシーは奥が深いよ。おおよその説明をしてみようか。テレパシーを使うサイキックには接触テレパスと非接触テレパスがいる。テレパシー能力を持たないサイキックはテレパシーに関しては普通人と同じだ。相手が普通人の場合、基本的にテレパスが読めるのは相手の表層意識だけ。空腹だ、疲れた、そんなこと。今のところ、複雑な思考を読み取るまでには至っていない。テレパシーを使わなくても相手の表情や言動でわかるようなことが多い。これがテレパス同士になると会話が可能になる。念波による双方向通信だね。ただし、この通信も接触テレパスと接触テレパスは可能、非接触テレパスと非接触テレパスも可能、だけど接触テレパスと非接触テレパスの組み合わせになると可能なときと不可能なときがある。他にテレパスと普通人の組み合わせでもいろいろ実験をしているよ。ひとりの非接触テレパスが不特定多数に空間距離をおいてテレパシーを送る同報通信、これでどんな反応があるかとかね。そして現在わかっているのは、以上のことを普通人は何も感じることがないらしい、ということ」

サーラ「らしいってどういうこと、はっきりしないわねぇ」

ハンナ「例外があるってことよ。そうでしょう」

ダミン「そうさ、例外がある。世の中グレーゾーンが多いからね、例外はいつもある。これは記録を見せてもらったんだけど、テレパスが普通人に影響を及ぼした例だ。去年のことだね。あるひとりのテレパスが、女性だけど、ある男性が夜眠っているあいだ、家の外からその男性に念波を送る、そういうことを何日か続けた。結果、その男性は脳に異常を起こして今は病院に入っている。そして裁判所は、男性に起きた異常と女性のテレパシー能力のあいだに因果関係があると裁定し、女性もそれを認めたそうだ。言うなればナイトメアだね。詳しい背景は知らないけれど、研究してみたい事象ではあるよ」
ハンナ「その女性、多分そいつにふられたのよ。それにしても強烈な仕返しだわ」
サーラ「お返しと仕返しは早いめにって言うけど、男に狂って最後は本当に男を狂わせたわけね。(何よ、これってシエラのことじゃない)」
ハンナ「怖いわねナイトメアなんて。夢といえば、予知夢って今どういう位置にあるんです」
ダミン「予知夢かい。今は否定されているね。具体的なものが何も出てこない。人によって解釈が違う。つまり好き勝手なことが言えるわけだ。眠っているあいだに予知能力が自然に発動されて夢の形に現れる。そういう学者もいるけど、今は予知能力そのものが、過去透視と未来透視もそうだけど、否定の方向に向いている。それと、サイキックは目が覚めて起きている状態で、その能力を使おうと意識をして発動される。眠っているとか気を失った無意識の状態で自然に発動された例は今のところ確認されていない。脳の活性化の状況が全く違うということだ、といってこれも例外があるけどね」
サーラ「それもグレーゾーンというわけね。怪しい連中がたくさんいるんでしょ」
あなたグレーゾーンにともだちおおいんじゃない。グレーゾーンじゃないわダークゾーンよ、それにともだちじゃなくてカモよ、カモ。
ダミン「この場合の例外というのは、起きていて意識のあるときに、本人の意思とは関係なくサイキックが発動されたんじゃないか、そう思われる事件が過去に何件かあったことだ。そして発生状況がみんなよく似ている。事故に遭遇したり他人からの危害で、自分の生命に危険を感じたときだ。だから、無意識防衛発動とか自己保存発動と呼んでいる。生命をおびやかす危険を排除するための能力だから、相手のことは気にしない。軸索の太さのところで、けっこう強烈なサイキックと言ったのはこのことさ。最近では2件の例があったよ。2件共、そう、女性だ。暴行されかけたんだね。ひとりが発火能力で、もうひとりが細胞破壊というか人体を部分的に壊死させる能力だ。どちらも相手に死者がでている。これも記録を見ただけだから詳しいことはわからない。できればその人たちに直接会って話を聞いてみたいけどね。研究するにはいい材料だよ」
サーラ「そのボンクラたち、自業自得ね。（うわぁ、怪しい連中なんて言ったけど、今度はオレカとテレカのことだわ。シエラもそうだけど、わたしのところ研究材料ばかりね）」
ハンナ「そうよ、女性のほうが被害者でしょう」
ダミン「もちろんそうさ。だからこの女性ふたりは正当防衛で、罪には問われていない」
サーラ「それで、その危機一髪発動というのは、サイキックなら誰でも発動するの？」
ダミン「そういうわけでも、ないみたいだよ。交通事故だけど、車と衝突しそうになってそのまま撥ねられて死んだ人と、逆に車を撥ね飛ばした人がいるね。申し訳ない、サンプル数が少なくてよくわかっていないんだ」

ハンナ「あなたの危機一髪発動なんて、超強烈そうね」
サーラ「そんなことないわ。こういうのはね、普段おとなしそうな人や、『私気が弱いから』とか言ってる人のほうが超々強烈に決まってるの」
ダミン「しかしぼくとしては、こういう事象に当たると、サイキックの研究なんて本当にわからなくなるよ。実験に協力してくれるサイキックの人たちには申し訳ないけど、この人たちは持っている能力のすべてを見せてくれているのだろうか、何か別に隠している能力があるんじゃないのか、そんなことを思ってしまう。まあ、自己申告を信じるしかないけどね」
サーラ「それよりさ、この念写なんて、まだやってるの？　これサイキックじゃないし、なんの役にも立たないし、霊能力の守備範囲だから必要ないって学校で教わったわよ」
ハンナ「そうよね。サイキックと霊能力とは違うものだから、区別をしっかりして変なことに係わるんじゃないって、けっこうきびしく言われたわ」
サーラ「霊能力ってあれよね、最初はミラクル後はマジック。そう言ってた」
　あとはトリック、じゃなかった。わたしのがっこうはマジックだった。
ダミン「まあ、念写についてはあまり意味がないと、それは認めるけどね、まだ研究している人がいるんだ。ぼくじゃないよ。ところできみたちは、どんな能力を持っているのか、よかったら教えてくれないか」
ハンナ「私は透視だけって感じ。義務役のときは地質断層透視ばかりやってたわ。オリハルコンの感知はできるけど取り扱いはやったことがないの、苦手なほうだから。あと接触テレパスで、念動力が少し。いつか他のサイキックの訓練をやってみたいと思ってるわ」
サーラ「わたし？　自己申告でいいんでしょう。学校で習って身につけたのがオリハルコンの取り扱いと接触テレパス。卒業してから覚えたのがインパルスとシールド。あとは不適格だと思う」
ダミン「あれっ、サイキック治療は？」
サーラ「あっ、忘れてた。あれも卒業してからよ。変なシスターに会ってからだわ」
へんなシスターってだれ。ダークゾーンのおばさん。シスターなのに。ふたまたかけてるの。
ダミン「なるほどね。きみたちはそれぞれにスペシャリストのおふたりに聞いてみたいんだが、サイキック最大の難問と言ってもいい、瞬間移動についてどう思う？　現在まで確認されていないいんだけど」
サーラ「わたしたちに聞くわけ？　相手が違うんじゃない。瞬間移動かぁ、夢の中の話みたいね。まあいいわ、考えてあげる」
ハンナ「私には聞かないでね。瞬間移動なんて、そのうち誰かできる人が現れるんじゃない」
ダミン「そのできる人が現れるのを、ぼくたちはもう２００年近く待っているんだけどね。まだ現れないのさ」
ハンナ「できるのに能力を隠しているとか。何か犯罪に使えそうだもの」

ダミン「そういうのが一番困るけどね。しかしそうであっても何かしらの情報、風評とか、必ず出てくると思うよ」
ハンナ「教授はどう考えているんです？」
ダミン「ぼくはね、サイキックの能力を直接に使った瞬間移動は、不可能だろうと思っている。理由はそう思った、それだけ。自分自身が納得できる理由を持っていないんだ。瞬間移動がなぜ不可能か。普通に考えるなら、時間差説が説明するのに適している。サイキックでさえ瞬間移動という能力は、その発動から発現まで、相当の時間を必要とする、ということだ。でもそれだけでいいのかな、なんてね」
ハンナ「時間が夢を裏切るんですね。それで、そのサイキックを直接に使って、というのはどういうことです？」
ダミン「それはね。そう……サーラの意見を聞いてからにしよう。考えがまとまったようだから」
サーラ「あれっ、何かわたしに期待してるの？　何も出てこないわよ。結論は教授といっしょ。瞬間移動は不可能。だってわたしができないんだもの」

そんなりゆう、ありなの。ありよ。

サーラ「わたしもね、少し試したことがあるけどできなかった。瞬間移動するってどういう感覚なのかよくわからないのよ。それに、もし瞬間移動が可能として行き先はどこまでなの。サイキックが有効なのは直視できる範囲だけでしょ。それ以上できる人いるの？」
ダミン「いいや、ぼくの知る限りではいないね。断層透視でも視界から離れた建物はできない。念動力も視界にある物だけ。他の能力も同じはずだよ」
サーラ「そうすると瞬間移動だって行けるのは目に見える範囲内よね。世界中どこでもなんて無理でしょう。それに移動した先、現出した場所に何か物質があったらどうなるの。同じ空間にふたつ以上の物質が、同時に存在はできないって聞いたわ。ハエ男になるって。だから雨や雪が降っていたらアウトでしょ。空気という物質もあることだし……そんなこと考えていたら、発動から発現まで長い時間が必要として、そのあいだに走るか歩くか、そのほうが早いんじゃない」
ハンナ「雨男と雪女ができそうね。私、今思ったんだけど、もしかして空気のないところ、宇宙空間だったらできるんじゃない？」
サーラ「その前にもうひとつ問題があるわ。宇宙空間なら尚更のことが。瞬間移動の発動する範囲よ。宇宙服着て宇宙船の外ふらふらしながら瞬間移動するとして、着ている宇宙服ごと移動するの？　躰だけ移動したら、下着だけは付けて、意味ないか、そんなのとんでもないことになるわ」
ダミン「それならすぐに、また宇宙服の中へ瞬間移動すればいいんじゃないかな」
おねえさん、いまのきいた。きいたわ、あなたにしねっていったわよ。

サーラ「教授はさぁ、瞬間移動の発動から発現までの時間、どれくらいだと思う？」
ダミン「そうだねぇ。普通に心気を集中できる時間では発現しない、少なくても1時間以上かな」
サーラ「それで、宇宙服なしで宇宙空間をふらふらできる時間、どれくらいだと思う？」
ダミン「そうだねぇ。呼気を全部吐き出して、3分からいいとこ4分くらいかな……って、ちょっとした冗談なのに追及がきびしいね」
サーラ「当たり前よ。自分にはすごく優しく、そのかわり他人にはきびしくだから。そんなことより……わたし思うんだけど、瞬間移動ができないのは本能がそれを拒否しているからじゃないかな。そんなズルしないで自分の足で歩きなさいって。歩いているあいだ、草や木があって、食べることができるできない、役に立つ立たない、何か危険な場所や動物、そういうのがあるでしょ。生命を維持するために必要なことを本能が求めて学習するの、自分の足で歩いて見て触って。瞬間移動よりもそちらのほうが大事じゃない。今の時代は少し違うかもしれないけれど」
ダミン「なるほどね。生存に必要な知識を収集して得るためには、瞬間移動という能力は役に立たない。逆に有害かもしれない、それで本能が拒否する、か。そういう考え方もあるわけだ。いいことを聞かせてもらったよ。さすが優等生だね」
サーラ「お世辞ありがとう。でもハンナが言ったけど、意外とあっさり瞬間移動できるサイキックが現れたりして。何万人か、もっといるんでしょサイキック」

ダミン「サイキックの人口かい？　そちらへ飛ぶのか、ちょっと待ってよ。……これは連邦の統計だけど、だから同盟と帝国は含まれない、わからないからね。アルスランと植民星４個を合わせた人口が約１２０億人。その内のサイキックが約14億５０００万人か。率にすると12パーセント強だね。これはサイキックに認定されたばかりの子供、育成学校の学生、義務役や社会人、全ての合計だよ。それとサイキックといっても、まあ自己申告だから仕方ないけど、念動力だけほんの少しという人から、ひとりで複数の能力を持っている人までさまざまだからね」
サーラ「それだけたくさんのサイキックがいたら、どんな能力がでてきても不思議じゃないわね。あのさ、人種によって多い少ないとか何か違いがあるの？」
ダミン「肌の色による違いねぇ。どこかにあったと思うけど。うーん、それほど違いはないよ。ほら、見てごらん。各人種の10から15パーセントがサイキックだね」
サーラ「これって、人種別の割合ね。どれどれ、総人口の内、一番多いのが白色人で30パーセント、次が黄色人の28パーセント、それで黒色人の24パーセント、わたしの赤色人と青色人が同じで９パーセントか。わたし、もしかして絶滅危惧種になるのかな」
ハンナ「そんなことないわ。あなたは大丈夫よ、生命力あるから。それでも絶滅しそうになったら、先に他の人を絶滅させればいいのよ」
サーラ「そうよね。わたし、そういうの得意だから」
ダミン「あまり自慢することでもないと思うけど、まあいいか。さて、先ほどのハンナの質問に答えておこう。瞬間移動は不可能らしい、という結論がでた。しかし、これはサイキックの能力を直接に使ったら、という前提だ。それではサイキックの能力を間接的に使ったらどうだろう、といって難しい話じゃないよ。すでにスターゲートや艦船のジャンプで利用されている理論だ。そう、インフレーション・ジャンプさ。オリハルコン取り扱いの能力を使って、サイキックが個人のレベルでごく限られたジャンプを起こせないだろうか。ぼくの研究所で今、別のチームが実験しているんだ。まだ成功していないけどね。もっと以前、誰かが考えついているだろうと資料を調べてみたけれど、何もなかったよ。だから、ぼくの研究所から最初の成功例を出すことができればと、そう願っている」

ハンナ「そんなこと、サーラだったら簡単にできるんじゃない？　ポイポイピーって」

ダミン「そうか、目の前にオリハルコン取り扱いのスペシャリストがいたね。どうだろう、エルサから帰ってからでいいよ、いちど研究所に遊びにきてくれないかな」

サーラ「いやよ。わたし研究材料になんかなりたくないもの。それとポイポイピーは魔法の呪文じゃないの」

ハンナ「そんなこと言わないで行ってあげなさい、んっ」

ハンナの言葉をさえぎるように、３人のハンドフォンが一斉に鳴り始めた。着信音を止めて表示を見ると、サーラが声を出す。

「２時間後に降下の用意をして食堂に集合、だって」

ダミン「ぼくのも同じだよ」

ハンナ「私は今すぐ集合よ。装備の積み込みかな。教授、楽しい話をどうもありがとう。勉強になりました。じゃあ私行くから、サーラあとでね」

慌ただしく部屋を出ていくハンナの後ろ姿を見送ってから、サーラはダミンに向きなおった。なんたってあなたはナイトメアだもの。シエラサルトをそう呼んだときのようないたずらっぽい目、そして微笑み。

「長い時間、講義してくれてありがとう。わたしもお礼を言うわ。ついでだからもう少し勉強させてもらえる？　教授、わたしのことで誰かに何か頼まれたでしょ」

ふたりからの感謝の言葉に気分を良くし、教えることの満足感を覚えていたダミンだったが、サーラのひと言に軽い驚きの表情を隠さなかった。

「えっ、なんのこと？　その……やはり、わかるかい。そうだよなぁ、相手がきみだからね。ぼくには無理だって言ったんだよ。変な小芝居してもすぐにばれるだろうって。でも、どうしてだろう？」

あきらめと、少しの後悔。冗談でやったほんの悪さがばれてしまった少年の顔。

「ふふっ、あっさり認めるのね。ちょっとは知らん顔しないと依頼した人に悪いわよ。教授がくれたメール、あれ見たとき少しおかしいと思ったの。教授は、わたしが今なにをしているか知らないはずでしょ。義務役のあと連絡取り合ってないし。普通だったら聞くんじゃない？

今どんな仕事しているんだい、とかね。それと、さっきの、わたしがサイキック治療できること知っていたわ。わたし何も言ってないのに。風評で聞いた、そんなのダメよ。それで、誰に何を頼まれたの」

「ぼくにエルサ行きを依頼した人。きみのことを教えてくれたのもその人。ネームカードは評議会の代理人とだけ。きみからそれとなく聞き出して欲しいとみっつのことを。きみのサイキックの能力と、あとのふたつは話す機会がなかったというか、なかなか言い出せなかったというか。ＢＪのディスクのこと、それと帝国に関することできみが知っていることがあれば」

「何それ？　わたしのサイキックはいいとして、ＢＪのディスク？　名前は聞いたことあるけど。ＢＪという人が見つけた何か特別なサイキックの能力の記録、そんな話でしょ。その能力があれば世界を征服できる、みたいな。でもその人、もう死んでるから風評で話が大きくなっただけで、本当の中身はたいしたことないって、そんなことも聞いてるわ。いずれにしろ話だけよ。それがわたしと何か関係あるの？　あるらしい、とか」

「きみと関係があるのかどうか、それは聞いていない。普通に、何か知っていればという程度じゃないかな」

「そんな程度ねぇ。それから、なに、帝国？　なんだろう、行ったこともないのに。わたしの知っていることとなんて。そいつら、評議会のほうが絶対くわしいはずよ」

「無理に話を持って行くことはないって言ってたけどね。それで、今回の調査報酬とは別に、もうお金を貰ったんだ。どうしようか、ばれた以上は返さないといけないだろうな」

「そんなの貰っときなさいよ。頼まれたことは終わったじゃない。ばれたとかばれないは関係ないでしょ。それにしてもお金に困ってるみたいね」

「いやぁ、相続税を払うのに土地をいくらか売らないといけなくなってね。これがまた大変なんだよ。それでつい魔が差したというか、申し訳ないと思っているよ」

「いいのよ、そんなこと。わたしの存在が教授の役に立ったということだから。それでいいじゃない。それと、報告はどういう形ですることになってたの」

「それなんだけど、報告は必要ないそうだ。文書でも口頭でも。ただきみと話をするだけでいいって」

「ということは、……盗聴してるということね」

盗聴？　その言葉に反応して、ダミンは自分の服や身の回りの品を探ろうとした。彼にとって盗聴という行為はニュースで聞くだけの非日常のことだった。しかし……彼女にとって盗聴というものは日常のひとコマに過ぎないのか、ダミンはそんなことを思った。

「そんなことしても無駄よ。簡単に見つかるわけないわ。そこまでアホじゃないはずだから。盗聴なんてさせておけばいいわ。それより、わたしたちも荷物をまとめましょう」

サーラが席を立ってドアに向かおうとしたとき、ハンドフォンが鳴った。

「はい、サーラよ。……ちょっと待って。教授、ハンナがサイドアームどうするって」

「サイドアーム？　なんだいそれ」

「ハンドガンのことよ、ハンドガン。バンバン撃つやつ」

「そんなもの、ぼくには必要ないよ」

「そうなの？　……ハンナ、教授いらないって。わたし？　わたしはね、ペンタグラムがあれば欲しいな」

ペンタグラム？　ちょっとまってよ。……それは軍用じゃないからここにはないって。ヘキサグラムならあるそうよ。

「ヘキサグラムはわたしの手には大きすぎるわ。じゃあ、わたしもいらない」

7 バブル

食堂の奥にある大型モニターの横にメルテンスが立っていた。にこやかな顔で、集まったチーム流れ星の兵士たちとサーラたちを見ている。

「また何か面白くない冗談を思いついた、そんな顔してるわ」

横に座っているダミンへ、小さな声でサーラが言った。ふたりは食堂の入口近く、メルテンスから最も遠くに席を取っていた。2列ほど前の席に、ハンナの背中が見える。

「何があったのか、その話だろう。なんだか興奮するね。冗談のほうは、正直言ってパスしたいけど」

「仕事の話と笑えない冗談、それがあいつのセットプレーよ。辛抱しないと。それにしてもヌーランドが」

目の前に紙の束を持った手が現れて、いないわね、の言葉がとぎれた。サーラの視線が手から腕に移り、その上にヌーランドの顔を認める。サーラは不自然な愛想笑いを浮かべた。

「ひとり1枚だ。みんなに回してくれ。それとダミンさん、後で意見を聞かせて欲しい」

そう言うとサーラの手に紙の束を預け、ヌーランドは奥に向かう。紙にはベースコロニーの平面図が載っていた。施設の配置と名称、四角い枠の中に部屋割りだろう人の名前。サーラはダミンに1枚渡し自分に1枚取ると、前にいる男の背中をトントンして残りの紙を、メルテンスのジョーク集よ、と回した。男が露骨にイヤな顔をしたのがわかった。

「意見を聞かせて欲しい、だって。教授も偉いさんの仲間入りね」

「そんなことないさ。ぼくはいつでもただの研究員だよ」

ダミンが興奮するのはサーラにも理解できる。サーラの言った盗聴という言葉からダミンの非日常、ささやかな冒険が始まった。しかしサーラには、好奇心はあっても興奮することはなかった。どんな出来事があっても冷静に対応したい、興奮するのはサイキックを使うときだけ。そうありたいと。

これから映像を見せる。メルテンスが言ったあと、モニターに映し出されたのは神殿と回廊の立体図だった。

「この大きな部屋を神殿、こちらの通路を回廊と呼んでいるそうだ。おれたちもそれでいいだろう。そして神殿の奥、この辺りにでっけえ鏡がある」

モニターの画面が変わって、地表探査ロボットがゆっくりと回転していた。

「次はこのチビに取り付けたカメラの映像だ。警備員たちが初めて中に入ったときに撮影された」

洞穴の入口から始まるその映像は、フォボロがロマノスに見せたものと同じだった。しかし、この場にそのことを知る者は誰もいない。そしてフォボロが映像に添えた説明と同じような話を、メルテンスも映像に添えた。

鏡を映像として初めて見たときサーラは、ほぉーっと感嘆した。

「思ったより大きい鏡だね」ダミンは落ち着いた様子。

「あれなら姿見に使えそう。持って帰って教会に飾りたいわ」

モニターの画面が次へと変わる。

「これからが、おれたちの仕事だ。こいつのために1100光年も飛んで来ることになった。まばたきしないでよく見ておけ」

メルテンスの言葉に兵士たちが反応した。戦闘体勢に移行するときのような緊張感が一斉にみなぎる。さあ、これからね、サーラは背筋を伸ばした。

神殿の中、カメラから離れて行くように歩く4人の後ろ姿。4人の内ひとりは女性のようだった。その4人の向こう側から男がひとり、こちらに歩いてくる。男の後ろに鏡が見える。

4人と男がすれちがうとき、映像が静止した。

「これはゴーグルのカメラから撮っている。ゴーグルをしているのは、警備隊の責任者で名前はフォボロという。後ろ姿の4人は学術調査員だ。そして向こうから来ているのが警備隊の副責任者、名前はアッシュだ。カメラ付きゴーグルはこのふたり、フォボロとアッシュだけが装備していた。後でアッシュのほうも見せる。では、ショータイムの始まりだ」

映像が動き出すと何か音がして右のほうが少し暗くなった。カメラが右へ振られる。そこにいた人間の形をしたもの、表面は岩のような荒い肌、岩のブロックをはめ込み式か接着剤かで組み立てた人形が、カメラに向かって走りだしていた。カメラの視線が下がりアサルトライフルを映す。初弾を薬室へ送り安全装置を外した。銃口とカメラが同時に上を向く。そのカメラに握りしめた岩の拳が飛び込んできた。砂嵐と、一瞬の銃声。

兵士たちのあいだにため息がこぼれたが、誰からも声は出なかった。今の映像を理解できたのだろうか。サーラは頭の中がぐるぐる回るような感覚を覚えた。

（今のフォボロさんでしょ。どういうこと？　もしかして……）

緊張感の中をメルテンスの声が通る。

「バブル。この岩のかたまりの名前だそうだ。誰がどういう理由でつけたか知らんが皮肉なもんだな。まあ、名無しよりはましか。次はアッシュという奴の見た映像だ」

4人の学術調査員、ひとりはやはり女性だった。肩まで伸ばしたブロンド。美人と言えばお世辞になるかもしれないが、その表情は理知的だった。すれちがったときに左のほうが暗くなった。そして前方で交錯する影。カメラが走りだした。壁の近くで止まると、倒れている男を映し出す。顔が潰れていた。即死だろう。この後、映像は止まることなく動き続けた。聞こえるのは怒号と悲鳴、逃げろという声、何かの壊れる音、そして銃声。見えるのは壁と柱、倒れている人影、柱と柱のあいだを走り抜ける岩のかたまり、銃口からの炎。画面が次第に暗さを増してゆき、急に明るい場所に出ると地面が映し出され、そこで終了した。

何があったのか、サーラは状況を理解した。バブルという異常な戦闘能力を持つ何者かが戦いを引き起こし、勝利した。それも一方的に。不明なのはその目的と正体。

警備員たちや学術調査員たちの驚きと動揺は想像以上だろう。そして思いもよらない突然の死。倒れているフォボロを見たとき、サーラは胸に針がちくりと刺さるような痛みを感じた。目を伏せたりはしない。事実をありのまま受け入れる。そうしないと次に倒れているのは自分かもしれないから。

モニターの画面が最初の神殿と回廊の立体図に変わる。メルテンスが手に持ったペンで画面を示しながら、バブルと人の動きを説明した。

「――神殿の中に14名いたが、10名が死亡した。学術調査員4名と警備員6名だ。生き残ったのが警備員5名、外に1名いたそうだ。明日の朝、もう一度、上映会をやる。今度はアッシュという経験者の解説つきだ。今夜はよく眠っておけよ」

メルテンスが頷くと、すぐ前に座っていたバレンシアが立ち上がり、兵士たちへ顔を向ける。

「本艦は現在、エルサの上層大気を下降中だ。格納庫の扉が開くまで2時間18分。つまり空気抽出器が動き出すまであと48分だ。ベースコロニー到着は現地時間16時20分の予定。天候は晴れ、気温は12度。食事と飲み物は食堂に用意してくれている。明朝8時に管理事務所の前に集合しろ、それまでは自由だ。ただし、コロニーから外へは絶対に出るんじゃない。バカ騒ぎもなしだぞ。わかったら、さあ出発だ」

　兵士たち、そしてサーラとダミンが席から動き出したとき、メルテンスが再び口を開いた。

「言っておくが、歓迎会なんてものはないぞ。誰も歓迎なんかしてくれない。それと、これは余計なことかもしれんが、定期派遣メンバーの冷凍睡眠の解除は当分のあいだ凍結する。一応の形がつくまでだ。まあ、あの連中はこの船に乗ったときから、凍結しているようなもんだがな」

　格納庫へ向かう通路を、サーラとダミンは荷物を持って、気持ち早足で歩いていた。周りにいる兵士たちはもっと早足だった。ダミンがため息をつく。

「最後のひと言は、ほんと余計だよな。定期派遣メンバーなんて言いだすから何かと思えば、あれが言いたかっただけだろう。せっかくの張りつめた雰囲気が。……それにしても、ひどいことが起こっていたんだね」

「そうよね、あれはひどいわ。メルテンスのひどさも同じようなものだけど。でもあれくらい図太い神経がないとやっていけない商売なのは、確かよ。それより教授、バブルというのは石鹸の泡《バブル》のこと？　皮肉なもんだなってどういうこと？　みんなわかったような顔してさ、知らないのわたしだけみたい」

「それはね、多分シャボン玉のことさ。中身がからっぽという意味。岩のかたまりなのに中身がからっぽ、だから皮肉なんだよ」

「なぁるほど。こいつ頭の中からっぽのくせに、そんな感じね」

着陸艇に乗り込むと、ヌーランドがダミンにこちらへと、招きよせる仕種をした。ダミンが席を移ると、入れ代わりにハンナが座り、はい、と円筒形の蓋付きゴミ箱のようなものをサーラに渡す。飲み物用の紙パック素材で作られているらしい。

「降下するのは久しぶりだと思って。気分が悪くなったら我慢しないほうがいいわよ」

これに？　というサーラの問いに、ハンナが頷く。お姉さんは？

「わたしは慣れているから大丈夫なの。それよりサーラ、バブルってなんの意味か知ってる？　石鹸の泡かな？　それに皮肉なものって。みんなに聞いても、誰も知らないのよ」

「あら、そんなことも知らないの。教養があふれ出てると思ってたのに。仕方ないわねぇ、じゃあわたしが教えてあげる。ふふっ」

ベースコロニー上空で速度を落とした着陸艇は、垂直噴射に切り替えてゆっくりと地表に着陸した。外に降り立ったサーラは両腕を伸ばして深呼吸した。あと少しで沈みきる夕陽の、残っている縁が眩しい。大気が躰を包み、大気に守られて大地に立ち呼吸する。見上げれば空がある。宇宙から帰還したときの安心感。母親の胸に抱かれているような幸福感。これがシェルタリング・スカイ、だったわね。

部屋を見つけると、荷物を拡げてからベッドにジャンプした。ゴミ箱は使わないで済んだ。だから普通に部屋のゴミ箱として使おう。さて、何しようかな、……よしっ。

時間を気にすることなしに思いきりシャワーを浴びた帰り道、コロニーはすでに夕闇に囲まれて、多くのコンテナハウスに明かりが灯っていた。途中に窓が開いているコンテナハウスがあり、男の背中が見えた。あれ、メルテンス？　そろりと近づくと窓枠に両腕をのせてもたれるようにする。男は窓を背にしてベッドに腰を下ろしていた。けっこうな大きさの紙、その両端を持って静かに見入っているようすだった。

なに見てるの？　とサーラが聞くより先に、

「何か用でもあるのか」背中を見せたまま振り向きもせずにメルテンスが言った。

さすが天使ね、というより何か鏡にでも姿が映っていたかな。そう思いながらサーラにとっては2回目になる「なに見てるの？」と聞いた。

メルテンスは上半身をひねると、サーラから見えるように紙を持ち替えた。これ以上ないほどやに下がった笑顔をしている。紙は画用紙だった。子供が描いた父親と母親の顔、子供の書いた字で、わたしのおとうさんとおかあさん。

「出かけるときにくれた、おれの御守りだ。先週が、誕生日だった。おれじゃない、子供のだ。5歳になった。プレゼントをあげる立場の父親は船の中だ」

「子供がいたの。男の子、女の子?」

「女の子だ。名前はパールバティ」

「素敵な名前ね。そう、だったらここで何かお土産を見つければいいじゃない」

「そうだな。ここも開発が始まってもう2年だ。土産物屋の1軒くらいあるかもしれんな」

部屋に戻ったサーラは、電子データシートを取り出すと、出発の朝に教会で撮った写真を表示させた。みんな元気にしてる? わたしはね、少し体重が増えたかも。表示の片隅に映り込んだ、自分が描いた絵を拡大する。これは、やはり、先ほどの絵と同じレベル。


早朝、部屋を出ると整体運動、そしてランニング。船の中では頭ばかり使っていた、つもりだから、躰を動かす必要があった。走っている人が他にもけっこういた。決まった順路で周回しているようすなので、サーラもその流れに入った。名前のわからない木々や草花、広い菜園もあった。山羊に似た動物が多数、木の囲いの中に。これニワトリ? そんなのもいた。

朝食の後、時間どおりに管理事務所へ集合すると、広い会議室に入る。サーラとダミンは後方の席についた。メルテンスが全員に、開発調査隊責任者のルインビーと、今は警備責任者になっているアッシュを紹介した。

「あのふたり、不景気な顔してるわね」

「それは仕方ないさ。多分、起こった出来事を脳がまだ整理しきれていない、そう思うよ。当事者だしね。きみだって、いつも景気のいい顔をしているわけじゃないだろう」

「わたしがいつも景気のいい顔してる？　そんなふうに見えるの、それはわたしだってね……まあいいわ。ねえ、ヌーランドとなんの話をしたの？」

「ヌーランドたちと？　それは後で、お昼のときに話をするよ。この後もあのふたりと、それに他の学者も交えて会議をすることになっている。さあ、始まるよ」

モニターは輸送艦の食堂にあるものより大型だった。映像が粗くなっていた。ときおり映像を静止させてアッシュが説明する。

昨日と同じもの見せられてもねぇ。サーラはまぶたが重力に負けて、下がり始めたのを心地よく感じていた。アッシュの声が次第に小さくなってゆく。


「バブルと遺跡について、いろいろ話し合いをしたよ」

昼食の席で、ダミンが話し始めた。向かい合ってサーラとハンナが座っている。

「話し合いといっても、主導権は連邦軍が持っていて、彼らはすでに道を決めていた。普通に考えればそうなるだろうと、だからぼくたちにも異論はなかったよ。別に圧力があったわけじゃない。ぼくたちの意見は参考までに聞きましょう、その程度だったね」

サーラ「形だけ、というわけね。税金上げるときの公聴会みたいな」

ダミン「そんなところだよ。軍の考えは、まず遺跡についてだけど、アルスラン文明のものでないのは確かだ。では、どこの文明のものか？　ぼくたちのように、この星の外からやって来た誰かが作ったと考えている。この星の現状、先住民の痕跡を見るとそうなる。そしてあの鏡が同調移動の装置なら、目的は移民じゃないかと、それが何かの事情で計画が中止になった」
ハンナ「私たちのように、宇宙に展開できる文明があったということね。会ってみたい気もするわ」
ダミン「どういう文明かわからないけれど、出会うと言っても難しいものがあるよ」
サーラ「友好条約を結ぶのか、宣戦布告をするか、そういう難しさ？」
ダミン「それは相互の文明の力関係で決まる。さて、遺跡は作られてから何百年か何千年、それくらい経過していると思われる。その長い期間、洞穴の外にある石材の状況からして、維持管理とか活用されたようすがない。だから、あの遺跡を作った文明は、すべての権利を放棄したものと見なす。つまり、我々が好きにしますよ、ということ。それが結論だった」
サーラ「まあ、そうなるわね。遺跡なんて、アルスランでも見つけたもん勝ちでしょ」
ハンナ「バブルのほうはどうなったんです」
ダミン「バブルはね、あの遺跡を盗掘とか侵入者から守るための装置、そういう考え。先住民とは違うだろう、遺跡を作った文明の知的生命体にも見えない。だからといって装置はないだろうと思うけど。生物なのかロボットなのかそれとも別の何か、映像だけじゃあわからないけれど、非常に興味ある存在だ。必要なら排除する、ヌーランドはそう言ったけど、連邦軍としては、できれば生きたまま捕獲したいそうだ。生きたまま、というのは変かもしれないけど」
ハンナ「軍はなんでも欲しがるのよ。映像を見る限りなら、小火器しか使えないような限定された場所では、バブルは無敵に見えるもの」
サーラ「本気なの？　捕まえるより全滅するほうが早いみたい。捕まえるなんて、お姉さん聞いてた？」
ハンナ「作戦の指示はまだよ。でも、用意している装備とか見ると、何をやろうとしているのかおおよその察しがつくわ」
サーラ「どんな装備なの？」
ハンナ「大きなトラバサミとかレールガンとか。後でヘリポートに来るといいわ、出発前に装備の点検をするから見せてあげる」
サーラ「……出発って何？　わたし聞いてないけど」
ハンナ「あなた、何してたの。バレンシアが言ったでしょ、15時出発で神殿に行くって」
ダミン「あのときサーラはね、心を落ちつけて冥想していたんだよ」
ハンナ「それって、居眠りしていたってこと？」
　ちょっと恥ずかしくて顔を赤くしても、生まれたときから赤い肌だからわからない。お酒を飲んでも同じこと。ほとんど飲まないけれど。あせるじゃない、ヘタすると置いて行かれるところだったわ。

食器を乗せたトレイをカウンターに戻して振り返ると、片隅のテーブルにアッシュの姿が見えた。聞いておきたいことが。サーラはアッシュのもとへ歩き出した。


歩いていた足を、サーラは止めた。

ベンチに腰掛けている女性。母親だろうか。その前に立っている、長い黒髪に明るい色のワンピースを着た少女。母親が何かを話しかけ、頷きかえす少女。いつも誰かの思い出の中に、ありそうで、なさそうで、そんな風景。

わたしにも……あれば……いいのに。

しかし、今はありえない風景だった。サーラがいるのはベースコロニーの中央にある広場。コロニーに子供はいない。よく見ると少女の手と足は金属製だった。おまけに足が4本あるようだ。ベンチの女性に近づくと、サーラは両手を合わせて挨拶をした。

「わたしはサーラ・ムーンワーク。鏡の調査に来たの。あなた、ヴェーダさん？」

そうだけど、とサーラを見上げた顔には、気の強そうな雰囲気と、言いようのない焦燥感があるように思えた。

鏡にオリハルコンを感じた人の話が聞きたい。アッシュに問うと、それはヴェーダだよと言う。どこにいるの？　衛星測位システムで位置を確認する。今は広場にいるね。

「話をする気分じゃないと思うけど、少しだけ、鏡についてだけでいいの、聞かせてもらえない？　それと……このロボット可愛いわね」

そう言ってサーラはロボットの頭を撫でた。髪の毛は、毛糸を束ねたものだった。あきらめたような笑顔になったヴェーダが「プリエールという名前よ」と言った。


ヴェーダに連れられて、サーラは管理事務所の裏手にあるという墓地に向かっていた。ヴェーダに話を聞いた後、お墓にお参りしたいとサーラが言い出した。後ろからプリエールも歩いて来る。

男がひとり、墓の前に立っていた。近づいて来る足音に気づいてサーラたちのほうを、チラリと見る。そしてサーラたちとは反対の方向へ立ち去って行った。

男の横顔をサーラは知っていた。

（ヌーランド。どうしたの、あなたもお墓参り？　誰のために……）

サーラはヌーランドが立っていた、同じ墓の前に立つと両手を合わせた。墓石に名前が刻まれている。タチアナ・ロマノス。あのブロンドの女性だろう。

「ロマノス先生。軍の防疫局から来ていた人よ。安全宣言を出すために。プリエールの服はロマノス先生が作ってくれたの、徹夜で裁縫して。今の男、知ってる人？」

「作戦局のヌーランド。昨日ここへ着いたわ、わたしもいっしょに」

「どういう関係、なんて詮索しても仕方ないわね」

次にサーラはフォボロの墓にお参りした。両手を合わせる。

「フォボロさんに奥さんがいたか、聞いてる？」

「隊長に奥さん？　いるはずよ、アルスランに。子供はいないようだったけど」

「その奥さんが、どこに勤めているかは？」

「えらく気にするのね。確かハミルトンにあるモルフィー・ショッピングセンターだったと思うけど。そこで薬剤師をやっているそうよ。もしかして知り合い？」

「わたしの家が近くにあって、よく買い物に行くわ。どの人か知らないけれど、顔は合わせているはずだから。連絡は？」

「会社から、あの後すぐに行ってるはずよ。……ねえ、そろそろいいかな。私、ヘリの準備があるから、もう行かないといけない時間なの」

「あっ、ごめんなさい。長い時間ありがとう、感謝します。ヘリの準備するの？」

「あなたたちを神殿まで運ぶように言われてるわ」

「じゃあ、あなたヘリのパイロット？」

「そうよ。それがどうかしたの」

「カッコいい、と思って」

ヴェーダの後ろ姿を見送った後、サーラはまたフォボロの墓の前に立った。

民間軍事会社といって、彼らもまた兵士に違いなかった。サーラは兵士に対して、それが敵であれ味方であれ、いつも畏敬の念を持つようにしていた。彼らは、自らの信念のもとに自分自身ではない何かのため、誰かのために戦う、命を懸けて。

兵士にだって愛する人や家族がいる。そういう人たちと平和な生活を送りたいと思うのが普通だろう。それでも外宇宙の異境の地で死んでゆく兵士がいる。誰もそんなところで死にたいと思わないはずだ。

あなた、こんなところで死んで満足なの？　サーラは聞いてみたかった。しかし返事が帰ってくることはない。そしてサーラの悲しみのひとつが、兵士に死をもたらすもの、それが彼女自身になるかもしれないということだった。

たいして興味はなかったが、そんな顔を見せずにサーラは聞いていた。

「このトラバサミ、中にライトを取り付けるのよ。ライトを踏みつぶしたらバチーンと締まってアウト。この網はカーボンファイバーの長いリボンを、太い糸にして編んであるわ。５メートル四方あるから、目が粗くて小さな魚だったら抜けちゃうけど、バブルの動きを止めるくらいはなんとかね。カーボンファイバーは丈夫だから破られる心配ないし」

ハンナの話をダミンは熱心に聞いている。ふりをしてるだけじゃないの、サーラにはそんなふうに思える。つまらないから。

「あのボンベ、片方が発泡プラスチックでもう片方が硬化剤。放水するような感じでノズルから混ぜたものを噴射するの。目標にかかったときはじゅるじゅるだけど速効でカチカチに固まるわ。レールガンは知ってるでしょ。携帯型で人間には強力すぎるけど、相手がバブルならちょうどいいかも。ホークアイは偵察用よ」

「ぼくはレールガンの実物、初めて見るけど、なんか手持ちの大砲といった感じだね」

点検の終えた装備を、兵士たちがヘリに積み込み始める。ヘリポートにはヘリが２機。着陸艇は輸送艦に戻っていた。

「これだけ用意して、失敗したらどうするの。次は排除？　戦術核とか使って。それよりあれよ、輸送艦のレイバー使えばどうなの。バブルとレイバーの格闘なんて、面白そうじゃない。それか、もう全部なかったことにして、洞穴埋めて知らん顔するとか」

サーラの不満そうな疑問と提案に、ハンナとダミンが反応する。

「失敗したら、退却よ。後はどうするか、そのための作戦局でしょ。それに、神殿を壊すようなことは絶対するなって命令だから、爆発物やレイバーはダメなの。あんなところでレイバーとバブルが殴り合いしたら、柱は壊しまくる天井は落ちてくるで生き埋めになるわ」

「それ以前に、レイバーはあの回廊を通れないと思うよ。大きすぎて。分解して持ち込んで、神殿の中で組み立てるとしても、そのあいだバブルが待ってくれるかな。洞穴を埋める、それも意味がないと思う。神殿のことを口止めするなんて不可能だろう。ニュースにもなってるようだし。何も手をつけないで埋めたりすると、話が伝わるうちに余計な憶測が入ったりする。

異星人の宝物が埋まっているとかなんとか。よくあることだろう。そうなると、必ず誰かが盗掘にやってくるからね」

ふたりの集中口撃を浴びてサーラは沈没しそうになったが、これくらい「化け物」とか「二度と来るな」に比べたら屁でもないと気を取り直した。

ヘリに搭乗する時間になり、外から操縦席を見るとアッシュが見えた。わたしあっちにする、ハンナに言うとサーラはもう1機のヘリに向かって駆け出した。

副操縦士の席にヴェーダの後ろ姿を見て、どうしてだろうと思いながら、かまうものかと操縦士の席にサーラは座った。ヘッドセットを着けながらヴェーダに笑顔を向けると、あなたが羨ましいわ、という目で見返された。

ローター音が耳に入ったとき、後ろから「おい、その席は」という声がした。振り向いたサーラが何も言わずに睨み返すと、声をかけた兵士は気まずそうに横を向いた。

上空から見えるのは草原と林、野牛のような大型動物もいた。右手に湖と、その湖畔に人工の建物がいくつか。

「あの小屋みたいなの何?」ヘッドセットを通してサーラが聞く。

「別荘よ。キャンプ場もあるわ」ヴェーダが素っ気なく答える。

ヴェーダの操縦を見て、サーラは彼女が左利きだろうと思った。だから、副操縦席に座っているのだろうと。そのほうが操縦しやすいから。

「気のせいかもしれないけど、お酒の匂い、しない？」

さりげないサーラの声に、ヴェーダは一瞬、鋭い視線を送った。

「しないわ、気のせいよ。お酒を飲んで飛んだりしないから、心配しなくてもいいわ」

「心配はしてない。これくらいの高さなら、落ちてもわたし大丈夫だから。お酒で記憶喪失になるのはひと晩だけ。完全に忘れたいなら、強力なテレパスに頼むといいかも。それとアルコール飲料はね、すべての飲食物の中で最も発癌のリスクが高いのよ。……だから、今は余計なお世話ね。ううっふ」


回廊の奥、神殿の入口に立ってハンナは両腕を前に伸ばし、ヘッドランプの照らす暗闇を見上げていた。目を細めて心気を集中し、神殿を形作る岩の中に意識を浸透させる。ハンナに見えるバブルの像は人間の形をしていなかった。機械部品のようなものはなく、だからロボットのような人工物でないのは確かだった。不定形の、螺旋状に渦を巻く黒い炎のようなゆらぎ。初めて透視したとき、それがバブルだと確信した。

昨日の午後、現地に到着してすぐ回廊に入った。壁に取り付けた携帯ライトのバッテリーを交換した後、今立っている場所で断層透視をした。ハンナにとって、神殿の容積を考えれば楽な透視だった。薄い灰色の広がりの中、そこだけに黒いゆらぎがあった。非接触テレパスの兵士が交信を試みたが、何の反応もなかった。赤外線暗視カメラを搭載したホークアイを飛ばしたが、それらしいものは映らなかった。

　今日は朝から装備を回廊に持ち込み、神殿に侵入する準備をした。透視を始めたハンナの後ろには、バレンシアを含む兵士8名が待機している。メルテンスとサーラがさらにその後ろ、最後尾にいた。ヌーランドは残りの兵士と、ダミンもいっしょに外のコンテナハウスにいる。モニターとイヤホンに神経を集中しているはずだ。アッシュとヴェーダは緊急発進に備えてヘリで待機していた。

　サーラは昨日と同じように、地面へ置いたヘルメットに尻を乗せていた。左横にいるメルテンスのイヤホンから漏れてくる音声に耳を澄ましながら、兵士たちのヘルメット越しにハンナの背中を眺める。兵士たちはカメラ付き赤外線暗視ゴーグルとハンドガン、ハンナとメルテンスはヘッドランプ付きヘルメットとアサルトライフル。わたしには何も付いてないヘルメットだけくれた、ヘッドセットはくれなかった。お前はついて来るな、なんて言われないだけ、ましかもしれないけど。

「赤外線暗視ゴーグルの視界で、サイキックがうまく発現できるの」

「大丈夫よ。夜間訓練で経験済みだから」洞穴に入る前、ハンナが言っていた。

　メルテンスはホークアイのコントローラーを持っていた。座り込んだ目の前に、2枚の電子データシートを置いて。1枚は8分割にされて兵士たちから送られてくる映像を、もう1枚は2分割でホークアイと兵士たちの位置を示す神殿の平面図と、ホークアイからの映像を映していた。ヌーランドたちも同じものを見ているはずだ。

サーラが電子データシートを覗き込むと、

「今日は、居眠りしねえのか」メルテンスが嫌味を言った。

誰か笑っているような気配がした。そのマイク、オープンチャンネルでしょ、みんなにまる聞こえなのに！　上目遣いにメルテンスを見て、サーラは頬を膨らませる。いんふれーしょん起こすわよ。


ハンナがバブルを感知して位置を知らせる。神殿の入口から対角線上、一番奥。ホークアイを飛ばす。メルテンスが「行け」とささやき、「シールドを張れ」という声がした。バレンシアの指示だろう。兵士たちが装備を携えて、神殿に侵入を始めた。

サイキックの能力にシールドがある。躰の表面を包み込むように電磁波のようなもので透明の膜を張り、外部からの圧迫力に抵抗を示す。抵抗力の程度は個人差があった。発現の有効範囲は視界に影響され、躰の前面がより強く、背面の方が弱くなるのが一般的な傾向だった。

ハンナの両脇を抜けて、兵士たちが暗闇の中に消えてゆく。遠ざかる靴音と装備の擦れ合う音に、サーラはちょっとあきれた。

（あんなにがちゃがちゃ音たてたら、誰だって目を覚ますわよ）

電子データシートの上を、ひとつの青い点を追いかけるように、８個の赤い点が散開して進む。メルテンスの口を引き締めた真剣な顔を、サーラは初めて見た。

鈍い音がした。同時にシートの上から青い点が消え、ホークアイからの映像が砂嵐に変わる。

「ホークアイがやられた」「動き出した、速いわよ」メルテンスとハンナの声に、サーラは兵士たちのカメラの映像を見た。いくつかの画面の中に白い影が動き回る。

連続して起こる鈍い音、大きな金属音、そして銃声。

「撃つな、退却だ、退却しろ！」

メルテンスの指示に、バレンシアが被せるように叫ぶ。

「地面に伏せろ、動くな！　音を立てるな！」

なんとかしないと。サーラは躰が熱くなるのを感じていた。

そのときサーラたちから10メートルほど神殿に入った辺り、2本目と3本目の柱のあいだからひとりの兵士とレールガンが飛び出すようにして地面に落ちた。バブルと激突して弾かれたようだ。暗視ゴーグルを装着したままで誰だかわからなかったが、兵士はまだ生きている様子だった。頭を上げ二度三度振るようにしたが再び頭を落とした。サーラはハンナの横をすり抜け、身を屈めるようにして小走りでその兵士に近づいて行った。

「サーラ何する気、危ないわよ！」

背後からハンナの声がしたがサーラは足を止めなかった。明かりといえるものは回廊にいるハンナとメルテンス、ふたりのヘッドランプだけだったが、その光の中で神殿の暗闇にもようやく目が慣れた。兵士のもとに着くと片膝をつき躰に手を当て生体反応を探る。

（大丈夫、生きてるわ。シールドの効果があったみたい。でも……あいつを先になんとかしないと）

　ハンナがまた声をかける。

「サーラ、あなたの正面のすぐ先よ、向かってくるわ！　逃げるのよ！」

　大きなよく通る声だった。悲鳴なんかじゃない。索敵し冷静に状況を伝える声だ。

（お姉さん、しっかり仕事してるじゃない）

　サーラは立ち上がると心気を集中して躰にシールドを張った。両腕を顔の前で交差させ、腰を少し落としてブロックする体勢をとる。逃げるつもりはなかった。

（カッターもプレスも間に合わない。たとえ間に合っても効果はなさそうだし。仕方ないから一度殴られてみよう。でもタダで殴られるほどわたしは甘くないわよ）

　目の前にぼんやりと白っぽいものが見えるとそれが岩の拳となってサーラに当たった。バスン！　という鈍い音がするのと同時にバブルの表面を放電のような光がかすかに走った。サーラは衝撃で空中に飛ばされた。背中から地面に落ちるとそのまま後ろ向きに2回転して動かなくなった。伸びた両腕がハンナの足元にある。ハンナとメルテンスは急いでその両腕を掴むとサーラの躰を回廊に引き込んだ。ハンナもメルテンスも、そして神殿の中で息をひそめている兵士たち全員が、サーラは死んだと思った。

ハンナは両膝をつくとサーラの上半身を抱き起こす。片方の鼻から血が流れ出ていた。首に手を当てると安堵の表情をメルテンスに向けた。

「大丈夫、生きているわ。シールドを張ったようね」

ほう、そいつはすごい。驚くような顔をしたメルテンスだが、頭の中では今の状況にどう対応し処理すればいいか考えが渦巻いていた。明らかに作戦は失敗だった。神殿の一番奥へ、もしかしたらおびき寄せられたのか、そんな思いがあった。

「サーラ、大丈夫？　サーラ」

ハンナはサーラの顔を覗き込むようにして声をかけ、その頬を軽くたたく。

目を開けると、すぐ目の前に胸のふくらみと流れ星のマークがあった。岩の拳は見えた。ブロックしていた腕が自分の顔に当たる痛みも感じた。飛ばされたのもわかった。背中から落ちた衝撃で意識を失ったらしい、ほんの少しのあいだ。

「あなたたちのチーム、３分も持たなかったわね」

「えっ、何よそれ、訳のわからないこと言って。大丈夫？　殴られたショックでどこかおかしくなったんじゃない？」

「わたしは大丈夫よ、あんなのたいしたことない。核爆弾の直撃でも耐えてみせるわ」

サーラはハンナの顔を見上げて笑顔で言った。ハンナの腕に抱かれて気分が良かった。もうどこにも痛みを感じることはない。

「なに勝手なこと言ってるの。人が心配してるのに」

ハンナがハンドタオルを取り出す。

「鼻血が出てるわよ」

ハンドタオルでハンナが血を拭き取った。そしてタオルのきれいな部分を口に含み、唾液で濡らしてからもう一度拭いてくれた。

「ありがとう。でも甘えてばかりもいられないわ」

サーラは神殿のほうへ顔だけ振り向けた。ハンナも同じようにした。

「あいつどこかへ消えたわ。あなただけ気にしていたから、注意してなかったの」

「いいのよ、まだ終わってないもの」

そう言うとサーラはハンナの腕を離れてメルテンスに向きなおった。本能の波動はバブルに対する闘争心となり、内なる声が戦いを求める。

「お前、風評では化け物なんて言われてるらしいが、風評だけじゃあなさそうだな」

メルテンスが感心したように言った。

「褒めてくれてうれしいわ。それよりメルテンス、まだ生きてる人がいるし、怪我してる人もすぐ手当てすれば助かるかもしれない。それにはあいつが邪魔なのよ。あいつをやっつけていいか今すぐ決めて」

「やれるのか」

「やられたらやり返すのがわたしの信条よ」

「どうやって」

「薬の効能書きなんて、飲んでから見ればいいのよ」

この野郎、という表情をしたメルテンスは、サーラから顔を逸らし洞穴の入口を向いた。

「ヌーランド、今の話聞いたな。どうする？　わからないなんて言わせねえぞ」

皆の会話は洞穴の外、コンテナハウスの中でモニターを見ているヌーランドたちも聞いていた。モニターには神殿の平面図を除いて、全て闇の色しか映っていなかった。ヌーランドはマイクを特定チャンネルに切り替え、メルテンスにだけ通じるようにして、ささやいた。

「それでいいんだなヌーランド。お前らしくないぜ」

メルテンスはサーラに向くと真剣な顔をして言った。

「ここで起きたことの責任は、全部おれが持つ。思うようにやれ。ただし、お前が死んでもおれは何もしてやれんぞ」

「あなたカッコいいわよ。天使みたい」サーラが笑顔で言う。

「お姉さん、あのレールガン、念動力でここまで持って来れない？」

「私が？　やってみるけど自信ないわよ」

ハンナは右手を伸ばし、倒れている兵士の横にあるレールガンに心気を集中した。そのあいだにサーラは、回廊の壁に取り付けてある携帯ライトを3個外す。

（ハンナの言ったとおり、あいつロボットじゃない、意識があった。インパルスは初めての経験だったみたい。有効なのは間違いないわ。それなら……）

　バブルの拳が腕に当たった瞬間、サーラはインパルスを送り込んでいた。シールドのほうにほとんど集中していたから、ほんの少しだけれど。そうしたら、痛みと苦しみ、そんな感覚がバブルの意識の表層に現れたように感じた。

「サーラ、私じゃダメだわ。ぜんぜん動いてくれない」

「えーっ、仕方ないわね。わたしも苦手なのよ、念動力。ボールペンが精一杯なのに」

　サーラはハンナの横に立つと、レールガンを見つめた。ふたりでやればなんとか。

「おれがやってみよう」メルテンスがそう言うと並んで立った。

「あなたサイキックだったの？」ハンナが驚いたように言う。

「特に宣伝しているわけじゃない」

　メルテンスは心気を集中すると、念動力を発動させる。

「お姉さん、レールガンはこの人に任せてあいつがどこにいるか、索敵して」

　サーラがレールガンを見ると、それはすでにゆっくりと動き出していた。次第に動く速さが増すと、やがてメルテンスの足元に辿り着いた。

「すごい。わたしとはレベルが違うわ。何か他に隠し芸あるの？」

「いいや、これがおれの一発芸さ」

メルテンスは顔いっぱいに汗を浮かべると、疲れた表情でその場に座り込んだ。

「あいつ、この上よ。入ってすぐ上の天井に張り付いてるわ」

神殿の入口の上方を指差しながらハンナが言った。

「でもどうやって天井まで登ったの？　飛び上がるなんて無理でしょ」

「そんなこと今はどうでもいいから。お姉さん、レールガン撃つ用意してよ。メルテンスに頼もうと思ったけど病気みたい。重いから座ったほうがいいわよ。それとこれ借りる」

ハンナの持ってきたアサルトライフルを手に取ると、サーラは両膝立ちになり目の前にライフルと3個の携帯ライトを並べる。ハンナがサーラの横に座り込み、抱えたレールガンをチェックする。「いつでもいいわよ」

サーラは背中に手を回し、ベルトに挿してあるオリハルコンの六角棒を取り出す。鞘から剣先を抜くと、剣先の向きを逆にし、円柱の突起を鞘に差し込んで、手槍の形に組み立てた。剣先20センチ、柄30センチの手槍をライフルの横に置く。次に上着の胸元に手を入れると、オレンジ色の球体を取り出した。ハンナがじっと見ている。

「あなたの胸の中どうなってるの、いろんなものが出てくるのね」

「これは手槍、こちらは自動カスタネットよ」

「お前の隠し芸はマジックか」まだ汗の止まらない顔でメルテンスが言った。

少しだけしかめた顔をメルテンスに見せると、サーラは真剣なまなざしをハンナに向けた。

「よく聞いてちょうだい、お姉さんだけが頼りだから。この先の通路にライトをみっつ置くわ。一番奥と真ん中と、そこ入ってすぐと。わたしがあいつを引っ張り出して、わたしはそのまま奥へ走るから。あいつはわたしを追いかけてくるはずよ。あいつが走り出して真ん中のライトを過ぎたときに、あいつの背中をレールガンで撃って欲しいの。必ず当てて。わかった？」

「わかったわ。でも、どうするつもりなの」

サーラは返事をしなかった。髪の毛を後ろに束ねるとリボンで結ぶ。ほどけることがないよう、きつく結んだ。どうするつもりか、もう決めていた。

バブルのスピードを鈍らせる、体勢を崩す、注意を逸らす。できることはなんでもやろう。そして、自分が出せる目一杯のインパルスを、オリハルコンの手槍を通してバブルの体内に打ち込む。オリハルコンなら岩くらい簡単に突き通せる。インパルスに心気を集中させるから、シールドを張る余裕はない。生身の躰でバブルと対峙することになる。どんな形であれ、接触は避けなければならない。

オリハルコンの放出するインパルスをバブルに打ち込んで、自身の心気はシールドに使おうか。そんなことも思ったが、オリハルコンのエネルギーをコントロールできる自信がなかった。オリハルコンには意識のようなものがある。義務役の経験から、そう信じていた。このオリハルコンの手槍、サーラの意識は受け入れてくれる。しかしサーラにはオリハルコンの意識の断片さえ感じることができなかった。

エネルギーを放出させて弱ければ論外。強ければ、対消滅を起こすようなことになれば、自らも消し飛ぶ。そんな状況にはしたくなかった。

（わたしのインパルスなんて電気ビリビリが強烈になったようなものだから、爆発することないし）

携帯ライトをつかむと、サーラは立ち上がって、次々と暗闇の中へ投げ入れた。奥の壁際、サーラから見て3本目の柱辺り、バブルの真下辺り。

右手にアサルトライフルを持つと、すぐ撃てるようにする。左手に自動カスタネットを持つと、リズムを速いへいっぱいにし、ＯＮのボタンに親指をかける。そうしてサーラはハンナとメルテンスのほうを見た。

「10秒もあれば終わるわ。お姉さん頼むわね。メルテンス、わたしが死んだらあなたはきっと、わたしの墓に花を手向けて、わたしのために祈ってくれるわ」

そう言うと、自動カスタネットを持ったままの左手で、オリハルコンの手槍を取ると口にくわえる。振り返り、サーラは神殿の入口へ走り込んだ。携帯ライトの明かりが視界を確保してくれる。

神殿の入口から数歩、後方に振り仰ぐとライフルを差し上げ、天井に向けて連射する。思っていた以上の大きな音、銃声が響き渡った。片手撃ちで反動がひどい。弾丸がどこへ飛んでゆくか、そんなことはどうでも良かった。

（落ちてこい！）

天井の一部が黒いかたまりとなって動くのが見えた。ライフルを手から離すと、通路を奥へ向かって走り出す。後方で何かが地面に落ちる音がして、連続した動作で追いかけて来るのが、地面の感触を通して伝わってきた。口にくわえた手槍を右手に持ち替え、走りながら心気を集中する。

（よそ見しないでついて来なさい。でもこれは別よ）

ふたつめのライトを過ぎて、左手に持った自動カスタネットをＯＮにすると上にほうり投げる。カタカタカタと木を打ちつける音、これも思った以上に響いた。目の前に垂直の岩壁が迫ってくる。地面を踏み切り壁に向かって飛んだ。曲げた片足を壁に付け体をひねる。手槍を両手で握ると頭の上に振りかぶり、集中した心気を腕から手へ、手槍へと流してゆく。足のバネを伸ばしきり、反転した躰を水平に飛ばす。異様な大きさのシルエットが視界に入り、サーラの長い黒髪が跳ね上がった。

（わたしを殴ると高くつくわよ！）

ハンナはレールガンをかまえていた。バブルが落ちてきて走り出すと、その背中に照準を合わせた。サーラの姿はバブルに隠れて見えない。メルテンスの様子を窺うと、真っすぐにバブルの背中を見つめていた。汗はもう引いたようだった。指が震えてきそうで、レールガンをメルテンスに押し付けたくなった。バブルがふたつめのライトを過ぎるとき、何かが音を立て始めた。あれが自動カスタネット？　バブルの頭が少し上に向いたような気がした。ハンナの指が電子トリガーに近づき接触する。当たって、お願い！　射出口から飛び出したアルミの砲弾がバブルの背中に命中した。後ろからの急な衝撃を受けてバブルの体勢が崩れた、ように見えた。サーラ……。バブルの背中を見つめたまま、ハンナは祈った。

サーラが恐れていたのは、バブルの打ち出してくる岩の拳だった。当たれば今度は痛いだけでは済まない。避けることができても、その後はどうなるか。

バブルは目の前にいた。わずかに上体を仰け反らせ、両方の腕が躰の後ろに位置している。サーラは岩のかたまりにぶつかった。両手に握った手槍を、バブルの胸の中央に突き入れる。バブルの両腕が円弧を描いて前に振られ、その開いた手の影がサーラの頭を左右から挟む。手槍は、わずかな抵抗感のある心地よい感触で、剣先の根元まで刺し込まれた。サーラは全力のインパルスを打ち込む。バブルの表面を放電のような光が走った。バブルが手の平を打ち合わせるバチン！　という大きな音がサーラの頭のすぐ後ろで響き、その振動がサーラのうなじの産毛を震わせた。

自ら求めた〈興奮〉の時間が流れて、サーラとバブルは動きを止めた。幽玄の時間と空間の中に静けさが戻った。

ハンナとメルテンスにはバブルの背中しか見えていなかった。その背中に幾筋かの細い光の線が走り、バチン！　という音がして自動カスタネットの音が消えた、それが同時だった。

サーラとバブルに動く様子がなかった。

「おい、行ってみよう」

メルテンスはハンナの顔を見て言うと、アサルトライフルを手にして先に歩き出した。ハンナはレールガンをどうしようかと思ったが、念のためと抱えたまま後を追う。ヘッドランプの明かりの中を、ふたりはバブルの後ろ姿に近づいて行った。

音がしていた。ピーという、高い周波数の音が。耳鳴りかと思ったが、頭の中で鳴っているような気がした。かすかな光を感じてサーラはゆっくりと顔を上げた。ふたつの光が近づいて来るのが見える。流れ出る汗が止まらない。髪の毛が顔にはりつき、汗が目に入って痛かった。バブルの生命活動が、生命なのか思う余裕もなく、止まっているのは手槍を通して感じ取っていた。疲れ果て、足に力が入らない、座ってしまいたい。しかし頭を自由に動かすことができなかった。束ねた髪の毛を、誰かが後方に引いている。サーラはまた、顔を落とした。

ハンナはサーラとバブルを交互に見た。バブルは胸の前で両手を合わせて立っている。まるでサーラの挨拶を真似するかのように。その合わせた手と胸のあいだに、サーラの頭が見えた。近づくと、バブルの腕の下から覗き込む。

サーラの両足はつま先だけが地面に着いていた。ヘッドランプの光を上に向けると、バブルの胸に突き刺さった手槍に、顔を下に向け両手で掴まってぶら下がっているサーラがいた。そして彼女の束ねた髪が、リボンの先少しを残して、バブルの両手に挟み込まれていた。崩れた体勢から打ち合わされた手が、敵の頭を挟みつぶすのに一瞬遅く、捉えたのは髪の毛とカスタネットだけ。

「サーラ、大丈夫？　私よ、わかる？」

肩を揺すられる感触。刺激よ、刺激。そんな言葉がなぜか浮かんできた。遠い昔の懐かしい記憶に思えて、汗の中に涙が混じる。ヘッドランプが眩しい。サーラはハンナの口が動くのを見ていた。声は聞こえない。どうしてだろう、声が聞こえない。残り少ない意識で耳を探る。両耳の鼓膜が破れていた。ハンナはまだ口をパクパクさせている。

弱く細い声で、サーラは耳が聞こえないことをハンナに告げた。

「えっ、なに、鼓膜が破れたの、耳が聞こえないの。どうしよう、と言ってこれも聞こえてないのね。だけど、そうね、まず髪の毛をなんとかしないと」

ハンナは振り返るとメルテンスを見た。マイクを相手に喋っている。バブルの脅威が排除されたと判断して、指示か連絡をしているのか。神殿の各所で人の動きだす気配がする。

「メルテンス！　こっちへ来て手伝って！」

ハンナとメルテンス、ふたりして合わされた手を開こうと、手のあいだにアサルトライフルをこじ入れてみたが、銃身のほうが曲がりそうだった。

「これは、お前、髪の毛切るほうが早いぞ。本人に聞いてみろ」

「女に髪の毛切れっていうの？　それに彼女、鼓膜破れて声が聞こえないのよ」

「なに言ってやがる。お前たち、ふたりとも接触テレパスなんだろう。こういうときに使わないでどうする」

　あっ、そうだった、これじゃあほんとのタコだわ。ハンナが心気を集中しようとしたとき、うなだれているサーラの手が動いた。自身の後ろ髪を指差し、次に指をそろえて切る仕種をする。まるで今の会話が聞こえたかのように。

「ほれ見ろ、おれと同じ考えだ。お前が切ってやれ」

「私が？　いやだなあ、そんなこと。でも仕方ないわね。確かめてみるわ」

　ハンナは心気を集中させると、サーラの腕を、軽く力を入れて掴んだ。

『髪の毛髪の毛、切っていいの切っていいの』

　サーラが何度か、弱く頷く。『切って切って』

　サーラの表層意識をハンナは感じ取った。

『わかったわかった、切るわよ切るわよ』

　ハンナは腰のベルトからナイフを抜くと、立ち位置を反対側へ、サーラを左側に見る位置に移した。髪の毛をできるだけ長く、ほんの少しでも長く残してあげたい。自分は右利きだからこの位置のほうがいい。左手でリボンの上から髪の毛を掴み、すぐ右側にナイフの刃を当てる。髪の毛の束は思った以上の硬さだった。ナイフを引き、そして押す。何度も繰り返し繰り返し、呪縛のような鎖を断ち切った。

サーラは頭の動きが自由になると、バブルの胸に刺さった手槍を抜き取り、元の六角棒に戻すと、その場に座り込んだ。目を閉じてうなだれる。顔にはりついた髪の不愉快な感触、滴になって落ちる汗。

（わたし、何してるの？　何かしたの？　何をしたの？

わたし、誰かを殺したの？　なぜ殺したの？

仕方ないわ、仕方ないのよ、どうして仕方ないの？）

ハンナはサーラの横に座ると、サーラの肩に手を回し、空いた手に持ったハンドタオルでサーラの顔に浮かぶ汗を拭き取る。テレパシーは使わなかった。

「あなたよくやったわ。私にこんなことは無理ね。……あなたは今、ちょっと前のメルテンスと同じ、病気なのよ。好きなケーキ食べて、ゆっくり休みなさい。そうしたら、また元気になるから。でも、あなたの効能書き、なんて書いてあるか一度見たい気がするわ」

ハンナは優しく話しかけたが、サーラに聞こえていないのは、わかっていた。

サーラに聞こえているのは、頭の中に鳴る音だけ。ピー。

8　なびかせる黒髪もなく

小刻みに動いてゆく鋏の音が、心地よい響きをもたらす。ひと晩ぐっすり眠ると頭の中の騒音も止まった。

青空の下で椅子に座り、髪の毛をカットしてもらいながらサーラは思った。

（こんなに短くするの、初めてじゃないかな）

「耳は大丈夫なの、どんなぐあい？」

鋏を持つ手を止めることなくハンナが聞いた。

「大丈夫よ、聞こえるわ。よく眠ったから」

「すごい再生能力ね。普通だったら何日か必要でしょ。サイキック治療でも使ったの」

「使ったわ。そうしないとひと晩じゃ無理だもの」

「いいわねぇ。時間のあるとき教えてくれない？　サイキック治療の学習と訓練方法」

幾人かの兵士を神殿のキャンプに残し、昨日のうちにベースコロニーへ帰還していた。ヘリに乗った半分近くが負傷者か死者だった。ダミンは残ったらしい。

「あのとき本当は怖かったんじゃない」

「それはそうよ。生き延びるためには怖いという感情が大切だと思っているから。だけど、怖いだけじゃやっていけないわ。そんなときわたしはね、相手の実力を尊重したうえで、そんなやつらはみんなわたしの召使いだと思うようにしているの」

「えっ、あなたの召使いって、どういうことよ」

「そうねぇ、あのバブルだったらさ、あいつがわたしの横にいるか前にいてひざまずいているところを想像するの。そしてわたしがパン買ってこい、肩もめ、寄付集めてこいって命令するとその通りするわけ。うまくやれば褒めてあげるけど、失敗したり遅かったりすると蹴り飛ばすの。ここまで頭の中でイメージできれば、もうこっちのものよ。実際に向かい合っても、お前ご主人様に逆らうつもり、なんて感じになれるから」

「すごいイメージトレーニング、上からサーラね。私にはとてもできそうにないわ」

鋏を止め、何度か櫛を通してから、はい終わり、とサーラの首から下に巻いてあるカーテン生地をハンナが外す。

「アルスランに帰ったら美容院に行ってね。私が恥ずかしいから」

わかってるわ、と涼しくなった首周りを気にしながら背伸びをしていると、ヴェーダがやっ

て来た。ハンドフォンをサーラに差し出すと、

「交換だそうよ。お墓で会った人が渡してくれって」

「ヌーランドが」サーラはハンドフォンを受け取り、ヴェーダの顔を見てから、胸のポケットに入れてある自分のハンドフォンを取り出した。画面に亀裂が入り電源が切れていた。

「バブルに殴られたときじゃない。これは、もしかして、お説教かな？」

ハンナが口を出し、サーラは「ええっ、そんな、仕方ないでしょ、だってこれ」と表情を曇らせた。ヴェーダが笑顔を浮かべる。

「そのあたりは問題ないみたいよ。ヌーランドというの、あの人が始末書を出しておくと言ってたわ。それで、お説教は免除するって」

あーよかった、とサーラはヴェーダの手を握って、ありがとうを繰り返した。

「お礼なら、ヌーランドという人に言いなさいよ。それと、昼過ぎにまた向こうへ飛ぶけど、どうする、乗ってく？　ただしタダじゃないわよ。水や食料、板切れとか他にもあるわ。ヘリ2機に積むのを今から手伝うこと。人手不足なんだから」

荷物運び。そう聞いてサーラは悩んだ。髪を切ってもらったから、シャワーを浴びようと思ったのに。でも荷物運びをすると汗べったりになりそうだし。シャワーどうしよう、荷物を運んでからにしようか、先にしようか。

物言わぬ巨人を、サーラたちは見上げていた。巨人の手にはサーラの髪が挟まれたままだった。どこかしら躰の一部を、バブルがまだ掴んでいて離さない。そんな感覚がサーラに残っていた。

「できることなら、……無理と思うけど、私が殺してやりたかった」

ヴェーダが、もう終わったのね、という顔で言った。

ごめんなさい、次はあなたに譲ることにするわ。サーラが言って、関係ないけどハンナとヴェーダは同期なんでしょ、から育成学校と義務役の話になった。

携帯ライトが各所に置かれているだけで、神殿の中は依然として暗さが勝っていた。兵士たちが壊れた照明を運び出し、新しい照明を運び入れている。

「偉いさんたちが来たわよ」

ハンナの声にサーラたちは回廊を振り返る。

ヌーランド、メルテンス、バレンシア、そしてダミン。オールスターね。ハンナが言うと、上に中年が付くけど、サーラが茶化した。

サーラはヌーランドに丁寧なお辞儀をして、ハンドフォンのお礼を言う。ダミンが、もういいのかいとサーラを気遣ってから、これからの予定だけど、と続けた。

「照明を明日の昼までに設置するそうだ。その後3日かけてバブルを運び出す。バブルの次は鏡だ。これも3日くらいかかると思う。だからきみには、バブルを運び出している3日のあいだに、鏡の調査をやって欲しい。どうかな?」

ええ、いいわよ。サーラが返すとメルテンスが割って入った。

「ハンナとヴェーダをアシスタントにつけてやる。壊したり傷つけたりするなよ。それにしても、なんだな、お前を殴らずにキンタマ蹴られるか、お前を殴って命を落とすか、どちらにしても辛いものがあるな」

なによ、大きなお世話でしょ。むかっときたサーラの袖をハンナが引っ張る。

「さあ、今日はやることがなくなったから、照明を運ぶの手伝いましょう」

何の話? とヴェーダ。あとで教えてあげる、と含み笑いのハンナ。そんなの教えなくていいわよ、とお怒りのサーラ。3人が回廊に向けて歩き出したとき、メルテンスが追い打ちをかけた。

「おいヌーランド。この星の正式名称、まだ決まってなかったな。今いいのを思いついたぜ。フロー・ラフ・サーラなんてどうだ? ははははは」

サーラは歩く足を止めずに躰を回した。偉いさんたちはみんな背中を見せている。お望みどおりにしてあげるわ。そのままメルテンスの背後に近づくと、それなりに手加減をして、メルテンスの股間を蹴り上げた。

ヌーランドの笑う顔を、苦笑いした程度だけど、サーラは初めて見た。

鏡は、台座と一体になっている大きな岩の板に、オリハルコンの板を張り付けた、そんな構造になっていた。台座にはいくつかの段がついていて、そのひとつの上面に、16個の文字か記号が刻まれていた。張られたオリハルコンの板の下辺からは毛糸のような太い、オリハルコンで作られた糸が3本、地中深く木の根っこのように伸びていた。

埃を落とし水洗いして磨く。清掃するのに半日かかった。きれいになったところで、バブルの運び出しを手伝っているダミンに、文字を見てもらう。

「初めて見る文字だね、記号かな。絵文字や象形文字のような表意文字ではなさそうだ。表音文字だったら比較する何かがないとね、永遠に解読不能だよ」

えー、そんな。教授でもわからないの。仕方ないわよ。そのあと、疲れたからお昼にしようとなった。歩き出し、そしてバブルのところで足を止める。

バブルの背後の地面に、兵士たちが何か四角いものを組んでいた。

「運び出すって、これどうするの」

サーラの問いにダミンが答える。

「これは木と鋼材で台車を作っているのさ。バブルを乗せる大きさだよ。車輪を付けてできあがると、縦にしてバブルの背中に当てる。そうしてバブルと台車をベルトで固定すると、今度はゆっくりと台車を横に戻すんだ。後は台車に付けたワイヤーを、洞穴の外にある巻き上げ機で引っ張る。これで問題がなければ、鏡も同じ方法でやるつもりだよ」

「外に出した後は」

「出した後かい？　着陸艇をこの近くに降ろして積み込むそうだ。そのまま輸送艦に乗せられるからね。着陸艇の降ろす場所を決めるために、朝からアッシュのヘリにバレンシアたちが乗って飛んでいるよ。午前中に決まれば、午後からその場所までの、道の整備をやる予定なんだ。よかったら、きみたちも手伝わないか？」

「手伝うって、何を？」

「道の整備だけど……」

どうしてわたしたちが手伝うの。手が荒れるじゃない。鏡の調査があるのよ。昼から寸法を測って写真撮って動画撮って。そうよそうよ。だいたいそんなの男の仕事でしょ。

３人の気丈な女を相手にした、不用意なひと言をダミンは後悔した。

夢の扉？　その夢は誰のために。それとも夢を見ることもなく眠っているのだろうか。その答えが扉の中にあるのなら、それを確かめるために、わたしはやって来た。

鏡の前に両膝をつくと、表面の感触を確かめるように撫でてみる。躰を前傾して肩幅に拡げた両手を胸の高さ辺りで鏡につけると、意識を飛ばしているあいだに躰が倒れてしまわないよう重心のバランスを取る。位置が決まるとサーラはすぐ後ろにいるハンナとヴェーダに声をかけた。

「お姉さんたち。ちょっと行ってくるから、あとしっかり見ててね」

「大丈夫よ、私も同じようなことやってるから立場はわかってるわ。安心して行ってらっしゃい」

ハンナが言う傍でヴェーダは好奇の目でサーラを見ていた。何をするんだろうと。

サーラは鏡につけた両手のあいだへ前髪のままの額を近づけると、そっと鏡につけた。そして、目を閉じる。巨大な鏡に祈りを捧げる乙女にも見える姿だった。

(サーラちゃん、大人しくここで待ってるのよ)

意識は暗闇の中にあった。視界はすべて漆黒。サーラは自身のことを思い浮かべると架空の肉体を成形した。このほうが動きやすい。不思議なことに髪の毛が、短くする以前の長いままだった。わたしの意識はまだ納得していないのかな。全身を反らすように伸ばすと後ろ向きに回転する。下のほうにみっつの小さな光がぼんやりと見える。電池の残り少ないハンドライト、そんな明るさ(暗さ)だった。あれは、後にしよ。

ゆっくりと意識を膨らませてゆく。やがて意識が身動きできなくなった感覚に捉われた。星たちも何も、そこに存在する気配がなかった。エネルギーゼロ。教授の言ってたポイポイピー最大、熱的死ということ?

意識を等身大に、自身なりの感覚で戻しながら、下降する。ぼんやりとした光だったものが、足元に並んだみっつの、腕が入るくらいかなという大きさの光の輪になった。これは、あのオリハルコンの根っこでしょ。光の輪からは、螺旋状に光の線が伸びていた。どこまで続いているのか、ここから終わりは見えない。光の線で作ったバネを、ビヨーンと引っ張って伸ばしたみたいね。ど・れ・に・し・よ・う・か・な、これ。意識を凝縮させると、真ん中の光の輪に、飛び込んだ。

　白い螺旋の渦の中を下降する。感覚は高速エレベーター、エアポケットに入った航空機、それ以上。しかし意識にはなんの抵抗感も加速度もなかった。どれくらいの距離を来たのだろう。白く淡い光の線は、次第に赤みを帯び、細い炎のようになって終着点を迎えていた。

　なんだか熱を持っているように見えるけど。炎の先端を手に掴んでみる。当然のように、何も感じなかった。この下は？　底なし沼の深さを測るような、そんな気分でつま先を伸ばすと、漆黒がこれ以上の侵入を拒絶する。

　これで終わりかな、と上昇に転じた。入口の光の輪から頭が出そうになったところで、昇るのを止めた。目の前にある斜めになった光の線を見つめる。もしかしてと思い、線と線のあいだへ手を差し伸ばすと、すんなりと入った。どこまで小さくなればいいのかな。これだとハンナのイヤリングになってぶらぶらできそう。それもいいわね。気に入らないことがあったら、耳引っ張ったり髪引っ張ったり、耳の中で大声出したり。

　線のあいだを通り抜けたその領域には、オリハルコンとは違う雰囲気があった。オリハルコンが内包するのはマイナスエネルギーの宇宙。そこは冷たさにも通じる、涼やかに気の張りつめたところ。今いる場所に感じるのは熱気だった。太陽の光が届かない深海の、冷たい潮流と海底火山の熱が入り混じった、ぬるま湯のような熱気。

どれほどのものか。意識を急速に膨らませた。漆黒が濃い灰色に、そして薄い灰色の曇りガラスのように変化してゆく。意識が混乱しそうになる。失敗したかな。意識の目を閉じて落ち着くように、等身大に戻った。

巨大なハウス栽培用の温室。その屋根にいた。一面の曇りガラス。温室の中は薄暗い。ここは、どこだろう？　曇りガラスの向こうに何か動く気配がしていた。顔を下げて曇りガラスに近づける。何か見えないかな、見えないわ。曇りガラスに顔が当たっても何も感じない。さらに顔を下げて、曇りガラスを抜けた。

これは、こんなこと、ありなの？

意識の目が見ているのは神殿の光景だった。神殿の天井から下を見下ろしていた。バブルの周りにダミンと兵士たち。鏡の前に自分の躰があって、その近くにハンナとヴェーダ。しばらく眺めて状況を整理すると、ひとつの結論を導き出した。

わたしは今、バブルになっている。

祈りを捧げる乙女の図。絵になる光景ね。せめて写真でも撮ってよ、ハンナ。鏡の前に膝をつく自分の姿を見て思っていると、突然に恐怖心が芽生えてきた。

わたし（意識）はここにいる。今、鏡の前にいる自分の躰を、誰かが連れ去ったら、わたしはどうなるのだろう。永遠に岩の中？　これがバブルなの？　早く帰らないと。

夕食の後、たき火を囲んでいた。ハンナとヴェーダが横にいる。メルテンスとヌーランドは煙草を吸っていた。他に兵士たちも。

「バブルは、自発的か強制的かはわからないけれど、岩の檻に入った意識生命体。そしてサイキック。念動力で岩の躰を作り上げ、神殿を守っていた。きみの話からするとそんな感じだね」

ダミンの意見を聞きたくて、サーラは鏡の中へ入ったときのことを話した。サイキックのことを何も知らない人が聞いたら、まともに相手をしないような話だろう。サーラにとって彼以上のサイキックの理解者は、今のところ、いないように思えた。

「オリハルコンの板には、もうエネルギーが残っていないようだね。あの板の容積なら、膨大なエネルギーを持っていたはずなのに。もしかして、同調移動というのは、ぼくたちが考えている以上にエネルギーを必要とするのかもしれない。その根っこだけど、地中に深く入って、先端が熱を持っているようだと。神殿のある山は、昔は活火山だった。根っこは、火山の地下エネルギーを吸収するためのものじゃないかな。まだそこだけ光があるのは、わずかながら今でも熱を吸収しているからだと思うよ。オリハルコンの板が持っているエネルギーだけで同調移動をすると、数回でエネルギーを消費してしまう。だから、どこかで補充しないといけない。そんなところかな。これは、オリハルコンがエネルギーを吸収するという証拠のひとつになる。そうすると、鏡が設置されたのは、この山が火山として活動していた年代、だろうね。……今はこの程度のことしか言えない。でも、すごい発見かもしれないよ」

「どうもありがとう。すごい発見だといいけど。それと根っこ。あれ長さが、おおよその感じだけど1キロか2キロくらいあるみたいなの。どうやったらあんなに深く埋められるのか、わかる？」

「それは、ぼくにはわからない。きみのようなスペシャリストに創意工夫してもらうしかないよ。火山のエネルギーを利用しようとするなら、その開発の過程でいずれは解決できると思うけどね」

今夜の歩哨は誰だ、という声を合図のように、おやすみを言った。

（教授の意見を聞いてよかった。わたしなんか考えつかないこと教えてくれるし、この山が火山だったなんて知らなかったもの）

ああん、ショックだなあ、どうしよう。

ベースコロニーのコンテナハウスで、荷物をまとめていた手を止めると、サーラはため息をついた。

朝、ランニングをしていると、山羊みたいなのが囲いのすぐ近くにいたので、足を止めて声をかけたら、唾を飛ばされた。

山羊に嫌われるくらい気にはしない。問題は、アルスランへ帰る輸送艦の中で、自分はひとりきりになる、というのがわかったことだ。

鏡の調査のため、神殿のキャンプに5日間いた。昨日、最後の仕事、台車に固定した鏡を倒すときにオリハルコンの根っこを引き出した。これで、次に神殿を見ることがあるなら、観光客として来るときだろう。

「これが最後のフライトね」

キャンプからコロニーに戻るとき、ヴェーダが言った。サーラは自分のことを言っているのだと思っていたら、ヴェーダのことでもあった。

いっしょに乗ったメルテンスの横に座ると、指定席の操縦席はあきらめて、ヘリの中で話を聞いた。

「定期派遣メンバーの冷凍睡眠は解除した。2回に分けて帰る連中と交代する。1回目は今日、2回目は明日だ。明日のメンバーにアッシュやヴェーダも入っている。輸送艦に乗れば、すぐにお休み。気楽なもんだ」

「冷凍睡眠に入るのね。それで、わたしたちは？」

「わたしたち？　お前の予定は、明日の朝に伝えようと思っていたが、出発は明後日。着陸艇は、キャンプでガラクタを積んでから来る。だから、夕方になるだろう」

「お前って、教授や、ハンナのチームは？」

「聞いてないか。まあ、仕方ないかもしれん。お前がさみしがると思ったんだろう。2週間後に軍の高速旅艦が到着する。安全宣言を出すためだ。やって来るのは軍と評議会のお偉方。それについてくるアホなマスコミども。あと遺跡研究の専門家が何人か。チームはお偉方の警護をする。ダミンは調査の引き継ぎだ。全部終わると、仲良く高速旅艦でご帰還となる。だから明後日な、輸送艦に乗るのはおれとヌーランドと、お前だけだ」

「うわぁ、ほんとなの。帰りはわたしひとりか。さみしいわね。……冷凍睡眠の装置に空きはないの？」

「寝て帰るつもりか。それは甘いな。アルスランへ着くまでに、報告書を仕上げておいたほうがいいぞ。居眠りするくらいはかまわないけどな」

「うーん、わたしも残る、というのはダメ？」

「旅行カバンに詰め込まれて着陸艇に乗りたいのなら、そう言ってろ」

あのときの蹴りが効いたのか、珍しく冗談抜きでメルテンスが話してくれた。教授とハンナは、わたしに気を遣って何も言わなかった。そう思うことにした。

それにしても、カバンに詰め込んでというのはひどいわね。――カバン？　そうだ、ヴェーダのところに行かないと。


サーラは草原に立って夕陽を眺めていた。

きれいねぇ、他に言いようがないもの。こういうときって、人間という存在とか、自分という存在のことを考えればいいのかな。……何も出てこないわ。いいじゃない、きれいねぇ、だけで。

少し離れた車に荷物を積んでいた。ヌーランドとメルテンスもいる。

夕陽の中に小さな黒い点が混じり、急速に大きくなってゆく。来たぞ、というメルテンスの声に続いて、着陸艇の噴射音が聞こえてきた。

草原に降下した着陸艇へ車で向かう。ダミンとハンナたち幾人かの兵士が、キャンプでバブルと鏡を積み込んだ後、そのまま乗って来ているはずだった。

着陸艇に荷物を放り込み、車の横に立つダミンとハンナに、サーラは駆け寄った。手を握り合い、世話になった礼を言う。最後にサーラは、小さな紙片をハンナに渡した。

「お姉さん、これ、わたしのネームカード、効能書きよ。今使ってるやつ見つからなくてちょっと古いものだけど、アドレスとハンドフォンは変わってないから。アルスランに帰って、気が向いたらでいいから、連絡して」

走り出した車に手を振ってから、サーラは着陸艇に乗り込んだ。

(また、ここに来たい？　わからない。でも、教授やハンナやヴェーダにはまた会いたい。できれば教会か、わたしのチームに引っ張りたい。わたしのチーム？　これからよ)

ハンナは振り向いて、サーラが手を振り、着陸艇に乗るのを見ていた。

少しは見習わないといけないかな。そう思いながら前を向くと、手に持ったサーラの効能書きを見た。あの子らしいと笑顔になったが、視線がサーラの名前に移ると、笑顔を消して見入った。

〈サーラ・アーリィバード・ムーンワーク〉

これならバブルの相手をしていたほうが楽かもしれない。

電子データシートとにらめっこして6日間、明日はもうアルスランに到着というときに、なんとか報告書を完成させた。最初の2日間はほとんど寝てばかりだったけど。

写真と動画を整理して、文章は調査の時系列順に。区切りのいいところで自分なりの考察と、教授の知見を入れた。バブルと戦ったことだけ省略して、あとは全部、正直に書いた。文章を書くことに、これほど苦労したのは初めてだった。

やったー、できたー。思わず喜びの声を上げたけれど、これが良くなかったかな。

記念にと、自分の電子データシートにコピーを取っているとき、ハンドフォンが鳴った。ジャンプの後の確認？　違った、メルテンス。

「報告書、できたか？　今、食堂にいる。できているなら持ってこい。おれのほうで提出してやるよ。それと、ヌーランドが話をしたいとさ」

「盗聴してるだけあって、いいタイミングね。すぐに行くわ。それと、話は変わるけど、子供のお土産、見つかった？」

「いいや、土産物屋ができるのに、あと半年はかかるそうだ」

食堂に入ってきたサーラは、立てた大きな旅行カバンを押していた。ヌーランドとメルテンスにも見覚えがあった。車から着陸艇に積み込んだ、サーラの荷物のひとつだ。

奥のテーブル、ふたりの前に座ったサーラは、はい鍵はかかってないわ、と電子データシートを差し出した。ヌーランドが黙って受け取る。

（内容の確認をするんでしょ。赤点はやめてね。わたしの内では満点なんだから）

ヌーランドが、右手の人差し指を頭の横に上げて、ゆっくりと円を描く。

（なに？　クルクルパー？　わたしが、あなたが。あっ、違う）

「衛星のことね」

手を降ろして、ヌーランドはサーラを見た。

「……調査を始めてすぐ、衛星の管理を担当していた職員のひとりが、行方不明になった。男だ。２日たってアニーク川に浮いていた。モートリティ川と合流する辺りだ。きみの名前は出していない。何か関係があるのか、わからない、調査中だ。まだ何か、聞いていないことがあるなら、教えて欲しい」

「このあいだ話したので全部よ、もうないわ。ほんと言うと、私の勘違いじゃないかと思ってたくらいだから。そう、何かあるわけね」

「お前を覗いたくらいで川に浮かぶなんて、浮かばれない話だな。関係があるかないかと言えば、オスカーのアホ、知ってるだろ。あいつ、てめえのシート紛失して、大目玉を食らったらしい。盗まれたのかもしれんというので、保安局が首を突っ込んでいる。その行方不明のシートにな、お前の調査票が入っていた。人気があるのも考えもんだな。洗濯物に気をつけろよ。ゴミ袋もだ」

「ご忠告ありがとう。でも、わたしを覗いて川に浮いたとか、わたしの調査票の入ったシートが行方不明とか、そんなこと言われてもわからないわ。その調査票、一度見たい気がするけど。わたしはひとりでしょ。あなたたちは組織があって、情報もたくさん抱えているじゃない。わたしのほうが教えて欲しいくらいよ」

「何が知りたい」

ヌーランドの落ち着いた声に、サーラはなぜかダンチェを思い出した。何か似ているものを持っていると感じた。

「教えてくれるの。たくさんあるけど、そうね。……盗聴器、どこにあるの？」

「盗聴器か、そんなものはない。あるのは双方向通信機だ」

「……そうか、ハンドフォンね。なるほどねぇ、盗聴されるかお説教くらうか、どちらにしても辛いものがあるわ。なんかお礼を言って損した気分よ。有効範囲はあるの？　まさか、わたしの家の中まで」

「それはない。この、船の中だけだ」

「本当？　まあ、信用しておくわ。じゃあ次よ。バークマンは、今回のこと、あいつのことよ、知っているの？」

「彼が知っているのは、きみに話したことだけだ。今回の対応は、おれたちの担当だ」

「すごい縦割り意識ね。縄張りに関係なくわたしを推薦した誰かさんは、柔軟な頭をお持ちのようなのに。次は教授よ。教授はわたしに、まだ何か隠し事をしてると思う？　それと、教授がもらったお金、返さなくていいんでしょ」

「ダミンか。彼は隠し事のできない性格だと思う。金のことは、サイフから出た金がある人物を経由して、また元のサイフに戻った。途中で帳簿の数字が少し変わったかもしれないが、特に問題はない」

「それはな、裏金が表金に変わったんだ。政府がやっているマネーロンダリングだと思えばいい。気にするな」

「太っ腹なのね。うらやましい。わたしにもボーナス出ないかな」

「あいつを生きて捕まえてたら、いくらでも出してやったのにな。生死不問で賞金が付くまで待っていたほうが良かったか」

「今回は追補死亡、だったな」

「よくご存じのようね。賞金首だったら、追補死亡でも報奨金もらえるのよ。そんなことより続き、ハンナのことは？」

「何もない。世話をするようには言った。それだけだ」

「それだけね。わたしもそんな気してたけど。あと教授の言ってた、ＢＪのディスクとか帝国とか、どういうこと。わたしに興味があるみたいだけど、その辺りに関係があるのかしら」

「お前、ほんとに何も知らないのか。ダミンよりは芝居が上手に見えるぞ。まあバレンシアなんか、上手下手より芝居そのものができないけどな。お前、子供のころ」

テーブルの下でヌーランドがメルテンスの足を蹴り、言葉が止まった。

(足が先に出るタイプに見えないけど、ヌーランド。なんの芝居してたの、バレンシア。わたしの子供のころ？　それはやめようよ。何が言いたいの、メルテンス)

「きみは子供のころから芝居が上手だったと思う。メルテンスの推測だ。ＢＪのディスクは行方不明だが、連邦軍に所有権がある。手に入れようとするのが当然だろう。そして帝国は目に見える脅威」

ヌーランドは話をしながら、上着のポケットからハンドフォンを取り出すと、親指と人差し指で摘まみ揺らしてみせた。サーラは2回目になるヌーランドの苦笑いを見た。

「きみは行動範囲が広い。おれたちの知らない情報を持っているかもしれない。だからといって、おれたちが質問をして素直に答えてくれるとは限らない」

サーラはヌーランドが揺らしたハンドフォンの意味を考えていた。

「バレンシアはＢＪの弟だ。きみに接触して何か情報を得ることができればと思ったが、無駄だった」

「初対面の印象が悪かったんだな。バカにされたと思ってる。まあ、お前にバカにされるくらいだ、たいした奴じゃない」

これくらいはいいだろうと、メルテンスが口を挟んだ。

これくらいでいいだろうと、サーラが口を開く。

（わたしの受け取り方に間違いがなければ、また次がある。そのときまでのお楽しみね）

「たくさんのことを教えてくれて、どうもありがとう。この次、どこかで会ったらなんでも聞いて。わたし、素直に答えるから」

「わかってくれて礼を言う。おれたちも、次に会うときはもう少しまともに、答えることができるだろう」

立ち上がったサーラは旅行カバンをポンポンとたたいた。

「メルテンス、これお土産よ。あなたにじゃないわ、パールバティちゃんによ」

そう言うと、カバンを立てたまま蓋を少し開けて、メルテンスに中身が見えるようにする。

覗き見たメルテンスの顔が険しいものに変わる。それがサーラには可笑しかった。

「お前、こんなものどうしたんだ」

詰問口調のメルテンスを見て、ヌーランドも覗いたがすぐに横を向いてしまった。

「こんなものはないでしょ。プリエールという名前があるのよ」

「プリエールだと？　これは地表探査ロボットだろうが。あのチビの。盗んできたのか」

「失礼ね、違うわよ。この子、書類ではもう廃棄処分になっていて、わたしがスクラップ置き場から拾ってきたの。ヴェーダに修理と整備をしてもらって、ちゃんと動くのよ。機密対象の機器はもう付いてないわ。コントローラーと取説は付いてるけど。そんな怖い顔しないでよ」

「そうか、それで、なんだ。おれの娘にくれてやろうと、そのために持ち込んだのか」

「それも違うわ。ほんとはね、教会の客寄せにでもなればと思って」

どうしたものか、という顔をメルテンスに向けられたヌーランドが、

「おれは、何も見ていない」と言って、

「わかった。こいつは、ありがたく貰っておく。すまないな」

話がまとまった。

さあ、終わった。お腹空いたから、わたしも食べよう。

カウンターに向かおうとしたサーラは、ふと思い、振り返った。

「最後にひとつだけ教えてくれる？　回廊で、おれが責任を持つなんて誰かカッコいいこと言ったけど、その前にヌーランド、あなたなんて言ったの。お前らしくないって」

「ヌーランドが何を言ったか、おれはもう忘れたよ」

「おれも、そんな昔のことは憶えていない」

いくつかの解釈ができるけど、目的は結局ひとつだわ。わたしとあのふたりの会話を終わらせること。期待どおりにしてあげたのよ。

記号にしたほうがわかりやすいかな。お偉方がA。ヌーランドやメルテンス辺りがB。わたしみたいな下っ端がC。それで敵側がXでいいか。

ハンドフォンの盗聴は、リアルタイムで聞いているときもあるだろうけど、録音して聞くほうが多いでしょ。

Cの話をBが聞いて、重要なことだけAに上げる。Bの話をAが聞いて。つまりヌーランドたちも誰かに盗聴されている。その誰かはAとXね。Xが狙うのはAかBまでとして。Bが変なこと言うと、Aが「お前ら余計なこと喋るんじゃない」となるわけね。Xは「もっともっと喋れ」だろうけど。

あのときヌーランドは、これ以上話が進むとAに怒られるか、Xに聞かれていたら都合が悪い、そういう領域に入るから適当に丸く収めようぜ、そう言いたかった。

それと、わたしがここまで考えるのを見越して、全部ハッタリというのもあるわ。

なによ！　あいつがハンドフォンひらひらさせただけで、どうしてわたしがこんなに悩まないといけないの！

こうしてサーラが悩んでいるあいだに、２機の着陸艇は早朝の宇宙港に到着した。大勢の出迎えがいた。軍人や職員たちだ。彼らはバブルと鏡を載せた機のほうに集まっていた。

別の機から降りたサーラは、足元が草原からアスファルトに変わったことで、帰ってきたことを実感した。

「ほれ見ろ、あっちはラッシュアワーだ。のんびり荷物も降ろせないぜ」

メルテンスが、おれの言ったとおりだろ、という顔をする。ふたつのバックパックを降ろしながら、サーラは輸送艦に乗ったままのヴェーダのことが気になった。

「ヴェーダたちがこの宇宙港に到着するのは、いつごろになるの？」

「眠れる宇宙船の美男美女か。あの連中はシャトルだからな、着くのは明日の、今と同じくらいだろう。それよりお前、帰りの足はあるのか？　お前のために車を1台用意してあるが、どうする」

そう言ってメルテンスは車を指差し、外に立っていた運転手の兵士を手招きした。

ぜひ、お願いするわ。思いがけない配慮に、笑みがこぼれる。ヌーランドは？　離れたところで軍服の男と話をしていた。

「好きな場所で降ろしてもらえ。装備局に返すやつは積んだままでいい。後で回収する」

「どうもありがとう。ヌーランドによろしく言ってね。次に会うときは、もう少し笑える冗談を聞かせて欲しいわ」

何を言いやがる。そんな返事が帰ってくると思っていたが、

「任せておけ。ヌーランドが腹を抱えて笑うようなやつを考えておく。お前もな、キンタマ

蹴ってばかりいないで、握ることを憶えろよ。どうした、顔が赤くなってるぞ。ははは」

うわぁ、うれしい。要人待遇ね。なんて喜んでたらアホよ。これは車の形をした盗聴器と思わなきゃ。それにしても、わたしはあいつらにとって、どういう存在なんだろう。次に会ったときはまともな答えを聞かないと。でもね、わたしも素直に答えるから、なんて言ったのはマズかったかな。その辺りはなんとか恍《とぼ》けるようにしないと。

車載電話があったので、これ使っていい？　どうぞ。映像表示のない音声だけの電話だった。美容院に午後の予約を取ってから、シエラサルトにかける。

もう慣れてしまったのか、シエラサルトの対応は思ったよりあっさりしたものだった。どうだった、元気にしてた、また蹴ったの。なんて騒がれるよりいいけど。

「今日ね、教会は開店休業よ。テレカが癌のアポトーシスに成功したかもしれないって、検査のため治療対象のゲストとユーリ先生の所へ行ったの。マペールもくっついて行ったわ。ねえ、アポトーシスってなんのこと？」

それくらい自分で調べなさいよ。頭と包丁は使ってなんぼよ。それにしても、テレカは予想以上ね。いつかできるようになれば、そう思ってたけど。本当だったらすごいわ。

「ヤクサムから連絡があったわ。オレカちゃん、明日の12時40分にロプロス空港に着くそうよ。それでヤクサムだけど、今日からバカンスでいなくなるって。だから、また誰か寄こすのなら

9月になってからにして欲しいそうよ」

オレカ、帰ってくるのね。迎えにはわたしが行くわ。ヤクサムがバカンスなんて。学校が休みになったから、どこかホームステイか道場破りに行ったのよ。

「小包が届いているわよ。差出人はユニバーサル貿易になってるわ。なにかしら」

きたきた。それはね、黄金のプリック。あなたには関係ないわ。開けちゃだめよ。

「帰ってきたら見せたいものがあるの。なにかって、それは帰ってからのお楽しみ」

もったいぶって好感度が上がるのは、若いうちだけよ。

教会が休みと聞いて、アパートのほうに車を止めてもらった。いつもの挨拶の代わりに敬礼をする。一応、中尉だもの。そういえば軍のIDカード、返せとか言われなかった。忘れてるのかな。まあいいわ、何か言われるまで持ってよ。役に立つかも。

自室に荷物を投げると、着替えもせずに軍装のまま食堂の部屋へ入った。

「あら、短くしたの。イメージ変わったわね。でも似合うわよ」

サーラが人差し指を唇に当てて、終わりにした。シエラサルトが紅茶と焼き菓子を用意する。

「アポトーシス、調べたわ。必要のない細胞が、それを自覚して自分で死ぬことね」

「そうよ、細胞の自死。再生系の細胞は多めに作って余分なのはアポトーシスが発動するの。傷口のカサブタなんかそうよ。傷が治ってわたしの役目は終わりました、お先に失礼しますって。何かウイルスに侵入された細胞も、ウイルスの種類によるけど、わたし周りに迷惑かけるからこいつら道連れに心中します。インフルエンザなんかそうね」

「癌はアポトーシスしないの？　必要のない細胞でしょう」

「するのもあるそうよ。癌細胞は正常な細胞が異常増殖したものでしょ。だから癌細胞にも、自分はアポトーシスできるという細胞としての記憶がどこかにあるはずなの。それを思い出すことができたら癌細胞だって、わたしは有害な細胞になってしまいましたごめんなさい、そういってアポトーシスするわ。日常的に発生している小さな小さな癌細胞はほとんどそうして消えるそうよ。癌と診断されるまで進行するのは、アポトーシスを忘れたか、アポトーシスしようとして邪魔されたか。邪魔する方法は、自分を有害な細胞と自覚させないの。それと、自覚してアポトーシスが発動されても、自死に至るまでのプロセスのどこかで妨害する。そんなところかな」

「記憶喪失と、事実誤認と、進路妨害ね」

「そういうこと。でもこれにね、幹細胞が関係してくると、すごく難しいことになるわ」

「なんなの、その幹細胞って。……あっ睨んだわね。わかってますよ、自分で調べるから。……そうだ、これ返しておくわ」

サーラのハンドフォンがテーブルの上に置かれた。

「ねえ、ヤクサムっていくつなの、なんか声が若かったけど」

「あの子はね、わたしが初めて会ったとき、11だったと思うから今は15よ」

「それであなたたちの先生なの、もっと年配の人かと思ってたわ」

「あいつ強いのよ。天才かもね。今だってわたし勝てないと思うわ。それよりなんなの、わたしに見せたいものって」

それなんだけどね、と笑顔になったシエラサルトの後ろについて、サーラは教会に向かった。裏口から入り祭壇の前に来て、驚いたように目を丸くする。見渡した左右の壁一面に、子供が描いた父親・母親の絵が、数えきれないほどの枚数の絵が貼られていた。

「あなたに言われて貼った絵をゲストの子供さんが見てね、ぼくの絵も貼っていいかなって聞くから、いいわよって言ったら、そのあとぼくもわたしもとなって、こうなったの」

「いいことじゃないの。感動ものね。これで、この絵を描いた子供たちは、死ぬまでこの教会のゲストとして確保できるわよ」

「まあ、あきれた。どうしてそう打算的なの」

わたしの描いた絵、これで目立たなくなった。でも他の絵と並べて何の違和感もないなんて、喜ぶべきか悲しむべきか、複雑な心境ね。

ダンチェ。わたしには思ってもみなかった展開だけど、あなたにはわかっていたの？


オレカを迎えに行くだけなら、もっと遅い時間に出ても良かった。高速道路に乗ってしまえば空港へ直通で1時間もあれば着く。ヴェーダを迎えに行くには遅すぎた。どちらへ行くにしろ、高速道路を途中で降りる必要はない。

　高速道路へ入ってひとつ目の出口。降りる必要のない出口へ向けて、サーラはハンドルを切った。モルフィー・ショッピングセンターの駐車場で車から降りると、少しばかりの雲が浮かぶ青空を見上げる。

　雲みたいに空に浮かぶのはいいけど、川はごめんだわ。

　容姿はシエラサルトに聞いていた。ブルネットの髪が肩まで。齢は40歳代。上品で落ち着いた感じの人。

　わたしが留守してたあいだに、シエラが何回か買い物に来て、顔を合わせて話をしてる。特に変わった様子はなかったわよ、シエラはそう言ってた。心のしっかりした人だろうか。

　わたしは何をしたいのだろう。わたしに何ができるのだろう。

　軍のＩＤカードを見せる。お悔やみを言う。ご主人のかたき討ちは済ませました。それで誰か満足するの？　心が休まる？　わたしが？　彼女が？

　店舗に向かって歩きながら、自身の揺れる心に戸惑う。

　平日のわりには混雑している通路を進み、薬局の見えるところで立ち止まると、フォボロ夫人を、今はもう未亡人ねと思いながら、探した。

　あの人かな、とにかく会ってみよう。足を踏み出そうとしたとき、反対側の通路を歩いてくる男が目に入った。見覚えのある顔だった。

あれは……アッシュ。

サーラに気づくことなく、アッシュはうつむき加減で薬局に歩いてゆく。この時間、この場所にいるということは、宇宙港から直接やって来たのだろう。

アッシュ。あなた、責任者としての務めを果たすつもりなのね。……わたしみたいな下っ端の出る幕じゃなかったみたい。そうね、わたしここに来なかったことにしよ。でも、あのふたりの出会いにしたって、何が残るのだろう。

哀しみだけで終わりませんように。そう思いながら、アッシュに背を向けて、サーラは外に出た。

オレカを迎えに行こう。わたしはオレカを笑顔で迎えてあげないと。わたしたち、チーム〈アーリィバード〉だもの。あの子、強くなったかな。最初に会ったとき泣きそうな顔で言ったよね「うち、強《つよ》なりたい」。そうよ、もっと強くしてあげるわ。

歩き出したサーラを一陣の風が包み込む。いつもは風になびく黒髪が、今はなかった。


（終）

作者いいわけ

こんにちは、サーラ・ムーンワークよ。わたしたちの「お話」がこうして本の形になってみんなで喜んでいるの。途中で沈没しそうになったりして長い道のりだったから、ほんとうれしいわ。だから、面白かったとか別に言ってもらわなくてかまわないけれど、面白くないと思った人のために、作者のおっちゃん（もうジジイだけどね）が言い訳をしたいそうよ。

どう思ったかなんて人によって違うんだから放っておけばいいのにね。でも困ったことにこのジジイ、じゃなかったおっちゃんは今「お話」の続きを書こうとして、うんうん唸りながら何かを搾り出そうとしている最中なの。仕方がないから代わりにわたしが伝えることにするわ。わたしの言い訳じゃないのよ、わかってるわね。

わたしは知らないけど、以前おっちゃんが読んだ何かに「小説というのは根も葉もない嘘八百」という批評（批判？）があって、それに対してどこかの作家が「小説というのは根も葉もある噓」って反論していたんだって。どっちもどっちよねぇ。それでこの本は、「根はないけど葉は少し（ほんと少しよ）ある噓」で「山なし、落ちなし、意味は少しあるかな」という程度の「お話」だそうよ。「やおい」の使い方ちょっと違うと思うけど、もうボケてるかもしれないからガマンしてあげて。

おっちゃんは職業作家じゃないし、なりたいとも思ってないみたい。本人の意志というより才能のほうが、……なんてこれは内緒よ。だから「著者」じゃなくて「作者」、「小説」じゃなくて「お話」なんだって。ちょっとしたこだわりね、意味ないと思うけど。

それでわたしたちの「お話」は趣味で書いているから、好きなようにやるって言っているわ。おっちゃんもうすぐ定年だし引退後（老後というのはかわいそうだからやめておくわ）の楽しみというわけね。本人も「わしのは『草野球』や」なんて言ってるし。（草野球ってなに？）

でもどこまで本当のことかわからないのよ、すぐに気が変わるんだから。

それで、好きなように何をしているかというと、たくさんのことを無視とか省略をしているわ。無視しているのは進化論でしょ、いろいろな物理法則や病理学や地質学なんか。それと小説の書き方とか文章の書き方や他の何か約束事とかいうのも無視ね。省略したのは人物描写、心理描写、風景描写とか。おっちゃんにとってたいした意味がないものは書かないそうよ。でも意味がなくても書きたいものは書くって。すっかり自己満足の世界ね。多分、難しいことが多くてうまく表現できないから、見て見ないふりしているのよ、きっと。わたしも報告書を書くのに苦労したから、気持ちはわかるけど。

わたしはおっちゃんの妄想の中から生まれてきたの。空想じゃなくて妄想よ。妄想にはいくつか意味があるけど、おっちゃんの場合は「みだりなおもい、根拠のない主観的な想像」というやつね。「みだり（乱り・妄り）」と「みだら（淫ら・猥ら）」は違うんだけど、おっちゃんは区別せずにいやらしいという意味に受け取ってるわ。

空想＋いやらしい想像＝妄想、というわけね。だからこの「お話」は「妄想科学」なんちゃって。でもこの本にいやらしいところなんてなかったでしょ。今回は書く気がおきなかったそうよ。少しはサービスすればいいのに。そのうち変態描写がでてきたりして。本当はね、おっちゃんの頭の中じゃフォボロとロマノスがイングリモングリしているみたいよ。わたしだってオリハルコンの六角棒を使って……。きゃっ、いやらしい。

だいたい言い訳はこんなものね。面白くないと思った人はこの中のどれかに原因があると思うから、それを自分の想像力で補ってちょうだいね。わたしの修道女の姿とか、カッコ良くライフルを撃っているところとか、シャワーを浴びているところ、長い黒髪が風になびいているのもいいわね。そういった場面を思い描くのよ。そしてその時々にわたしたちがどういう気持ちでいたか、思いを馳せるの。そうすれば少しは面白くなると思うわ。

そういえばわたしの髪の毛、おっちゃんのせいで切ることになったのよ。せっかく毛先が傷まないよう綺麗に伸ばしていたのに、勝手に切るなんてひどいと思わない？　お返ししないといけないわ。それっ、バリカン・カッター。ほら丸坊主になっちゃった。あらっ、おっちゃん発情、じゃない発動して何か搾り出したみたい。なにかしら、せっかくだから後で見せてあげるわ。でもまだ白紙がほとんどだし、書いてあるのバラバラじゃない。これうまく繋がるの？なに首かしげているのよ。この調子だとわたしたちの「お話」が終わる前に、おっちゃんのほうが先に終わるかもね。ジジイだから。

そろそろ終わり？　じゃあ最後にこれだけは言っておくわ。わたしたちの「お話」に、奇想天外で先の読めないストーリーとか、巧妙に張られた伏線とか、クライマックスの大ドンデン返しなんてものを期待しちゃだめよ。そんなものないから。創造力と表現力が残り少ないおっちゃんには無理なおねだりよ。いやらしい想像力はまだあるみたいだけど。

いろいろとつまんないかもしれない話を聞いてくれて、どうもありがとう。こんなに長くおしゃべりしたの、わたしも初めてよ。それじゃあ、また会えるといいわねバイバーイ。

次作発動！
サイキック・ドール②
サイドキック・ドール（仮題）

「お前、子供のころＢＪに抱っこしてもらったことが、あるんじゃないのか」

「こんな年寄りをこき使うとは、なんて女だ」

「なによ、ジジイ。楽になりたい？」

「楽をしたい？　じゃないのか」


サーラは右腕を前方へ水平に上げると心気を集中した。手の平は下に向けて指を軽く伸ばしている。その指先、部屋の反対側には窓際にある机の上に石膏で出来た胸像が置かれていた。ひじを曲げて水平にしたままの右手を顔の前に引き寄せると、その手を左から右へいっきに円弧を描くように走らせる。胸像の首が石をこすり合わせるような音を発して切断された。切り離された頭部が床に落ちる。サーラは振り返って、オレカに微笑んだ。

「これがカッターよ。次はプレスを見せてあげるわ」

「お前よぉ、わしんとこに隠れて帝国とちょこちょこつきおうとるそうじゃないか」
「別に隠れてやっているわけじゃあない。俺たちがどこの誰と取引しようが自由だろ。そういう約束だ。それに保険が必要なときもある」
「ほう保険か。どこぞのきれいなネエちゃんが勧誘にでも来たんか。まあええわい。お互いええ目見ようじゃないの」

オレカは着ているコートをいっきにテーブルの上へ拡げるように脱いだ。コートの内側が表になるように、そして周囲にいる○○たちにコートの内側がはっきりと見えるように。そこには放射状に4×4列計16個の手榴弾が止められており、すべての安全ピンを1本の紐が繋いでいた。オレカは手に持った紐の端を素早く引き上げる。安全ピンが順々に勢いよく跳ね上がっていった。

悠久の宇宙を漂いながら、いつの日か発現！

参考資料

・『宇宙のエンドゲーム』 フレッド・アダムズ＋グレッグ・ラフリン著 竹内 薫・訳
筑摩書房（ちくま学芸文庫） ２００８
・『インフレーション宇宙論』 佐藤勝彦・著 講談社（ブルーバックス） ２０１０
・『本当は怖い宇宙』 福江純・監修 イースト・プレス ２０１０
・『２０３５年火星地球化計画』 竹内薫・著 角川学芸出版（角川ソフィア文庫） ２０１１
・『ニュートン別冊 宇宙はどうやって誕生したのか』 ニュートンプレス ２０１０
・『ニュートン別冊 よくわかる天の川銀河系』 ニュートンプレス ２００８
・『面白いほどよくわかる宇宙の不思議』 半田利弘・監修 日本文芸社 ２００７
・『「科学の謎」未解決ファイル』 日本博学倶楽部・著 ＰＨＰ研究所（ＰＨＰ文庫） ２００９
・『別冊宝島スペシャル 空想科学見積読本』 多根清史とヒーロー科学研究所・著 宝島社
２００８
・『トンデモ本？ 違う、ＳＦだ！』 山本 弘・著 洋泉社 ２００４
・『トンデモ本？ 違う、ＳＦだ！ ＲＥＴＵＲＮＳ』 山本 弘・著 洋泉社 ２００６
・『こんなにヘンだぞ！「空想科学読本」』 山本 弘・著 太田出版 ２００４

・『トンデモ本の世界T』と学会・著　太田出版　２００４
・『と学会年鑑ＯＲＡＮＧＥ』と学会・著　楽工社　２００７
・『と学会年鑑ＡＱＵＡ』と学会・著　楽工社　２００８
・『月刊ムー　２００５年５月号』学研　２００５
・『ニュートン別冊　脳と心』ニュートンプレス　２０１０
・『ニコラ・ステラの地震兵器と超能力エネルギー』実藤遠・著　たま出版　２００３
・『実録・アメリカ超能力部隊』ジョン・ロンスン著　村上和久・訳　文藝春秋（文春文庫）
２００７
・『サイキック治療の可能性』アンヌ・ユーリ著　菱見紗閑・訳　セブンプレス　２０１１
・『ヒトはどうして死ぬのか』田沼靖一・著　幻冬舎（幻冬舎新書）２０１０
・『生物と無生物のあいだ』福岡伸一・著　講談社（講談社現代新書）２０１０
・『闘う！　ウイルス・バスターズ』河岡義裕・渡辺登喜子・著　朝日新聞出版（朝日新書）
２０１１
・『日本を滅ぼす「自分バカ」』勢古浩爾・著　ＰＨＰ研究所（ＰＨＰ新書）２００９
・『わたしたちはどこから来てどこへ行くのか？』佐倉統・著　中央公論新社（中公文庫）
２０１１
・『ツチヤ教授の哲学講義』土屋賢二・著　文藝春秋（文春文庫）２０１１

・『フロイト先生のウソ』 ロルフ・デーゲン著 赤根洋子・訳 文藝春秋（文春文庫） 2007
・『反☆進化論講座』 ボビー・ヘンダーソン著 片岡夏実・訳 築地書館 2009
・『民間軍事会社の内幕』 菅原 出・著 筑摩書房（ちくま文庫） 2010
・『実録！ 傭兵物語』 高部正樹・著 双葉社 2011
・『世界の軍用機FILE』 大塚好古・著 歴史群像編集部・編 学研パブリッシング 2011
・『本気のマンガ術 山本貴嗣の謹画信念』 山本貴嗣・著 美術出版社 1998
・『ゲームシナリオのためのSF事典』 クロノスケープ・著 森瀬 繚・監修 ソフトバンククリエイティブ 2011
・『幻想ネーミング事典』 新紀元社 2009
・『ブリタニカ国際大百科事典（電子辞書版）』 ロゴヴィスタ 2009
・DVD『スターゲイト』（20世紀フォックス・ホーム・エンターテイメント・ジャパン）
・DVD『2001年宇宙の旅』（ワーナー・ホーム・ビデオ）
・DVD『グリーン・デスティニー』（ソニー・ピクチャーズエンタテインメント）
・DVD『エイリアン2』（20世紀フォックス・ホーム・エンターテイメント・ジャパン）

著者プロフィール

虞円 秋寒（ぐえん おさむ）

1954年生まれ。大阪市立都島工業高校卒業。原子力発電所・石油化学プラントなどの現場作業に従事。現在も稼働中。趣味で「お話」を書く。独身、千葉県在住。

サイキック・ドール

2012年9月15日　初版第1刷発行

著　者　虞円 秋寒
発行者　瓜谷 綱延
発行所　株式会社文芸社
〒160-0022　東京都新宿区新宿1－10－1
電話　03-5369-3060（編集）
03-5369-2299（販売）

印刷所　広研印刷株式会社

ISBN978-4-286-12537-4